驭鲛记

（全二册）

上卷·与君初相识

九鹭非香　作品

鲛人是大海的魂凝结而成的

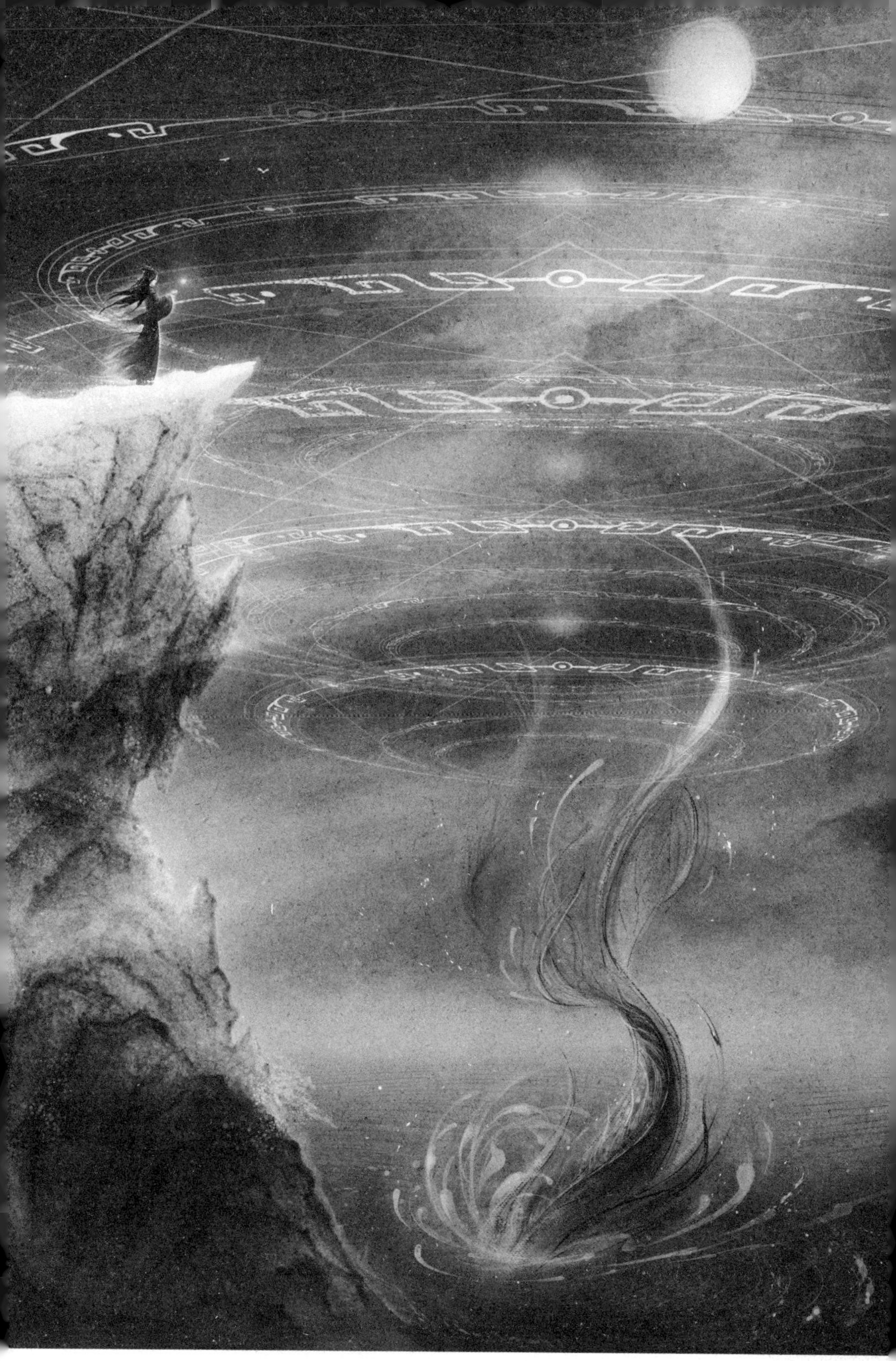

驭鲛记

目录

上卷 与君初相识

这世上总有那么些人或物，
盛放自有盛放时的惊心，
萎靡也有萎靡时的动魄。

楔子 · 002

囚与被囚。正好交换过来了呢。

第一章 鲛人 · 007

鲛人阴柔，多为雌性，雄性鲛人极其少见。

第二章 大海之魂 · 022

"鲛人是大海的魂凝结而成的。"

第三章 血祭十方 · 036

"青羽鸾鸟，吾以吾身，血祭十方，助你破阵！"

第四章 口吐人言 · 051

纪云禾在这黑暗深渊里看着他，终于仿佛见了深海中他原来模样的万分之一——随意的，美丽的，高傲的，泰然自若的模样。

第五章 附妖 · 067

附妖与主体的模样身形别无二致。但并不会拥有主体的力量，身形也是时隐时现的。

1

第六章　选择　·082
她一直不想这样做。但命运这只手，却好似永远都不放过她。

第七章　开尾　·096
"鲛人开尾，需心甘情愿，再辅以药物。你用情意让鲛人说话，我也可以用他对你的情意，让他割开尾巴。"

第八章　改变　·110
"你以为被他改变的，只有我吗？"

第九章　同谋　·125
"你做的选择，很令人失望。"

第十章　顺德公主　·139
"本宫就爱采盛放之花，偏要将天下九分艳丽都踩在脚下，还有一分，穿在身上便罢。"

第十一章　谋划　·156
你不愿我再受人世折磨。
而我更不愿你，再在人世浮沉。

第十二章　离谷　·167
"人间真的很荒唐。"

第十三章　九尾狐　·178
"今夜，过此崖者，诛。"

目录

第十四章　**大国师**　·190

　　他是这天下至高无上的存在，更胜过那些虚妄的帝王将相。

第十五章　**赌约**　·206

　　"我赌你平不了这乱，杀不尽这天下反叛者。"

第十六章　**复仇**　·217

　　"我是来复仇的。"

第十七章　**足矣**　·231

　　她想要决定自己在何时，于何地，用什么样的方式走向生命的终章。

　　骄傲、有尊严、不畏惧、不惊惶地结束这一程。

上卷 与君初相识

这世上总有那么些人或物,
盛放自有盛放时的惊心,
萎靡也有萎靡时的动魄。

楔子

囚与被囚。
正好交换过来了呢。

冬日的天黑得格外早，窗外夕阳将落，橙黄的光照在特制的窗户纸上，窗户纸如同散着金光一般发亮，若不是豆大的烛火在跳动，这屋中几乎没有光亮。

缎面被子里的人动了动，哼哼了一声，醒了过来。

她眯着眼，往窗户那方看了一眼。"啊，天黑了，该起了。"她打了个哈欠，坐起身来。

于镜前将头梳罢，她望了眼光芒将退的窗外，眉梢微微一动，苍白的手指伸出，"吱呀"一声，推开了紧闭的窗户，她身子站在墙壁一边，伸出的手接触到了日落西山时的阳光。

登时，她本就枯瘦的手像是被阳光剔了肉一样，瞬间只剩下了可怖的白骨。

而没有照到阳光的身体，依旧如常。

纪云禾转了转手，看着自己暴露在阳光之下的枯骨，握了握拳头，"吓死人了。"她语气毫无波动地说着，话音刚落，便见楼下院外，提着食盒的丫头缓步而来。

楔子

纪云禾收回了手,却没有将窗户关上。

今日有阳光,却依旧寒风凛冽,风呼呼地往屋里灌,她未觉寒冷,只躲在墙后眺望着远山远水,哈了口寒凉的白气:"今夜约莫有小雪,该暖一壶酒来喝了。"

"啪"的一声,房门被粗鲁地推开。外面的夕阳也正在此时完全沉下了地平线。屋里很快便更黑了。

新来的丫鬟江微妍提着食盒没好气地走了进来:"还想喝酒?就你那病恹恹的身子,也不怕给喝死了。"江微妍眉眼上挑,显得有几分刁钻蛮横。"窗户可给关紧了,死了倒罢,要病了,回头还得累我来照顾你。"她一边说着,一边将食盒里的菜放到桌上,声音又沉又重。

纪云禾倚在窗边,手撑着脑袋,打量着她,听了江微妍的话,倒也没动怒,唇角还有几分若有若无的笑意。

"这样大雪的天,人家都在屋里歇着,就我还得过来给你送饭。"江微妍一边嘀咕一边摆饭,一转头,见纪云禾还将窗户开着,登时眉毛便竖了起来,"我说话你都听不见吗?"

"听见了。"纪云禾弯着眉眼看她,不像是面对一个脾气暴躁絮絮叨叨的丫头,而像是在赏一番难得的好景,"你继续。"

见纪云禾这般模样,江微妍登时怒火中烧,搁下手中的碗,两大步迈到窗边,伸手便要将窗户关上,可在即将关上窗户的时候,一只手却从她臂弯下面穿了过来,堪堪将窗户撑住。竟是病恹恹的纪云禾伸手抵住了窗户,不让她关上。

江微妍转头,怒视纪云禾,纪云禾依旧一副半笑不笑的模样:"我就想吹吹风,透透气,憋了一天……"

她话没说完,江微妍一巴掌将她的手打开了。

"谁管你。"

纪云禾看了看自己被打红了的手背,眼睛微微眯了起来。

江微妍关上了窗户,转身便要往屋内走:"饭自己吃,好了就……"不等江微妍将话说完,纪云禾便抓住了她的手腕。江微妍一愣,转头盯着纪云禾,可话还没来得及说出口,她便只觉自己身子一轻,不知被怎么一推,脑袋"咚"地撞上刚关上的窗户,将那窗户一下顶开了。

外面的寒风登时打在她的脸上。江微妍半个身子都露在了窗户外面,全赖着纪云禾拎着她衣襟的手,给了她一个着力点,才让她不致从

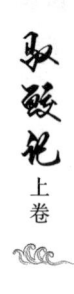

这三层阁楼上摔下去。

江微妍脸色青了一半，登时声音有些发抖："你……你做甚！你放……不！你别放……"

纪云禾一只手拎着她，一只手抹了抹额头上微微渗出的薄汗，又咳嗽了两声，叹道："唉，到底是不如从前了，做这么点动作就累得心慌手抖的。"

江微妍闻言，吓得立即将纪云禾的手腕抓住："别别别，可别抖。"

纪云禾笑道："谁管你。"她作势要撒手，江微妍吓得惊声尖叫，然而在她尖叫之后，却觉得有一股力道将她拉了起来。

她紧闭的双眼睁开，见竟是纪云禾将她拉了回来。她稳稳地站在屋内，看了一眼身后，窗外寒风猎猎，太阳已经落下，没有半分温度。

她险些就从这楼上摔下去了……

江微妍回头，又看了一眼在她面前笑得碍眼的纪云禾。

"被欺负的感觉怎么样？"纪云禾如是问。

死里逃生之后，被捉弄的愤怒霎时间盖过了恐惧。

江微妍自小习过武术功法，她心头不服，只道方才纪云禾只是趁她不注意偷袭了她。江微妍乃这府内管事女官的亲侄女，姑姑对她千叮咛万嘱咐，让她不要在云苑惹事。

可这云苑里就住着这么一位病恹恹的"主子"——明面上说是主子，其实不过是被软禁在此处罢了。云苑建在湖心岛上，四周交通阻绝，没有上面的指示，外人不能靠近这湖心岛一步，外人进不来，云苑里的人也不可随意离开。

上面更是特意交代过，不能让这位"主子"踏出房门一步。

每次江微妍来送完饭，离开之时都要在外面加一把锁，简直就是在看犯人。

听说这女子与府里那位大人有渊源，可江微妍来了这么多天，府里那位大人别说来云苑了，连湖心岛也未曾来过一次。她想，这不过是个被冷落的快病死的过气女子罢了。名号都未曾有一个，有什么惹不得的！

江微妍自小在家中被捧着长大，若不是家道中落，她又岂会托姑姑入这府内给人为仆。而今还被捉弄至此。

越想越怒，江微妍劈手便给了纪云禾一巴掌："你算什么东西！"她痛声骂着。

可这一巴掌尚未落在纪云禾脸上,临到半道,她的手便被人擒住了。

不是女人的力道,江微妍一转头,只见来者一身青裳黑袍,蓝色的眼眸里好似结了寒冰。

这……这是……

江微妍认出来人,登时吓得浑身发抖,可不等她行一个礼,那擒住她手腕的手,便落在了她的脖子上。江微妍最后只来得及听见他冰冷的言语混杂着怒气,好似冰刃,能削肉剔骨。

"你是什么东西?"

下一瞬间,她便被随手一扔,如同垃圾一样,被径直从三层阁楼打开的窗户扔了出去。

"咚"的一声,掉进了院中结了冰的池塘里,砸破了上面的冰,沉进水里,隔了好一会儿才重新浮了起来,又是喊救命,又是喊主子饶命。

院外站着的侍从奴婢皆是一惊,非常惊惧地望了一眼三楼,没人敢动。

"哎,拉她一把呀。"三楼的纪云禾探了个脑袋出来,唤了楼下几人一声,"再不拉就得闹出人命了。"

可几个侍从都不敢动,连头都不敢抬,只因纪云禾旁边的那黑袍男子一身寒霜气势太过让人惊惧。

纪云禾见状,微微一撇嘴:"得得,我把窗户关上,你们趁机把她拉起来,这家伙就看不见了。"

"……"

敢当着主子的面说这话的人,大概也就只有这屋里的女子了吧。

"咔嗒"一声,三楼的窗户还真就关上了。

隔绝了外面的寒风,纪云禾转头,目光落在了面前男子的脸上,她退了一步,斜斜坐在了旁边的椅子上:"长意,你现在脾气变得太不好了。"

"过来吃饭。"

他俩说的话好似风马牛不相及,长意走到了桌边,将还没有完全摆好的碗筷给纪云禾摆好了。纪云禾也没动,只是一直沉默地盯着长意,隔了许久才道："你放我走吧，我之前被关够了。"

长意将筷子放在碗上，轻轻一声脆响，却在寂静的屋里显得惊心。

纪云禾叹了一口气："你留着我干什么呢，我也没几天可活了，你让我出去看看雪，看看月，看看即将开遍山野的春花，运气好的话，说不定还能挨到看夏雨的时间……我就想享受几天自由的日子……"

"纪云禾。"长意转了身，冰蓝色的眼眸里好似什么情绪也没有，可也好似藏了千言万语，"你若有本事，便再杀我一次。然后走吧。"

四目相对，沉默难言。

最终，到底是纪云禾笑了出来："你这话要是放在六年前，我今晚就可以走了。"

听她如此平淡地说出了这句话，长意手心微微一紧，旋即又松开了，他踏步行至纪云禾身前，捏住了她的下巴，直视着她的眼睛，试图从她眼睛里找出些许波动，可什么都没有。

和以前一样，一片黑沉沉的旋涡，将所有秘密都掩盖其中。

长意道："可惜，现在已经不再是六年前。"

"是啊。"纪云禾垂下眼睑，"已经不是六年前了。"纪云禾笑了笑，"你已经成了那么厉害的大妖怪，而我却从一个驭妖师变成废人。长意……"纪云禾话中的打趣调侃，让长意唇角紧抿。

"现在，我们和六年前，正好倒了个个儿呢。"

囚与被囚。

正好交换过来了呢。

第一章
鲛人

鲛人阴柔，多为雌性，
雄性鲛人极其少见。

六年前，驭妖谷外。

纪云禾从神态倨傲的太监手中接过"货"的时候，是人间最美的三月天。

驭妖谷外遍野山花烂漫，花香怡人，而面前的太监，掐着嗓子滔滔不绝的叮咛却让纪云禾觉得心烦。

"这是咱们主子花大功夫弄来的鲛人，给你三个月的时间，你可得把这妖怪给训练好咯。别回头让咱家再来接的时候，还这么又是大箱子又贴着满篇符咒，运着走麻烦，看着也心烦。"

负责与这傲慢太监打交道的是纪云禾的助手瞿晓星，瞿晓星还是少年，可一张嘴跟抹了油一般。他笑嘻嘻地应对着太监："公公，您放心吧，咱们驭妖谷这几十年来驯服了多少妖怪了。休管这铁皮箱子里是个什么怪物，只要来了这儿，保证跟你走的时候是服服帖帖的。绝对不敢造次。"

"嗯，别大意了，仔细着点，这鲛人可不普通。"

"咱们知道，这可是顺德公主交代下来的活儿，驭妖谷绝对倾尽全力驯服这妖怪,回头回去,一定给张公公您长脸。"

瞿晓星最是会应付这些人,他说话好听,张公公也露出了些许满意之色。

纪云禾听着他们的对话,信步走到了马车旁边。

只见这马车背后的箱子有半人高,通体漆黑,是玄铁质地,上面贴满了层层符咒,纪云禾伸手将其中一张符咒撩了撩。看见符咒上的咒文,纪云禾挑了挑眉,随手揭下来了一张。

便是这符咒揭下来的一瞬,只听"咚"的一声,玄铁箱子当中发出沉闷的重响,还夹带着铁链撞击的叮当之声。

纪云禾目光一凛,这妖怪好生厉害。贴了这么多符,她只揭了一张,这妖怪便察觉到了……

而与此同时,箱子中的重响惊了拉车的马,马一声嘶鸣,尥蹶子要跑,马夫立即拉住缰绳,好一阵折腾,才将惊马稳住。

张公公转过头。"哎哟,可小心着点!这妖怪可厉害着呢!"他说着往后退了几步,"你什么人啊!这不懂的别瞎动!赶紧将符贴回去。回头小心治你罪!"

瞿晓星连忙赔笑:"那是咱们……"

"朱砂黄符,雷霆厉咒,闭五识,封妖力,是大国师的手笔。"纪云禾打断了瞿晓星的话,把玩着看了一眼手中的符咒,随即眸光一转,锋利地扫向站在一边的太监,她手指一动,朱砂黄符立时如箭一般疾射而出,霎时间定在了那张公公的喉间。

只见那张公公双目一凸,张口欲怒,可口中却一点声音也发不出来。张公公登时大惊,伸手便去拽脖子上的符咒,然而待得手指被弹回来的时候,他的眼神里便添了七分害怕,惊恐地盯着纪云禾,手指着纪云禾,一点声音都发不出来。

"叽叽喳喳吵了半天。"纪云禾拍了拍手,"终于安静了。"

她给身后站着的几名壮实男子使了个眼色,他们上前,要去拉马车,而护卫马车的侍卫则都紧张地将手按到了刀柄上。

"马车我们驭妖谷收下了,箱子里的妖怪三个月之后来取,我们保证妖怪乖乖的,你们保证来回路上妖怪的安全。这是你们该做的事吧?现在妖怪到了驭妖谷,该我们接手了,你们这阵势,是不打算让我们驯妖?"纪云禾盯着侍卫们,"你们是听顺德公主的命令,还是要在这儿帮这太监出气?"

纪云禾话一出口,侍卫们面面相觑,倒是也都退了下去。几名男子这才将马夫请下了车,驾车驶向驭妖谷中。

马车被拉走了,纪云禾瞥了太监一眼:"我不懂符,只会贴,不会揭,自个儿回去找大国师吧。"

言罢,她一拂衣袖,转身入谷。

瞿晓星连忙在一旁赔笑,和太监解释:"那是咱们驭妖师,脾气有点大,可论驭妖术,是咱们驭妖谷里顶厉害的高手,公公莫气……唉,这符我也没办法,我法力低微,比不得她,您受罪,恐怕还真得回去找大国师帮……"

"瞿晓星。"

纪云禾在前面一唤。瞿晓星连忙应了一声,没再与太监说话,只是充满歉意地看了几眼急得一脸猪肝色的张公公,转身追上了纪云禾。

赶到纪云禾身边,瞿晓星叹了口气,有些怪罪:"左护法啊,和您说了多少次了,这些送妖怪来的虽然都是达官贵人家的家仆,可他们也算是在这些贵人耳边说得上话的。您不能随便得罪啊……这次来的更是顺德公主身边的太监,他回头要跟顺德公主说两句损您的话……"

"嗯嗯,我费力不讨好。"纪云禾随口应道。

"所以您还是回去给人家把符咒揭了吧,这要让人一路哑着回去,不知道得结多大仇呢。"

纪云禾瞥了他一眼:"瞿晓星,咱们要讨好的是他们的主子,不是他们。而讨好他们主子的办法,就是把妖怪驯好,不用多做他事。"

纪云禾说罢这话,瞿晓星也是一叹:

"您说得有道理,唉……也怪如今这世道对咱们驭妖一族太不利了。听说五十年前,大国师还没有研制出那专对付咱们驭妖一族的毒药的时候,咱们一族可威风了,呼风唤雨,使唤妖怪,哪儿能想到不过五十年,就沦落到如今这个地步,连个朝廷的阉人也能对咱们吆五喝六的……"

"行了,说得像你五十年前就出生了一样。"

纪云禾斥了他,话音刚落,两人正走到了驭妖谷门口,大门洞开,谷中一片雾气氤氲,纪云禾岔开了话题:"今日送来的鲛人来历怕是不小,咱们去地牢看看开箱。"

瞿晓星点头称是。

驭妖谷地牢之中，玄铁牢笼之上刻着密密麻麻的咒文封印，封锁着妖怪的力量。

玄铁箱子被送到了最大的牢房之中，箱子顶部有一个玄铁挂钩，驭妖师们将玄铁箱子上的挂钩与天顶上的锁链相接，四周铁牢之上的咒文霎时间一亮。

这锁妖箱本是驭妖谷研制的东西，方便达官贵人们将捉来的尚不驯服的妖怪锁住，运送到驭妖谷来。

箱子之上的挂钩其实是从箱子里面伸出来的，箱中妖怪身上套有玄铁锁链，这外露的挂钩便是锁链端头，待得挂钩与牢中锁链相连，则锁住妖怪的铁链立即与牢中其他玄铁连为一体，其他玄铁上的封印之力，便会传到箱内铁链上，加强玄铁链的封印之力。此举乃是为了避免开箱时，妖怪重见天日，激动挣扎之下伤了驭妖师。

挂钩与铁链接好，驭妖师将钥匙插进了锁妖箱的钥匙孔里，刚听"咔"的一声，箱中便立即传来一连串"咚咚咚"的敲打与震颤的声音。

驭妖师钥匙都还没来得及取出来，忽然之间，布满符咒的锁妖箱被从里面击成了碎片，伴随着四溅的碎片，还有被碎片打出来的尘埃，一条巨大的鲛人尾甩了出来。

纪云禾站在地牢之外，一声"小心"还没来得及喊出口，只觉牢中一阵妖风大起，巨大的蓝白相间的鲛人尾在地牢中呼扇而过，牢中开箱的驭妖师发出一声凄厉的惨呼，登时血溅当场。

纪云禾抱住身边瞿晓星的头，将他往地上一摁，险险躲过这一记鲛人尾扇出来的杀人妖气。

她趴在地上抬头一看，只见那牢中锁妖箱四分五裂，散落于地，鲛人双手被缚，悬吊于铁链之上，他通体赤裸，下半身是一条巨大的鱼尾，只是与寻常鲛人不同，他的鱼尾蓝白相间，层层叠叠，好似一朵巨型莲花。而更让人惊异的是，这鲛人的脸……

鲛人一族，向来容貌姣好，只是纪云禾从没想过，他居然会有那样一张脸，美得令人惊艳，甚至一时忘了呼吸……

这居然是一个——

雄性鲛人。

第一章 鲛人

鲛人阴柔，多为雌性，雄性鲛人极其少见。即便有，也因妖气强大，难以驯服，而鲜少被捉到驭妖谷来。

顺德公主这次，应该是花了大功夫呀。纪云禾正如此想着，却见那鲛人倏尔又抬起了长尾，又是横扫千军的一甩。这次所有人都暴露在他的攻击之下。纪云禾便是趴在地上也躲不过去，唯有手上结印，运气为盾，往身前一挡。

纪云禾只觉一阵"呼啦啦"的狂风从她气盾上撞击摩擦而过，摩擦产生了巨大声响，趴在地上掩住耳朵的瞿晓星连连惊呼。

风声刚过，隔了几步远比较弱的驭妖师抵挡不住妖力的冲击，被击飞呕血的有之，当场丧命的亦有之。地牢里登时狼藉一片。

纪云禾转头一看，只觉心惊。

她并没有见过雄性鲛人，可她也大概知道鲛人的妖力在什么范围。而今捉来的这一只，他的力量已经远远超过她所认知的妖怪的力量了。

毕竟，从来没见过哪只妖怪隔着封印妖力的黑石玄铁，还能如此以妖力伤人。

身边哀号一片，纪云禾望着牢中鲛人，微微眯起了眼睛，她手一动握住了腰间剑柄。其实今日在场的驭妖师，除了瞿晓星，她一个也不想救，只是若纵容这鲛人放肆下去，自己和瞿晓星也不会好受。

可她这方刚一有动作，牢里鲛人便立即目光一转，盯住了纪云禾。四目相接，纪云禾只见那鲛人眼中一片奇异的冰蓝色，犹如结冰的大海，冰寒刺骨，肃杀之气令人胆颤。

方只有眼神的触碰，纪云禾便是浑身一凛，只道今日不动点真功夫，恐怕是镇不住此妖。

鲛人鱼尾微微抬起，正要发难之际，地牢右边的另一个入口处倏尔杀来一道金色长箭，长箭穿过黑石玄铁的牢笼缝隙，只听"笃"的一声，径直穿透鲛人鱼尾，狠狠地钉在牢笼之后的墙壁里！

而在长箭末端还带着一条玄铁铁链，在长箭穿过鲛人鱼尾之时，玄铁铁链被法术控制着，如藤蔓一般迅速缠绕着爬上鲛人的尾巴，将他的尾巴紧紧锁死。

只听鲛人一声闷哼，额上冷汗渗出，好似痛极，然而他的眸光却并未有半分示弱，他奋力挣扎着，鱼尾被铁链锁住，随着他的挣扎，伤口撕裂，鲜血如瀑落下。

而与此同时，那箭射来的方向，传来一道男子低沉的呵斥声："都躺着做甚！给我起来结阵！"

纪云禾转头一望，手掌从剑柄上挪开。"瞿晓星。"她唤了趴在地上颤抖不已的助手一声，"起来了，这里没咱们的事了，走了。"

瞿晓星这才颤巍巍地抬起了头："没……没事了？"他趴着往旁边一看，见了右方走到地牢来的那人，舒了口气似的，"哦，少谷主来了……"

纪云禾听到他这声感慨，却微微眯了眼睛，侧眸看着他："怎么？我听你这意思，你是觉得我今日护不住你？"

瞿晓星是何等聪明的少年，当即便堆起了笑，对纪云禾道："左护法您哪儿的话，您本事那么大，自是护得住我，我这不是觉着少谷主来了，有他顶着，您会省力一些吗。我永远都是站在您这边的，您放心。"

纪云禾收回了目光，瞥了牢中的鲛人一眼，只见此时，牢中机关已经被打开，两道铁钩从背后墙壁射出，穿透他的琵琶骨，伴随着铁钩上时不时的雷击，让鲛人在痛苦中再无心运转妖力，他痛苦的呻吟声被外面开始吟诵经文结阵的驭妖师压了下去。

地牢之中金光四起，所有的玄铁石一同散发着光芒，衬得整个地牢一片辉煌。

而那鲛人除了痛苦地颤抖，再也没有反抗的力量了。

"走吧。"纪云禾唤了瞿晓星一声，迈步要从左边的通道出去。

在路过通道转角的时候，纪云禾余光一转，正好瞧见了牢中一边与别人商量着事，一边目送她离开的少谷主林昊青。

纪云禾脚步停也未停，全当没看见他似的，出了地牢。

要说纪云禾与林昊青的关系，那何止尴尬二字可以形容的。

驭妖谷谷主林沧澜年事已高，可关于继承人之位，老谷主的态度却一直暧昧不明。

林沧澜的儿子林昊青，被众人称为少谷主。然而直到现在，林沧澜也从未当众说过要将这谷主之位留给林昊青。他反而对养女纪云禾一直青睐有加。甚至特别辟出个左护法的位置给纪云禾。

纪云禾驭妖之术冠绝驭妖谷，若要真以实力来区分，纪云禾无疑要压上林昊青一头。再加之老谷主常年不明的态度，在其他人眼中，纪云禾便成了下一任谷主的人选之一。长久以来，驭妖谷内便分为两派，注

第一章 鲛人

重实力的人，推崇纪云禾成为下一任谷主；而注重传统的人，则誓保林昊青的地位。

两派之间明争暗斗，纪云禾与林昊青的关系也从小时候的兄妹之情变成了现在的水火不相容。

然而其他人都不知道，纪云禾自己一点都不想当这个劳什子谷主。她平生最大的愿望就是赚一笔钱，离开驭妖谷，到江南水乡，过上混吃等死的生活。

奈何宿命总是与她为敌……

这驭妖谷，却不是她想离开，就离开得了的。

思及此事，纪云禾一声叹："驯服此鲛人，这差事不能接。"在快走回自己院子的时候，纪云禾吩咐了瞿晓星一声："这是个烫手山芋，丢给别人。"

瞿晓星闻言一怔："可是左护法，这个鲛人是顺德公主那边送来的……您要是把这鲛人驯好了，回头顺德公主少不得对您多有提拔，您知道的……"瞿晓星观察了一下左右，凑到纪云禾耳边悄声道："您要知道，皇家人说的话，在咱们驭妖谷中举足轻重，若有顺德公主助你，谷主之位……"

她就是不想要这谷主之位。

然而这话，纪云禾却没法和瞿晓星说，她只得摆着冷脸，瞥了瞿晓星一眼，道："若是驯不好呢？"

瞿晓星闻言又是一怔。"咦……"他眨了眨眼睛，"护法……难道，你是在担心……你驯服不了这鲛人？"

她是担心，她真的驯服了这鲛人，博得了顺德公主的欢心，顺德公主当真为她说了什么话，从此以后，她怕是连现在的安宁都守不住了。

"你就当是如此吧。"纪云禾到了自己的院子，转身就要将院门关上赶人走，"总之我就是不想接这个差事，林昊青或者别的谁想接，就让他们接去，我不蹚这浑水。"

说完这话，院门一关，碰瞿晓星一鼻子的灰，瞿晓星只听里面的人懒懒地说了句："这段时间，就说我闭关，啥都不干。"

瞿晓星撇了撇嘴，可对于上级，他到底还是没有办法强迫。

然而到了傍晚，瞿晓星却不得不再次来到纪云禾院门前，敲了敲门："护法。"

013

隔了许久，里面才传来纪云禾的声音："我不是说我在闭关吗？"

"是，可谷主找你。"

"……"

院门一开，纪云禾显得有些头疼地挠了挠头："谷主有何事找我？"

"属下不知。"

纪云禾无奈，可也只有领命前往。

驭妖谷大殿名为厉风堂，纪云禾一入大殿门口，看见老谷主身边垂眸静立的林昊青，她便觉得今日来得不妙。

"谷主。"纪云禾行了个礼，老谷主林沧澜已是古稀之年，满面褶皱，可那双皱纹之间的眼睛，却依旧如鹰般犀利且慑人。

"喀喀……云禾来了。"林沧澜咳了两声，招了招手，将纪云禾招上前来，"云禾最近在忙些什么啊？"

纪云禾规规矩矩上前，站到林沧澜右侧，躬身细语答道："前段时间驯了几个小妖送走了，这两天正忙着教手下的驭妖师一些驯妖的技能。"

林沧澜点了点头："好孩子，为我驭妖谷尽心尽力。"他苍老如枯柴的手伸了出来，握住了纪云禾的手，拍了拍，"辛苦你了。"

"属下理当为驭妖谷鞠躬尽瘁。"纪云禾颔首行礼。

林昊青眸光微微一转，在纪云禾的脸上一扫而过。

林沧澜好似极欣慰地点了点头，随即哑声道："我驭妖谷收尽能人异士，承蒙高祖皇帝恩宠，允我驭妖一脉在这西南一隅安稳度日，而今顺德公主送来一厉妖，欲得我驭妖谷相助驯化。此乃皇恩，任务重要，不得有闪失。"

纪云禾与林昊青都静静听着。

纪云禾面上虽然不动声色，可心间却不由得哀叹，看来驯服那鲛人一事，恐怕不是她要躲就能躲过的……

"老夫思量再三，此等妖物，唯有交给你二人处理，我方能放下心。"林沧澜咳了两声，道，"正巧，老夫近来身体多有不适，深知天命将近……"

"谷主洪福。"

"父亲万寿。"

第一章 鲛人

纪云禾与林昊青几乎同时说了句话，两人跪在地上，作揖下拜。

林沧澜笑着摆摆手："这身体，老夫自己清楚。也是时候将这未来谷主的位置定一定了。"

此话一出，整个厉风堂内一片沉默。

"你们都是我的孩子，都很优秀，老夫实在难以取舍，而今趁此机会，你二人便一比高低吧。"林沧澜自怀里取出一封信件，信纸精致，隐隐含香，"顺德公主前日来信，她令我等驯服此妖，顺德公主其愿有三，一愿此妖口吐人言，二愿此妖化尾为腿，三愿其心永无叛逆。这三点，你二人谁先做到，谁就来当这下一任谷主吧。"

"孩儿得令。"林昊青抱拳答了。

而纪云禾却没有说话。

林沧澜转眼盯着纪云禾："云禾？"

纪云禾抬头望他，触到林沧澜和蔼中暗藏杀机的目光，纪云禾便心头一凉，唯有忍下所有情绪，答道："是。云禾得令。"

离开厉风堂，纪云禾走得有点心不在焉，直到要与林昊青分道扬镳时，林昊青唤了一声她的名字，她才陡然回神，抬头望向林昊青。

"云禾。"林昊青神色中带着几分客套与疏离，"未来这段时间，还望不吝指教了。"

纪云禾也回了个礼："兄长客气了。"然而客套完了，两人却没有任何话说了。

厉风堂外的花谷一年四季繁花似锦，春风拂过之时，花瓣与花香在谷中缠绵不绝，极为怡人。纪云禾望着林昊青，嘴角动了动，最终，在她要开口之际，林昊青却只是一转身，避开她的眼神，冷淡地离开。

纪云禾站在原地看着他远去的背影，只得一声苦笑。

她唤他兄长，是因为她曾经真的将他当作兄长看待，甚至到现在也是。

纪云禾转头，只见春日暖阳之下，谷中百花正是盛极之时，这一瞬间纪云禾脑海里的时光好似倒流了一般。

她仿佛看见很多年前的自己，那时她尚且是个不知世事的丫头片子，喜欢在繁花里又跳又闹，而比她年长几岁的林昊青就站在远处静静地看着她，目光温和，笑容腼腆。

她总爱胡乱摘一把花，拿过去问他："昊青哥哥，花好不好看？"

林昊青笑着摸摸她的头,然后把她头上的草与乱枝都摘去,在她耳边戴上一朵花,笑称:"花戴在妹妹头上最好看。"

而现在,记忆中温暖笑着的哥哥,却只会对她留下并没有什么感情的背影……

纪云禾垂下头,她比任何人都清楚,他们之间之所以变成这样,一点都怪不得林昊青。

要怪,也只能怪她……

纪云禾回到栖云院时,天色已黑,她坐在屋内,点了灯,看着豆大的烛火跳跃,一下两下,等她数到第五下的时候,空气中倏尔闪来一道妖气,一个身穿白衣红裳的黑发女子蓦地出现在了屋内。

纪云禾拨了拨灯,看也未看那女子一眼,只问道:"说吧,林沧澜这次直接让我与林昊青相斗,他想要我做到什么程度?"

女子神色薄凉:"要你全力以赴。"

纪云禾一笑:"我全力以赴?我若真将那鲛人驯服了,林沧澜真敢把谷主之位给我?"

"谷主自有谷主的安排,你不用多问。"女子只答了这样一句话,手一抬,一粒药丸往纪云禾面前一抛,"你只需知道,若让他发现你不曾全力以赴,一月之后,你便拿不到解药就是了。"

纪云禾接住药丸,余光看见白衣红裳的女子同来时一样,如鬼魅般消失,她手指捻着药丸,唇角抿得极紧。

驭妖谷中的所有人,包括林昊青都认为,林沧澜是十分宠爱纪云禾的,老谷主封她为护法,对待她与对待林昊青几乎没有差别,甚至隐隐有让她取代林昊青的意思。

然而,只有纪云禾知道,那个老谋深算的老头子,根本就不可能把这南方驭妖谷的谷主之位交给一个"外人",哪怕她是他的养女。

更遑论,林沧澜从未将她当成养女,她只是老头子手下的一颗棋子,帮老头子做尽一切阴暗的,见不得人的勾当……

纪云禾服下这月的解药,让苦涩的味道在嘴里蔓延,苦味能让她保持清醒,能让她清楚地思考她所面临的困境。

她知道老头子根本没有打算把谷主之位给她,而现在却搞了个这么光明正大的比试,还要她全力以赴。她若输了,便是林昊青上位,她必定被驭妖谷抛弃，连着瞿晓星与这些年支持她的人，一个也讨不了好。

而她若赢了，更是不妙。

老头子背地里不知道准备了什么样的招收拾她。而且，就算没有招，只是断了她每月必须服食的解药，就足够她受的了。

前后皆是绝境……

纪云禾拉了拉衣襟，刚服食了药物的身体本就有几分燥热，想到如今自己的境地，她更觉得烦躁，一时觉得屋里待着烦闷，便踏步出了房间，循着春夜里的寒凉在驭妖谷里信步游走。

一边寻思事情，一边无意识地走到了关押那鲛人的地牢之外。

其实并不是偶然。

关押这鲛人的地牢机关极多，整个驭妖谷里也就这么一个。以前鲜少有够资格的妖怪被关在这里，平时也少有人来。于是纪云禾以前心烦的时候总爱在这周围走走，有时候甚至会走进地牢里去待一会儿。

里面谁也没有，是一个难得的能让她感觉到一丝安全的地方。

鲛人被关在里面，今夜地牢外有不少看守，但见纪云禾来了，众人便简单行了个礼，唤了一句"护法"。

纪云禾点点头，随口问了一句："那妖怪可还安分？"

守卫点头："白日少谷主将他收拾了一通，夜里没有力气折腾了。"

纪云禾点点头："我去看看。"

她要进，守卫自是不会拦。纪云禾缓步下了地牢，并没有刻意隐去脚步声，她知道，对有那样力量的妖怪来说，无论她怎么隐去自己的行踪，都是会被察觉出来的。

下了地牢，牢中一片死寂，巨大的铁栏上贴满了符咒，白日的血腥已经被洗去，地牢顶上投下来的月光将地牢照得一片清冷。

而那拥有着巨大尾巴的鲛人就那样被孤零零地吊在地牢之中。长长的鱼尾垂搭下来，拖曳至地，而鱼鳞却还因着漏进来的月光而闪闪发亮，隐约可见其往日令人惊艳的模样。

纪云禾缓步走近，但见那鲛人垂着头，及腰的银色长发挡住了他半张脸，可即便如此，纪云禾也觉得，这个鲛人，太美了。

美得过分。

纪云禾行至牢房外，透过粗重的贴满符咒的栅栏抬头往里面仰望，双手被吊起的鲛人一身的伤，他的琵琶骨被玄铁穿透，一条铁链缠绕在他蓝白相间的美丽鱼尾上，禁锢了他所有的动作。

他一身的血，像是将铁链都浸泡透了一样，滴滴答答地往下滴，在朦胧月色之下，他一张脸惨白如纸。饶是纪云禾已经入了驭妖谷多年，见过那么多血腥场面，此时也不由得胆寒。

而在胆寒之余，也为这鲛人的容貌失神。

这世上总有那么些人或物，盛放自有盛放时的惊心，萎靡也有萎靡时的动魄。

纪云禾上前一步，就是这一步，像是跨入了鲛人的警戒区，勾魂眼的弧度一动，睫羽轻颤，眼睑睁开，冰蓝色的眼眸光华一转，落在了纪云禾的身上，眼瞳中映入了地牢里的黑暗、火光，与她一袭素衣的身影。

他嘴角有几分冰凉地往下垂着，带着不怒自威的气势，和与生俱来的贵气。他眸光慑人，带着戒备、杀气与淡漠至极的疏离，似有冰刃刺人心。

他一言不发。

送这鲛人来的太监没有提供任何关于这个鲛人的信息。从哪里来，叫什么名字，身体状况如何，法力达到哪个层级……自然，也没有告诉驭妖谷的人，他会不会说话。

这要他口吐人言，是教会他说话，还是让他开口说话？

纪云禾没有被他的目光逼退，她又近了一步，几乎是贴着牢房的封印栏杆审视着他。

四目相接，各带思量。

纪云禾不知道这鲛人在想什么，但她却诡异地觉得，自己现今的处境，与面前的这个妖怪，如此相似。

困境。

留在驭妖谷是难过，离开也不会有什么好结果。

如果驭妖谷不能驯服他，那他可能会被送到北方的驭妖台，东方的驭妖岛，或者西方的驭妖山……这些是在朝廷的控制下，如今天下仅存的四个允许拥有驭妖能力的人生存的地方。

每一个地方，对妖怪都不友善。

纪云禾现在面临的，与他有何不同？

第一章 鲛人

林昊青，林沧澜，前者对她是防备、猜忌，欲除之而后快，后者对她是无所不用其极地利用，恨不能榨干她每一滴血。而她若私自逃出驭妖谷，身体里的毒会发作不说，这茫茫天下，皇权将视她为驭妖师中的叛徒，四大驭妖领地，都不会再接受她。

举目四望，她与这牢中的妖，并没有区别。

一个是权力下的玩物，一个是大局里的棋子。

"滴答"，鲜血滴落的声音在地牢里十分清晰，纪云禾目光往下，滑过鲛人结实的胸膛与肌肉形状分明的小腹，她眉梢挑了挑，心里感慨，这鲛人看起来很有力量感嘛。

再接着往下看去，他的鱼尾已经不复白日乍见时的光滑，因为缺水，再加之白日受了雷霆之苦，一些鳞片翻飞起来，皮开肉绽，看起来有些吓人。

纪云禾驯妖，其实是不太爱使用暴力的。

她手心一转，掌心自生清泉，随手一挥，清泉浮空而去，卷上鲛人的鱼尾。

是同情他，大概也是同情和他差不多处境的自己。

鲛人下意识地抗拒，微微动了动身子，而他这轻轻一动，身上的玄铁"哗啦"一阵响，几乎是在一瞬间，覆了法咒的玄铁便立即发出了闪电，"噼啪"一阵闪过，没入他的皮肉，刺痛他的骨髓。

鲛人浑身几乎是机械性地抖了抖，他咬住牙，任由浑身的伤口里又淌出一股股鲜血……

而这样的疼痛，他却闷不作声地忍下……或许，已经没有叫痛的力气了。

"别动。"纪云禾开了口，比普通女子要低沉一些的声音在地牢里回转，仿佛转出了几分温柔意味，"没想害你。"她道。

纪云禾目光又往上一望，对上了鲛人的蓝色眼睛。

她手中法术未停，清泉水源源不断地自她掌心里涌出，仿佛还带了几分她身体的温度，覆在了鲛人的鱼尾上。

有了清水的滋润，那些翻飞的鱼鳞慢慢变得平顺，一片一片快速地自我愈合着，没有受伤的地方很快便顺服地贴了下去，闪出了与初见时一样的耀目光泽。

鲛人的眼眸中有着与生俱来的冰冷，他望着她，似乎没有任何情绪的波动。

纪云禾也根本没想过要他回应。她一收手，握住了拳头，登时泉水消失，她望着鲛人："你想离开是吧？"

鲛人不言语，好似根本没听到纪云禾的话。

"我也想离开。"她低低地说出这句话，声音小得好似在呢喃细语，"好好听话吧，这样大概要轻松一些。"

言罢，她抬头，望着鲛人笑了笑，也没管他，一转身，像来时一样，信步走了出去。

离了地牢，纪云禾仰头望天上的明月，鼻尖嗅着谷中常年都有的花香，她深深吸了一口气，虽然不喜欢这南方的驭妖谷，但纪云禾却不得不承认，她是喜欢南方的，这温柔的温度，与常年不败的花，还有总是自由自在的暖风。

这么些年，她一直都在想办法，想慢慢地安排，慢慢地计划，好让自己从这驭妖谷里安然脱身，然而……现在看来，她好像已经没有慢慢折腾的时间了。

林沧澜给她定的这场明日开始的争夺，她躲不过，那就参加吧。

只是她的对手，不是林昊青，而是那个一直坐在厉风堂上的，垂垂老矣，却目光阴鸷的谷主，林沧澜。

林沧澜很早以前就与她说过，她身体里的毒，是有解药的，不用一月服食一颗，只要她好好给他办事，到最后，他就会把最终的那颗解药给她。

纪云禾曾经对林沧澜还抱有希望，但如今已经没有了，她甚至怀疑解药是否存在。但没关系，就算没有解药，她只要有每月遏制毒性之药的药方子，就可以离开驭妖谷，更甚者……她可以不要药方，她只需要足够数量的遏制毒性的药，她可以让人去研究，配出药方，就算再退一万步，她只能拿到一些遏制毒性的药，也要离开驭妖谷。

她受够了。

这样不自由的生活，她受够了。

她只想凭着自己的意志，不受任何控制与摆布地去看自己想看的月，想赏的花，想走的万千世界。

她与林沧澜的最后一战，是时候打响了。

就从这个鲛人开始。

第一章 鲛人

"锦桑。"纪云禾俯下身，唇瓣轻轻贴在路边一朵花的花心里，"该回来了。"

长风起，吹动花瓣，花朵轻颤，也不知将纪云禾刚才那句话，传去了何方。

第二章 大海之魂

"鲛人是大海的魂凝结而成的。"

是日,风和日丽,春光正好。

阳光与春风一同经过窗户泄入屋内,阳光止步于书桌,暖风却绕过屏风,拂动床帏内伊人耳边发。

然而随风而来的还有一阵阵敲门的声音,以及瞿晓星的叫唤:"护法!云禾!姑奶奶!这都什么时辰了!你还在睡啊!"

"笃笃笃"的敲门声一直持续不停,吵得烦人,终于……

"吱呀"一声,纪云禾极不耐烦地打开了门。她皱着眉,乱着头发,披挂在身上的衣裳也有几分凌乱,语气是绝对不友好:"闹腾什么!"

瞿晓星被这气势汹汹的一吼吓得往后一退。

"我……我也不想来吵你呀,谁不知道你那起床气吓死人……"

纪云禾晚睡晚起,起床气大,基本是和驭妖谷的谷规一样,尽人皆知。

瞿晓星委屈地嘟囔:"我还不是替你着急,你和少谷主的比试多重要啊,人家少谷主今天一大早就带着人去地牢了,但你……你这都快睡到午时了……别人不敢叫你,这差事还不得我顶上吗?"

第二章 大海之魂

纪云禾还真是把驯妖的事给睡忘了。

她咂巴了一下嘴,强自撑住了面子,轻咳一声:"驯服妖怪是技术活儿,又不是谁起得早谁就更能得到妖怪的信服。"她揉揉眼睛,挥手赶瞿晓星,"得了得了,走走,我收拾一下就过去。"

"怕是没时间让你收拾了。"另一道女声出现在瞿晓星身后,纪云禾歪了歪脑袋,往后一探,但见来人长腿细腰,一头长发及至膝弯,眼尾微挑,稍显几分冷艳,自带三分杀气。

"咦。"纪云禾眨了眨眼睛,散掉了仅余的那点睡意,"三月?"

纪云禾有些迷糊地嘀咕:"我昨天传信不是错传给你了吧?你怎么回来了?你不是和西边驭妖山的人去除妖了吗?这么快?"

"呵。"雪三月一声冷笑,"西边的人一年顶一年没用,什么大蛇妖,无法对付,那蛇妖明明人形都还没化,一群废物费了那么大功夫也拿不下来,送上去的报告看着吓人,其实花不了多少功夫。"

雪三月驯妖的本事不行,可要论手起刀落地杀妖怪,这驭妖谷中怕是也没几个人强得过她。

"你这里的事才让人操心。"雪三月冷冷地睇了纪云禾一眼,"事关谷主之位的比赛,你还有时间偷懒?"

雪三月一把拽了纪云禾的手,也不管她头发还乱着,拖着她便走:"林昊青已经在牢里用上刑了。"

纪云禾听得懂雪三月的意思,雪三月是说,林昊青已经在牢里用上刑了,回头她去晚了,鲛人一旦开口说话,她这比赛的第一轮便算是输了。可是不知为何,纪云禾听到雪三月这句话时,脑海里闪过的却是那鲛人干裂的鳞甲,满是鲜血的皮肤,还有他坚毅却淡漠的蓝色眼珠。

"打不出话来的。"

雪三月转头看了她一眼:"你怎么知道?"

纪云禾微微一笑:"要是能打出话来,顺德公主也不会把他送咱们这儿来了。朝廷的刑罚,不会比驭妖谷的轻。"

雪三月闻言,放缓了步伐:"你有对策了?"

其实雪三月是有点佩服纪云禾的,这么多年来,在驭妖谷,有一半的驭妖师,一辈子驯服的妖怪没有纪云禾一年驯服的多,她像是能看穿妖怪内心最深刻的恐惧,从而抓住它,然后控制他们。

她对那些妖怪的洞察力,可怕得惊人。

"有是有。"纪云禾瞥了雪三月一眼,"不过,别人倒也算了,你这么操心这场比赛做什么?你又不是不知道我的情况。"

两人相交多年,知晓彼此内心藏着的最隐秘的事。

纪云禾没什么瞒着她,她也如此。

"无论如何,这是个机会。"雪三月说得坚定,没再管纪云禾,拖着她便往地牢那方走。

纪云禾看着雪三月握住自己手掌的手,眉目微微暖了,她是喜欢的,喜欢这种被人牵着手的感觉,让她感觉自己是有同行的人的,不会一直那么孤独。

及至地牢外,已经有许多人在围着看热闹。

纪云禾被雪三月带到的时候,地牢里正是一阵雷击"噼啪"作响。

有驭妖师轻轻咋舌感慨:"少谷主是不是太着急了些,这般用刑,会不会将这鲛人弄死了去?"

"少谷主有分寸,哪儿轮得上你来操心。"

纪云禾眉头微微一皱,这时旁边正巧有人看见了纪云禾,便立即往旁边一让,唤了一声:"护法。"

听到这两个字,前面的人立即转头回身,但见纪云禾来了,通通俯首让道,让纪云禾顺畅地从拥挤人群中走了进去。

下了地牢,往常空空荡荡的牢里此时也站满了人,林昊青站在牢笼前,面容在雷电之中显得有几分冷峻,甚至阴森,他紧紧盯着鲛人,不放过鲛人面上的每一分表情。

而就在纪云禾入地牢的时候,不管如何用刑,一直没有任何表情的鲛人倏尔颤了颤睫毛,他眸光轻轻一抬,冰蓝色的眼瞳轻轻地盯住了正在下地牢长阶的纪云禾。

林昊青将鲛人盯得紧,他眸光一动,林昊青便也随着他的目光往后一望。

但见那鲛人望着的,正是纪云禾。而纪云禾也看着那鲛人,微微皱着眉头,竟似以对那鲛人……有几分莫名的关心。

林昊青垂于身侧的手微微一紧,眸光更显阴鸷,却有几分林沧澜的模样……

"护法来得迟了。"林昊青一边说着,一边抬了抬手,方才稍稍停顿下来的雷击霎时间又是一亮,那些满是符咒的玄铁之上"哗啦"一声闪动着刺眼的光芒，打入鲛人体内。

被悬吊在空中的鲛人似已对疼痛没有了反应，浑身肌肉下意识地痉挛了一瞬，复而平静下来，他垂着脑袋，银色的头发披散下来，沾满了身上的黏稠血液，显得有几分肮脏。

他像一个没有生机的残破布偶，那双冰蓝色的眸子被眼睑遮住，没人能看清他眼中神色。

纪云禾神色淡漠，不露一点关切，只伸了个懒腰，带了些许揶揄道："少谷主何不说自己有点心急了。"

林昊青一笑："云禾驯妖本事了得，为兄自是不敢懈怠，当全力以赴，方才对得起你。"

"我驯妖的时候可不待见有这么多人守着看。"纪云禾带着雪三月下了地牢，寻了块石头往旁边一坐，雪三月立在她身边，她便顺势一歪，懒懒地靠在了雪三月身上。雪三月瞥了她一眼，但最后还是容着她犯懒。纪云禾抬手谦让："兄长先请吧，只是……"

纪云禾撇了撇嘴，不咸不淡地说了一句："但闻顺德公主身份尊贵，样样都想要最完美的，这鲛人也不知道愈合能力怎么样，兄长，比赛第二，怎么用最好的结果去交差，才是咱们的首要任务啊。"

林昊青眉目微微一沉，眸光从纪云禾身上挪开，落在了那好似已奄奄一息的鲛人身上。

纪云禾说得没错。

而今天下，朝廷为大，皇权为贵，再也不是那个驭妖一族可以呼风唤雨的时代了。朝廷将驭妖一族分隔四方，限制他们的力量，四方驭妖族，最首要的事已经不再是除妖，而是迎合朝廷。

如何将这些妖物训练成皇族最喜欢的样子，是他们最重要的任务。

即便这是关于谷主之位的比赛，也依旧要以顺德公主的意思为主。

公主想让这个鲛人说话，有双腿，一心臣服，她并不想要一个破破烂烂的奴隶。

林昊青摆了摆手，辅助他的助手控制着雷击的机关，慢慢停止了雷击。林昊青上前两步，停在牢笼前方，微微仰头，望着牢里悬挂着的鲛人："你们鲛人一族向来聪慧，你应当知道什么对你才是最好的，只要你乖乖听话……"

话音未落，鲛人一直垂下的眼睑倏尔一抬，直勾勾地盯住了林昊青,他眸中神色清亮,并无半分颓废,甚至挟带着比昨日更甚的杀气。

只见他周身霎时间散出淡蓝色的光辉,旁边的助手见状,立即重启雷击,电闪雷鸣之中,整个地牢里皆是轰鸣之声,地牢之外围观的人尽数四散逃窜。

不为其他,只因为这鲛人身体里散发出来的妖气已经溢出地牢,向外而去。

纪云禾只见他鱼尾一动,巨大的蓝白色尾巴在电光闪烁之中夹杂着血,狠狠一摆,拉扯着那将他的尾巴钉死固定的铁链,"哗"的一声,固定在地上的金箭铁链被连根拔起!

"哐啷"一下,狠狠砸在林昊青面前的玄铁栅栏上。

玄铁栅栏应声凹进去了一个坑,背后凸出,离林昊青的脸只有三寸距离。

"少谷主!"旁边的助手无比惊慌,连忙上前保护林昊青,将他往后拉了一段,"你受伤了!"有助手惊呼出声。

只见林昊青的颧骨上被擦破了一条口子。而那伤口处还淌着血,助手吟咒帮他止血,却发现没有止住,林昊青一把推开旁边的助手:"金箭伤的,箭头上有法力,你们止不住。"

金箭……

所有人往那牢里看去,但见鲛人依旧盯着林昊青,而他的鱼尾已经一片狼藉。

贯穿鱼尾的铁链在他刚才那些动作之下让他的尾部几乎撕裂,鲜血淋漓,玄铁链还是穿在他的身体里,而下方固定在地的金箭已经折断。

是方才他鱼尾卷动玄铁链时,拉起了地上金箭,而金箭撞上玄铁栅栏,箭头断裂射出牢笼,擦破了林昊青的脸。

牢中驭妖师无人敢言,盯着里面的鲛人的目光霎时间有几分变了。

伤成这样,没有谁能料到他还有力气反抗!而且,他竟然还有反抗的意志,至今为止,他们见过的妖怪,哪一只不是在这样的刑罚下连生存的意志都没有了……

这个鲛人……

当真能被驯服?

映衬着还在噼啪作响的闪电,地牢外的驭妖师奔走吵闹,地牢天顶不停落下石块尘土,一片喧嚣,纪云禾在这般喧嚣之中,终于将睡意通通抹去。

她静静望着牢中的鲛人，只见他冰蓝色眼眸里的光芒是她没有见过的坚定与坚持。

"鲛人是大海的魂凝结而成的。"雪三月在纪云禾身边呢喃出声，"我还以为是传说，原来当真如此。"

纪云禾转头看了雪三月一眼："别让别人听到了。"

驭妖谷里，见不得人夸赞妖怪。

即便这只妖怪，确实让纪云禾也心生敬佩。

鲛人那一击几乎用掉了他所有的力气，他被吊挂在牢里，而雷电还在不停地攻击着他。

此时林昊青受伤，助手们的关注点都在林昊青身上，并没有谁在乎机关是否还开着，或者……他们就是要让机关开着，这样才能让他们更确定自己的安全，还有保障。

"少谷主，这里危险，砖石不停掉落，咱们还是先出去吧。"

林昊青脸上血流不止，他凝了法术为自己疗伤，听闻此言，他眸光一转，阴鸷地盯了囚笼里如破布一般的鲛人一眼。

"着人来修补牢房。"他下了命令，助手忙不迭地应了，转身便要跟着他离开，而林昊青一转身，却没急着走，目光落在了方才一直坐在一旁，稳如泰山的纪云禾身上。

"护法不走？"

"我再待一会儿，看着他，为免鲛人再有动作。"纪云禾的目光终于从鲛人身上挪开，回望林昊青，"少谷主被金箭所伤，金箭上法咒厉害，还请赶快治疗，免得越发糟糕。"

"护法也该多加小心才是。"林昊青瞥了身旁两名助手一眼，"你们且在此地护着护法，若此鲛人再敢有所异动，速速来报。"

被点名的两人有几分怵，显然是不想再待在此地，但碍于命令，也只得垂头应是。

林昊青这才在其他人的簇拥与搀扶下，离开了地牢。

纪云禾拍了拍身上落的灰，这才站起身来，径直往那雷击机关处而去。

林昊青留下来的两名助手有几分戒备地盯着纪云禾，但见她一手握上了机关的木质手柄，"咔"的一声，竟是将那手柄拉下，停止了雷击。

"护法,"一名助手道,"这怕是不妥。"

"有何不妥?"纪云禾瞥了他们一眼,"少谷主驯妖有少谷主的法子,我自有我的法子。"她说罢,不再看两人,向牢门处走去,竟是吟诵咒语欲要打开囚禁那鲛人的玄铁牢门。

此时外面围观的驭妖师已经在方才那一击时跑得差不多了,还有一些留下来的见此场景也忙不迭直叫:"护法使不得!"

纪云禾没管他们的声音,那两个助手更是上前要阻止纪云禾诵咒,可在触碰到纪云禾之前,便有一道剑气"唰"地在两人面前斩下,剑气没入石地三分,令两名助手脊梁一寒……

"少谷主的手下真是越发不懂规矩了。"雪三月持剑立在一旁,面容冷淡,眸中寒意慑人,"护法行事,轮得到你们来管?"

雪三月的功力在驭妖谷内也是无人不知,林昊青已走,剩下的也都是小喽啰,两名助手在雪三月面前说不上话,只得对纪云禾扬声道:"护法!牢门万不可打开啊!万一鲛人逃走……"

话音还没落,护栏上的法术便已经消散,纪云禾一把拉开了牢门,迈了进去,她也不急着关门,一转头,将门又推得开了些。

站得远点的驭妖师一见,马不停蹄地就跑了,被勒令留下来的两人惨白着一张脸死撑着没动,双腿却已经开始发抖。

这鲛人,把他们吓得不轻。

纪云禾一声轻笑,这才不紧不慢地将牢门甩上。

"哐"的一声,隔绝了牢里牢外的世界。

她走到了鲛人身侧,仰头望他,没有牢笼和电光的遮拦,这般近距离的打量,更让纪云禾感觉他这一身的伤,触目惊心。

这么重的伤,还怎么逃走?

纪云禾站在鲛人那巨大的尾巴前面,此时那条本应美得惊人的大尾巴已经完全没了力气,垂在地上。往上望去,是他沾着血与灰的银发,还有他惨白的脸以及只凭意志力半睁着的眼睛。

他的眼睛是冰蓝色的,纪云禾看见过,但此时,纪云禾只见得他眼眸中灰蒙蒙一片,没有焦点,也没有神采,几乎已经是半死过去了。

纪云禾知道,这鲛人方才是用尽所有的力量在反抗了。

只为了将羞辱他的林昊青打伤……

她在心底轻轻叹了一口气,硬骨头的妖怪,在驭妖谷,总会吃更多苦头。骨头越硬，日子越难过。

人也一样。

纪云禾随即垂下头，看着他尾巴上的伤，贯穿他鱼尾的玄铁链还穿在他的骨肉里，纪云禾反手将身上的小刀掏了出来，手起刀落，极快地在他鱼尾一割，分开他鱼尾下方最后一点与铁链相连的皮肉，玄铁链"咚"的一声沉响，落在地上。

鲛人尾虽然已经破烂不堪，但好歹此时没有了玄铁的拖拽，这让他上方悬吊着的手臂，也少承担了许多重量。

纪云禾再次仰头望他，对鲛人来说，她方才在他尾巴上动了刀子，他已经完全没有感觉了，只是身体忽然的轻松让他稍稍回了几分神志。

蓝色的眼珠动了动，终于看见站在下方的纪云禾的脸。

纪云禾知道他在看自己，她微微开了口，用口型说着：何必呢。

鲛人微微颤动的眼珠让纪云禾知道，他听懂了。

但没有再多交流。纪云禾想，这个鲛人现在就算是想说话，怕是也没有力气说出口吧。

林昊青这次是真的心急，有些胡来了。

纪云禾随即往外看了一眼："动动那机关，把他给我放下来。"

林昊青的两名助手连连摇头，雪三月一声冷哼，懒得废话，捡了地上一块石头往牢门边机关上一弹，机关转动，牢中吊着鲛人的玄铁链便慢慢落了下来。

纪云禾看着他，在鲛人鱼尾委顿落地时，纪云禾伸手，揽住了鲛人的腰。在他腰间鱼鳞与皮肤相接处，鱼鳞尚软，泛着微光，触感微凉。纪云禾觉得这触感甚是奇妙，但也不敢多摸，因为这鲛人身上没有一处不是伤。

她把鲛人横放在地，微微皱了眉头。

"给我拿些药来。"

两名助手面面相觑："护法……这是要给这妖怪……治伤？"

"不然呢？"这两人再三废话让纪云禾实在心烦，"把你们打一顿，给你们治？"

她这话说得冷淡，听得两人一怵。纪云禾这些年能在这驭妖谷树立自己的威信，靠的可并不是懒散和起床气。

两人面面相觑了一会儿，一人碰了碰另一人的手臂，终是遣去一人拿药。

等拿药来的间隙，纪云禾细细审视鲛人身上的伤。

从眉眼到胸前，从腰间至鱼尾，每一处她都没放过。而此时鲛人还勉强醒着，一开始他还看着纪云禾，但发现纪云禾在干什么之后，任凭怎么打都没反应的鲛人忽然眨了两下眼睛，有些僵硬地将脑袋扭到了另一个方向。

鲛人身体稍有动作，纪云禾就感受到了，她瞥了他一眼。

哟，看来，这个鲛人骨头硬，但脸皮却出奇地又软又薄嘛。

药膏拿来前，纪云禾已经用法术凝出的水滋润了鲛人尾巴上所有干裂翻翘的鱼鳞。这条大尾巴看起来虽然还是伤痕累累，但已比先前那干裂又沾染灰尘的模样要好上许多。

在纪云禾帮鲛人清洗尾巴的时候，鲛人就已经熬不住身体的疲惫，昏睡了过去。

"护法，药。"牢外传来拿药人的呼喊，但那人看着躺在地上一根链条都没绑的鲛人就犯怵，他不敢靠近牢房，隔了老远，抱着一包袱的药站住了脚步。

纪云禾瞥了他一眼："你是让我出去接你还是怎么的？"

那人哆哆嗦嗦，犹豫半天，往前磨蹭了一步，雪三月实在看不下去了："驭妖谷的人怕妖怪怕成这样，你们主子怎么教的？丢不丢人？"她几大步迈到那人身侧，抢了包袱，反手就丢向牢中。

包袱从栏杆间隙穿过，被纪云禾稳稳接住。纪云禾拆了包袱数了数，这人倒是老实，拿了好些药来，但都是一些外伤药，治不了鲛人的内伤。

不过想来也是，驭妖师绝对不会随随便便给受驯中的妖怪疗内伤，以免补充他们好不容易被消耗掉的妖力，这是驭妖的常识。

纪云禾问雪三月："凝雪丸带了吗？"

凝雪丸，可是驭妖谷里炼制的上好的内伤药。

雪三月也是没想到纪云禾竟然想给这个鲛人用这般好药，她心下直觉不太妥当，但也没多问，从怀里掏出一个小瓶子便丢给了纪云禾。

旁边的两人虽面色有异，但碍于方才纪云禾的威胁，都没有再多言。

而纪云禾根本就不去管牢外的人到底有什么样的心思和琢磨。她只拿着药瓶，欲要喂他服下凝雪丸。然而鲛人牙关咬得死紧，纪云禾费了好些劲也没弄开，她一声叹息，便先将凝雪丸放在一旁。拿了外伤药，一点一点地往他身上的伤口涂抹。

她的指腹好似在轻点易碎的豆腐，她太仔细，甚至没有放过每一片鳞甲之下的伤口。

那些凝着血污的、丑陋难看的伤，好像都在她的指尖下慢慢愈合。

鲛人的伤太多，有的细且深，有的宽且大，上药很难，包扎更难，处理完这一切，纪云禾再一抬头，从外面照进地牢来的，已经变成了皎洁的月光。

雪三月不知道什么时候已经走了，而林昊青留下来的两个看着她的下属，也已经在一旁石头上背靠背地坐着打瞌睡。

专心于一件事的时候，时间总是流逝得悄无声息。纪云禾仰头扭了扭有些僵硬的脖子。

最后还没处理的伤是鲛人手腕上被玄铁捆绑的印记。

玄铁磨破了他的皮，让他手腕上一片血肉翻飞，现在已经结了些痂，一块是痂一块是血，看起来更加恶心。纪云禾又帮他洗了下伤口，抹上药，正在帮他包扎的时候，忽觉有道冷冷的目光盯在了她脸上。

"哦，你醒啦。"纪云禾轻声和他打招呼。

冰蓝色的眼眸直勾勾地盯着她，纪云禾将凝雪丸放到他面前："喏，吃了对你的伤有好处。"

鲛人没有张嘴。

"我知道你在想什么。"纪云禾手上给他包扎的动作没有停，语气和平时与驭妖谷其他人聊天时也没什么两样，"你在想，还不如死了算了，换作我，我大概也会这么想。不过，如果你有故乡、有还未完的事、有还想见的人……"

纪云禾说到这里，扫了眼鲛人，他的眼瞳在听到这些短句的时候，微微颤动了两下。

纪云禾知道，他是能听懂她说话的，也是有和人一样的感情的，甚至可以说，他是有故乡，有想做的事，有想见的人的。

并且，他通过她的话，在怀念那些过去。

"你就先好好活着吧，至少在你还没完全绝望的时候。"纪云禾拍了拍他的手背，伤已经完全包扎好了，她倒了凝雪丸出来，用食指和拇指捏住，放到了鲛人唇边。

他的唇和他的眼瞳一样冰凉。

在短暂的沉默之后，他牙关微微一松，纪云禾将药丸塞进了他的嘴里。

见他吃了药，纪云禾站起身来，拍了拍屁股，拿了布袋子便往外面走去。

没有更多的要求，也没有更多的言语，就像是，她真的就是专门来治他的伤的一样。

就像是……

她真的是来救他的一样。

纪云禾推门出去，惊醒了困觉的两人。

但见纪云禾自己锁上了地牢的门，他们两人连忙站了起来："护法要走了？"

"困了，回去睡觉。"她淡淡吩咐，"今天玄铁链上的雷击咒就暂时不用通了，他伤重，折腾不了，你们把门看好就行了。"

言罢，她迈步离开，留两人在牢里窃窃私语："护法……对这个妖怪是不是太温柔了一些啊？"

"你来的时间短，有的事还不懂，护法能有今天，手段能比咱们少谷主少？怀柔之计罢了。"

他俩说着，转头看了看牢里的鲛人，他连呼吸都显得那么轻，好似什么都听不懂，也听不见。

纪云禾离开了地牢，边走边透了口气，地牢里太潮湿，又让人气闷，哪儿有自由飘散着风与花香的外面来得自在。

只可惜，这驭妖谷里的风与花香，又比外面世界的少了几分自由。

纪云禾往驭妖谷的花海深处走去。

驭妖谷中心的这一大片花海，是最开始来到驭妖谷的驭妖师们种下的，不同季节盛开不同的花朵，永远有鲜花盛开。

离驭妖谷建立已有五十年的时间，这五十年里，驭妖谷里的驭妖师们早就无闲情逸致打理这些花朵，任其生长，反而在这禁闭的驭妖谷里，长出了几分野性，有些花枝甚至能长到大半人高。花枝有的带刺，有的带毒，一般不会有人轻易走进这花海深处。

第二章 大海之魂

对纪云禾来说，这儿却是个可以静静心的好地方。

她嗅着花香，一步一步走着，却不想撞上了一个结界。

空气中一堵无形的气墙，挡住了她的去路。

纪云禾探手摸了摸，心里大概猜出是谁在这深更半夜里于这花海深处布一个结界。她轻轻扣了两下，没一会儿，结界消失，前面空旷的花海里，倏尔出现了一棵巨大的紫藤树，紫藤花盛开，两人静静伫立。

纪云禾道："我就猜到是你。"

是雪三月和……雪三月的奴隶，一只有着金发异瞳的大猫妖。

雪三月对外称这是她捡回来的猫妖，是她捕捉妖怪的得力助手，是完全臣服于她、隶属于她的奴隶，她还给猫妖取了名字，唤为离殊。

只是纪云禾知道，雪三月和离殊，远远不止如此。

纪云禾尚且记得她认识雪三月的那一天，正是她十五六岁时的一个夜里。

那时纪云禾与林昊青彻底决裂后不久，她萌生出了逃离驭妖谷的念头，她苦于自己势单力薄，困于自己孤立无援，她也如今日这般，踱步花海之中。然后……便在不经意间，百花齐放中，朗朗月色下，她看见紫藤树下，一个长发翩飞、面容冷漠的女子，在铺天盖地的紫藤花下，轻轻吻了树下正在小憩的一个男子。

雪三月冷厉的眉眼在那一瞬间变得比水更柔。

怀春少女。

纪云禾第一次在一个少女脸上那么清晰地看见这四个字。

而不可告人的是，这个少女亲吻的正是离殊。

她在吻一个妖怪，她的奴隶。

五十年前，朝廷肃清驭妖一族之后，对于人与妖之间的界限划分明确，谁也不能越过这个界限。尤其是本来就怀有力量的驭妖师。皇族对与自己不一样的族类，充满忌惮。

他们拼尽全力加大驭妖一族与妖怪之间的隔阂，让两族皆能为其所用。

所以但凡与妖相恋者，只要被发现，杀无赦。

纪云禾撞见的便是这样事关生死的秘密。她选择了悄悄离开。

但在一夜辗转反侧的思量之后，纪云禾觉得必须改变自己孤立无援的处境。

雪三月很厉害，她的武力是纪云禾现在最欠缺的东西，她必须被人保护着，然后才能发展自己的势力。

于是第二天，纪云禾主动找到了雪三月，她告诉雪三月："昨天花海里，紫藤树下，我看见了一些东西。"

雪三月那时虽然也只是一个少女，但她的力量足以与这皇朝里最厉害的驭妖师相媲美，她唯一的不足是，只会杀，不会驯。她听闻纪云禾说出这事时，登时眉目一寒，手掌之中杀气凝聚。

"你先别急。"纪云禾笑了笑，"我看你是个有江湖侠气，守江湖道义的人，正巧，我也是。"

雪三月冷笑："驭妖谷里有什么道义？"

"能说出这样的话，我更欣赏你了。诚如你所言，驭妖谷里确实没什么道义，但是，我有。"她靠近雪三月一步，过于清澈的眼眸却让雪三月微微眯起了眼睛，"我是个讲公平的人，现如今知道了你的秘密，那我便也告诉你一个我的秘密，作为交换，如何？"

"谷主义女，你有什么秘密，值得换你这条命？"

"林沧澜不是个好东西，为了让我刺激他软弱的儿子，他用药控制我，还让我给他做一些见不得人的勾当。"

纪云禾说这话时，满目冰冷，令她自己至今都记忆犹新。

"什么勾当？"雪三月问。

"驯妖，表面送给皇室，实际上，利用驭妖术，让这些妖怪始终忠于驭妖谷，把皇家的秘密，传回来。"

雪三月大惊。

纪云禾笑了笑："这个秘密，够不够换我一条命？"

这个秘密，何止够换她一条命，这个秘密若是让皇室得知，整个驭妖谷上下，包括谷主，无一能活命。驭妖谷谷主林沧澜背地里竟然在做这样的事，而竟然真的有驭妖师……能完成林沧澜的这个要求。

雪三月静默了很久，打量着纪云禾，似乎在审视她话语的真实性，最后她问纪云禾："你想要什么？"

"我想要一个朋友。"她笑眯眯地抓着雪三月长长的头发，在指尖绕了绕，"一个永不背叛的朋友。"

建立在知道彼此不为人知的秘密的基础上，这样的友谊，便格外坚不可摧。

第二章 大海之魂

"我还想要一个,能和我一起逃出驭妖谷的朋友。"

雪三月一怔。

纪云禾不笨,从她见到雪三月亲吻离殊的那一刻,便明了在雪三月心中,最想要的是什么。雪三月和她一样,想要离开驭妖谷,想要自由,想要过自己想过的生活。

所以这一句话,让她留住了性命,也换来了一个朋友。

也就是从那个时候开始,纪云禾就开始为自己布局了,她拉帮结派,以利益,以情谊,在这驭妖谷中,创建属于自己的势力。

值得庆幸的是,一开始充满利益牵扯,以秘密交换回来的朋友,最后竟然当真成了朋友。

可能这世界上就是有这样的人吧,天生就"臭味相投",也可能因为,她们是那么相像,骨子里都长着一根叛逆的筋,任凭风吹雨打,都没能扯断。

回忆起一段长长的往事,纪云禾有些感慨。

"你又在这儿瞎转悠什么?"雪三月的声音将她的思绪拉了回来,"那鲛人的伤治好了?"

纪云禾摆摆手,算是跟她和离殊打了个招呼:"那伤哪儿是说治就治好的。"纪云禾瞥了离殊一眼,"你自己好好注意一点。现在不比以前。"

雪三月点头,离殊站在她身边,垂头看了她一眼,一只红色一只蓝色的眼瞳之中,闪烁的是同样温柔的目光。

纪云禾看那处紫藤花翻飞落下,树下立的两人在透下来的月光下如画般美好。

他们那么登对,明明是一段好姻缘,却偏偏因为这世俗的规矩弄得像在做贼,纪云禾有些感叹,她拍拍衣袍,转身离去:"不打扰了,我先回了。"

回去的路上她仰头望月,只希望快一点吧,快一点离开驭妖谷,快一点结束这些算计与小心翼翼,快一点让她在乎的这些人,过上自由的生活。

第三章 血祭十方

"青羽鸾鸟,吾以吾身,血祭十方,助你破阵!"

翌日,天未亮,林昊青便又去了地牢。

见得鲛人身上的伤已经被纪云禾治疗过了,他也并未多言,只是淡淡地吩咐再将鲛人吊起来,他问一句话,得不到回答便用雷击处罚鲛人一次。

这是驭妖谷常用的手段,一直处罚妖怪,直到攻破妖怪的心理防线,开始配合驭妖师做出他们想要的行为举动。而只要配合一次,驭妖师就会对妖怪进行奖励,长此以往,妖怪们便会习惯性地顺从驭妖师,配合他们的所有指令。

当然,也不是没有倔强的妖怪,有的妖怪直到死也不愿意配合驭妖师,却从来没见过如这鲛人一般的……冷漠。

每一次雷击,得不到他任何的反应,他像是能控制自己的生理反应一样,垂着头,闭着眼,不言不语,以至让人想观察他的弱点都做不到。

不知道雷击打在他身上哪个地方更痛,所以没办法给他更具有针对性的伤害。

第三章 血祭十方

林昊青在他身上耗掉了大半天时间，还是与昨日一般，将近午时，纪云禾才姗姗来迟。

有了昨天的那番折腾，今天来看戏的人已经少了许多，纪云禾打着哈欠走进地牢，林昊青的助手们注意到了她，便与她打招呼："护法。"

纪云禾点了点头，又走到旁边的石头上坐着，并没打算急着与林昊青争抢。

但在她坐下来的那一刻，鲛人却睁开了眼睛，看了纪云禾一眼，冰蓝色的眼瞳里没有丝毫情感波动，随即又闭上了眼。

"云禾。"

纪云禾有点愣神，许多年没听到林昊青这般呼唤她的名字，她站起身来："少谷主？"

"下午我要去一趟戒律堂，这鲛人便先交由你来驯服了。"

纪云禾又是一怔："戒律堂？"她心里打鼓，"是哪个驭妖师犯了事吗？劳少谷主走动？"

林昊青正色点头："今日早些时候，谷主在厉风堂时收到一封告密信，称谷里驭妖师雪三月与其奴隶离殊有私，谷主命我今日去审审雪三月。"

林昊青说这话时，语气平淡，却听得纪云禾浑身冰凉。

她仰头静静地望着林昊青，努力不让自己有任何表情，就像他所说的雪三月是和自己完全没有关系的人一样。

但怎么可能没关系？在这个驭妖谷里，谁人不知那雪三月就是纪云禾的左膀右臂？也正是因为有雪三月的存在，纪云禾才能那么快地从谷主义女的身份，变成驭妖谷里公认的最强驭妖师。

林昊青是说给她听的，他这张客套、温和的脸背后，藏着的是一个讥诮嘲讽的笑，充满了发自内心的愉悦。

虚伪。

可纪云禾没办法这般叱骂他，因为她也必须虚伪。

她佯装困惑惊奇："哦？雪三月怎会做出这般糊涂的事？还请少谷主一定要审个明白。"

"这是自然。这鲛人嘴硬，下午就劳烦护法了。"林昊青言罢，转身离去。

纪云禾目送他离去，看他带走了跟随着他的那一堆助手。和昨天不一样，今日他一个人都没有留下，看起来好像纪云禾就算今天让鲛人开口说话，他也对这胜负无所谓的模样。

而离开之际，林昊青微微一回头，看见的却是纪云禾垂头握拳的模样。

他了解纪云禾，一如纪云禾了解他。

他和纪云禾一样，一眼就能看透对方那虚假的面具之下，最真实的那张嘴脸。

谁让他们是那么亲密的一起长大的"兄妹"呢……

林昊青微微勾起了唇角，鼻腔里冷冷一哼，分不清是笑是嘲。

旁边的助手对林昊青的做法万分不解："少谷主，你就这般留护法一人在里面？昨日我等见护法的模样，似乎……使的是怀柔之计，她若今天使手段让鲛人开口说话了……"

"无妨，攻心计既是攻心，便来不快。今日她应该也没有耍手段的心思。而且……"他顿了顿，目光放远，望向戒律堂的方向，"就算这第一局她赢了，也无所谓。"

没有雪三月的纪云禾，不过是被拔掉爪牙的猫，能翻起来什么浪。

林昊青这想法却并不是偏见。

如果失去雪三月，纪云禾无异于遭受重创。

雪三月到底有多厉害，驭妖谷已经没人知道了，众人只知雪三月在满了十六岁之后，与妖怪的对战便从来没有输过，更别说这期间四大驭妖地的驭妖师们前来讨教交流，近十年的时间，无数场对战，雪三月未尽全力，便能稳妥制敌。

是以虽则雪三月脾性暴烈，但驭妖谷中，却无人敢对她口出不逊，甚至连谷主也有意无意地放纵她。

她像是从五十年前走过来的驭妖师之魂，自由、热烈、任性且无比强大、不可战胜。这些特征在她身上体现得淋漓尽致。

而正是因为不逊，她才敢冒天下之大不韪，爱上一个妖怪。

驭妖谷中，到底有多少人是因为雪三月才支持纪云禾上位的，没人知道，但可以肯定，若是雪三月出事，纪云禾的地位必定一落千丈。

而此时此刻，纪云禾拳紧握、眉紧皱却并不全是因为未来将牵扯的利益，而是因为身为她朋友的雪三月，不知在那黑暗的戒律堂中，遭受怎样的审讯。

驭妖谷驭妖，刑罚手段多种多样，他们不仅把这些手段用在对付妖怪上，同样也用在与自己不一样的驭妖师身上。

她想得出神，是以在一抬头间，看见一双冰蓝色的眼眸正盯着自己，她竟有片刻的愣怔。

四目相接，两相无言地对视了许久，这妖怪也依旧没有说话，纪云禾苦笑一声："你身上的伤昨天才抹了药，今天又撕扯出血了，别想在地牢愈合了。再这样下去，你怕是要死在这地牢……"

鲛人看着她，即便听懂了她的话，眼神中也并无任何畏惧。

她沉默了一会儿："如果有机会，我真想放你走。"

这不是违心的话，纪云禾打心眼里欣赏这个鲛人骨子里的坚忍，也对他的处境感同身受，宛如同情这世上的另一个自己。

地牢中一人一妖隔着牢笼静静对视，沉默无言间，却又相处得宜，难得的是并不尴尬。

没过多久，瞿晓星便找了过来。

"护法，哎哟，我的护法哎。"他来得急，让牢里的鲛人看向了他。触及鲛人的目光，瞿晓星下意识地胆寒了一瞬，心下又是惊又是怕，只道这鲛人现在都被打成这副德行了，怎的目光里的杀气还是十分慑人。他疾步躲到纪云禾身边，压低了声音凑到她耳边道："雪姑娘被抓了！"

"我知道。"纪云禾答得冷静。

瞿晓星一怔："您老知道还老神在在地站在这儿干啥，不想想办法救人呀？"

纪云禾唇角一紧："谷主下的令，让林昊青去审人，你让我想什么办法？"

瞿晓星一愣，反应了一会儿："您是说……这次，是谷主的意思？这时候审了雪姑娘，岂不是证明谷主对你……"

那老东西明明从来都是针对她的，只是其他人不知道罢了。纪云禾摆摆手："去查查这事到底是谁给谷主递的密信，还有，离殊现在和雪三月是被分开关着的吗？"

"没有，戒律堂里还在审呢，都还没被关起来。"

纪云禾皱了皱眉头："审这么久？"

"对呀，少谷主令雪三月与其奴隶断绝关系，再对那猫妖惩戒，雪姑娘不肯，那边还僵持着呢……"

妖怪与驭妖师之间缔结的主仆协议其实更像是一种诅咒，对于臣服的妖怪的诅咒。成为驭妖师的奴隶，妖怪不仅会折损自己一部分的妖力，还将永远受制于主人，除非主人愿意解除这个诅咒，否则他将永生永世都臣服于主人的血脉之下。

即便主人身死，他也将永远为主人的儿子孙子，子子孙孙，为奴为仆。

所以几乎没有妖怪愿意与驭妖师缔结这样的协议，除非战败，被迫或者当真被驭妖师完全驯服，还有像之前雪三月那样⋯⋯

这个妖怪爱上了驭妖师。

而缔结协议的同时，妖怪也会受到驭妖师的保护，从此不会再被其他驭妖师猎杀。

这是自古以来驭妖师之间的规矩，林昊青如果想要处置离殊，自然也要遵守这样的规矩。只是，将妖怪都当作牲畜一样的驭妖谷里，大概没人想到雪三月会有这么大的反应吧。

关于雪三月收的这猫妖，纪云禾其实并没有多少了解，这么多年了，虽然雪三月说每次除妖的时候离殊帮了她多少多少忙，但驭妖谷中的人真正看见离殊动手的时候却少之又少。

可纪云禾知道，这猫妖不会弱，她没有和他动过手，但是见过数千只妖怪后的直觉就是这样告诉她的。

猫妖离殊，从头到尾都没有显露过自己真正的实力。

他就这样眼睁睁地看着雪三月被抓进戒律堂里了？

纪云禾心里有些打鼓，不由得想到多年以前，她在与雪三月熟悉起来之后，出于对强大妖怪的好奇，曾在离殊离开的空隙悄悄问过雪三月：

"你不是说你不会驯妖吗？又是从哪儿逮的这么一只妖怪，一看就难以接近且力量强大。"她十分好奇，"怎么让他臣服的？"

雪三月看着精，然而关于他人的心思却从来不会揣摩，所以她也没办法成为纪云禾这样的驭妖师，她只能靠她引以为傲的力量去征服。

当年的雪三月面对纪云禾的问题只是挠挠脑袋：

"不知道，就是⋯⋯遇见他的时候我正在抓另一只妖怪呢，好像不小心闯进他的地盘里了。当时我受了点伤，撞见他的时候还以为自己死定了，没想到他还救了我。"

得到这样的回答，纪云禾其实是有点蒙的："他？救了你？"

虽然纪云禾与离殊接触不多，但她能很敏锐地察觉到，这个猫妖其实是不喜欢驭妖师的，甚至可以说，他并不喜欢人。

"他为什么救你？"

"我也不知道，后来也问过，他只说了一句'恰似故人归'。"雪三月答得有几分漫不经心，"大概我像他以前认识的什么人吧。"

"哦？就凭这点，他就甘愿与你回驭妖谷，做你的奴隶？他有自己的地盘，想来不会是什么小妖怪吧，气质也这般高贵凛然，以前的身份必定不简单……"

"嗯，你这问题我也问过。"雪三月抢了纪云禾的话。

直到现在，纪云禾还记得当日风和日丽，暖风和煦，向来冷脸的雪三月在说这话时那一脸温柔的模样。

她说："离殊说他喜欢我。"

是个完完全全坠入了爱河的小女孩模样。

而或许正是因为当局者迷吧，雪三月问到这一步就没有再继续追问过离殊，而站在一旁的纪云禾却至今都在思考这个问题——

为什么呢？

为什么这个猫妖，会喜欢雪三月，喜欢到甘愿放弃自己过往的一切，来做她的奴隶呢？

就是因为"恰似故人归"吗？

如果只是因为雪三月像他的故人，他就救了她，爱上她，甚至甘愿成为她的奴隶，那离殊爱的，恐怕只是那个故人吧。

而这些话，她没办法向雪三月询问出口。

直至今日，雪三月被押入戒律堂，而那陪伴她多年的猫妖，竟然没有做任何阻拦？连这地牢里关押的奄奄一息的鲛人昨日拼死一搏都能将地牢给折腾得动摇，那毫发无损的猫妖却一点动静也没闹出来？

纪云禾正想着，却倏尔觉得大地猛地一抖。

她一愣。

"雪三月疯了！"

地牢之外倏尔传来一人大呼之声："传谷主令，护法立即前往戒律堂！"呼喝声越来越大，一直向地牢里传来，直至来人气喘吁吁地跑到纪云禾面前，单膝跪下，抱拳传令："传谷主令！护法立即前往戒律堂！"

纪云禾双眼一眯，迈步便向地牢之外而去。

然而随报信人走到一半，纪云禾回头看了鲛人一眼，只见地牢之内，那鲛人孤零零地被吊在锁链上。

好似永远冰冷的表情依旧毫无波澜，只是那眼神静静地追随着纪云禾。

纪云禾："把那锁链放下，让他在地上躺会儿。"

纪云禾对瞿晓星留下这句话，便匆匆而去了。

鲛人在牢中看着纪云禾的身影离开，也不再管留下来的瞿晓星如何纠结，他闭上眼睛，不再关心这周遭，甚至是自己分毫，他宛如入定老僧，沉寂无言。

纪云禾赶到戒律堂前的时候，平日里看来威严无比的大殿此时已经塌了大半，雪三月两只手上戴着手铐，然而中间相连的玄铁链已经被她扯断。

她被离殊揽在怀里，她似乎肩上受了伤，表情有些痛苦。

在他们面前，一个驭妖师横尸于地。

纪云禾心道不妙。

"雪三月。"在雪三月与离殊对面的林昊青开了口，"你的猫妖杀了我谷中驭妖师，你若是再包庇他，便是我驭妖谷的叛徒，也是驭妖师中的异类，我可以剥夺你驭妖师的身份，你和这猫妖，今日谁都别想活了。"林昊青抬剑，直指雪三月。

"这是我给你的最后一次机会。"

"呵。"雪三月一声冷笑，"这机会，我不要。"

雪三月虽然虚弱，但她这话说得却十分清晰，她目露寒芒，毫无退却之意。

离殊看着雪三月，揽住她肩头的手，又紧了一瞬。

林昊青听闻此言，嘴角勾起一抹微笑。他自然是欢喜的，有了雪三月这句话，他就可以顺理成章地砍掉纪云禾的左膀右臂。

"好，那今日，你便休怪我不顾往日同僚情义……"

"少谷主！"眼看林昊青要动手，纪云禾一声高呼，唤住了他。

看到纪云禾前来，林昊青眉目微沉："护法，今日莫不是要护着这叛徒和妖怪吧？"

在林昊青身后，所有的驭妖师都看着纪云禾，谁人不知纪云禾与雪三月的关系，林昊青的人都瞪着眼睛，等着抓她的把柄。

纪云禾看了雪三月一眼，两人目光相触，纪云禾没有与她多说一句，回过头盯着林昊青，到林昊青耳边轻声言道："少谷主，雪三月与这猫妖功法如何你我都心中有数，与她相斗，必定损失严重，驭妖谷正是用人之际，不如……"

林昊青嘴角微微勾起，他微微侧过脸庞，唇瓣在纪云禾的耳边用极轻的声音说："不如，不要装了。"

纪云禾一怔，抬头看林昊青，林昊青用口型说着："今天，她一定得死。"

纪云禾双目微瞪，雪三月在那方也看到了林昊青的口型，她冷笑一声："少谷主，你这是等了多少年了。"雪三月握着剑，在离殊的支撑下，站稳身子，她抬剑直指林昊青："那便别废话了。纪云禾，今日你敢拦我，我便连你也杀。"

纪云禾望向雪三月。

她怎么会不懂雪三月的心思。雪三月知道今天自己多半是离不开这驭妖谷了，所以她这话，是说给大家听的，她在撇清自己与纪云禾的关系，免得她死之后，驭妖谷再追究纪云禾的过错。

纪云禾攥紧拳头。她咬牙思索解救之法，一定要有解救之法，雪三月不能死在这里……

便是这生死关头，一直沉默不言的猫妖离殊忽然眉眼一抬，异色的眼瞳之中，光华流转，他周身妖气蔓延，令戒律堂四周的温度登时骤减三分。

春日暖风徐来，经过离殊身侧，却似自腊月吹来的一般冷冽。

纪云禾怔然看着离殊，她一直都知道，猫妖离殊不会弱，但今日，离殊散发出来的这铺天盖地的妖气，还是超过了纪云禾的想象。

所有驭妖师都躁动了起来，连林昊青也有些震惊。

在妖怪与驭妖师缔结主仆协议的时候，妖怪是会将自己的一部分力量渡给驭妖师的，既是送主人的礼物，也是象征自己的臣服……在割让自己的妖力之后，还会有这般气息的妖怪，纪云禾从没见过。

离殊的话很少，纪云禾很少见到离殊对雪三月以外的人多说一句话，即便是纪云禾也一样。

但现在，离殊却微微张开了唇："三月，你一直想离开驭妖谷，今日，便离开吧。"

雪三月转头看着离殊，神情也是有几分猝不及防。

离殊定定地看着雪三月，眸中的坚定似早笃定了会有今日。

他说："我帮你，毁了驭妖谷。"

林昊青闻言冷哼一声："驭妖谷百年根基，岂是你这妖怪说毁就毁？"

而今驭妖师虽然被朝廷分别控制在东南西北四处隐秘之地，但和其他三个地方不同，驭妖谷建立起来，并不是出于朝廷的意愿。

百年前，巨妖鸾鸟横空出世，鸾鸟妖力强大，扰得天下苍生不得安宁。

一名大驭妖师联合九名天下闻名的驭妖师，将鸾鸟诱入此谷，与鸾鸟相斗十日，终以十人之血，成十方阵法，以命相抵，封印鸾鸟。

世人称巨妖鸾鸟出世为青羽之乱，在青羽之乱后，再无妖怪能横行世间。而后驭妖师们建驭妖谷以祭奠十位驭妖师，且固守十方阵，以防他日鸾鸟逃出。

而后大国师研制出了"寒霜"之毒，掌控了驭妖师，从而将驭妖谷变为朝廷掌控驭妖师们的工具。后皇家又效仿驭妖谷的模式，建了北方的驭妖台、东方的驭妖岛以及西方的驭妖山。但凡有人诞下拥有驭妖能力的孩子，通通会被送到这四个地方来，与父母分隔，方便朝廷看管。

直至今日，几乎已经没有人记得驭妖谷最开始是怎么来的，大家都只知道这四个地方，是"关押"驭妖师们的场所。

林昊青口中，驭妖谷的百年根基，便是那传说中的"十方阵"，这阵法能压制进入谷中的妖怪们的妖气，使整个驭妖谷犹如被大国师贴满符咒的囚笼一样，入谷之妖，皆受束缚。

是以，在驭妖谷中得见离殊今日的妖气，令人不得不震惊。

那日鲛人在地牢之中的垂死一击已让纪云禾感慨他乃大海之魂，而今日这猫妖离殊……

未等纪云禾思考更多，离殊周身妖气越发浓烈，寒风似刃，刮过驭妖师们耳边，修为稍弱的驭妖师已经被这风刃割破了皮肉，身上血流如注。

纪云禾身后，驭妖师们的惨叫不绝。

第三章 血祭十方

林昊青目光一凛，未再犹豫，手中运功，在剑中注入法力，向着离殊狠狠一挥。

剑气化刃，破开寒风，直直砍向离殊。

雪三月一惊，刚要抬剑来挡，便被离殊按住。只见离殊立于原处，宛如山峰，巍然不动，那剑气之刃砍到他的面前，便如撞上一堵透明的墙，只听"轰"的一声，剑气之刃轰然碎裂，气息荡出，横扫驭妖谷，所到之处，摧枯拉朽，令花草树木尽数摧折。

纪云禾再是一惊，却不是为离殊，而是惊讶于林昊青……

这少谷主，几时修得功法如此高深……

"离殊，你要做什么？"雪三月仰头问离殊。

离殊未做回答，只沉默片刻之后，道了两字：

"抱歉。"

雪三月怔然。

只见离殊一手化气为刃，在自己心口倏尔捅下一刀。

众人震诧之际，离殊的手离开心口，他心头血猛然喷洒而出，离殊推开雪三月，以血为墨，以指为笔，画血阵于地，他周身妖气翻涌，由无色化为红色，在血色之中，他衣袂翻飞，发丝随妖气狂舞不止。

宛如地狱阎罗。

"青羽鸾鸟，吾以吾身，血祭十方，助你破阵！"

所有人听闻此言皆是大惊失色。这猫妖离殊竟然要用自己的命祭阵！要复活巨妖鸾鸟！

"离殊！"

雪三月的声音，此时似乎已经无法传入离殊的耳中。

离殊心口血流如注，被阵中狂风撕碎在空中，众人脚下大地倏尔颤抖起来，宛如一场地震，在离殊阵法前方，大地陡然裂开一条幽深的缝隙，缝隙之中的风声好似阵阵厉鬼恶嚎，又好似地底之下，那巨妖被压抑百年的愤怒嘶吼，令人胆战心惊。

"众人听令！列阵！"林昊青在风声之中大声呼喊，"今日便是拼上性命，也绝不能让巨妖鸾鸟从驭妖谷中逃出！"

势态发展至此，雪三月的背叛，纪云禾与林昊青的谷主之争都已经不再是重点，对于百年前十位驭妖师与鸾鸟的恶战，在场的人未曾目睹，但巨妖鸾鸟所造成的生灵涂炭，在场之人皆有耳闻……

所有驭妖谷的弟子皆祭出法器列阵以待，而便在这时，所有人都没有想到，离殊阵法前的那道裂缝，竟然以迅雷不及掩耳之势飞速扩大！

大地震动，几乎让纪云禾站不稳脚跟。裂缝往前延伸，犹如盘古开天辟地的一斧子，将整个驭妖谷一分为二！连带着天上素来透明的阵法，被一瞬击碎，阵法破裂，如下了一场细碎的雪，在驭妖谷中漫天飞舞。

不少驭妖师一时不察，掉入深渊，有人想要御剑而起，却被深渊之中的狂风刮得不知所终。

纪云禾御剑而起，她顺着裂缝延伸的方向望去，如果她没想错，这应该裂到了囚禁那鲛人的地方，如此大的动静，必然能使那地牢四分五裂，甚至坍陷，但那鲛人……

应该是跑不掉的，他现在，根本没有力气。

未等纪云禾多想，鲛人囚笼那方歪歪斜斜御剑而来一人，是瞿晓星，他隔了老远就开始喊："护法！护法！"

待得近了，纪云禾却是一把将他推开："你来干什么！"

"我来看看啊……这……"

话音未落，只听一声直入长空的凤鸣自深渊之中传出。

青羽鸾鸟……被唤醒了。

所有的人，包括雪三月，皆是一脸错愕。

谁都没有想到！谁能想到！身为一个驭妖师的"奴隶"，这猫妖离殊居然胆大包天，敢复活青羽鸾鸟！

"雪三月！你还愣着做甚！"林昊青御剑而起，立在空中，撑出结界让自己能在狂风中立足，他在声音中灌入法力，使他的言语能突破狂风呼啸，传到每个人耳朵里，"还不阻止他！"

离殊和雪三月缔结过主仆契约，离殊是没办法违背雪三月的话的，只要雪三月以主人之言灵命令离殊，就算要离殊当场自尽，他也绝不能反抗。

但雪三月没动。

纪云禾也在狂风之中撑出结界，护着自己与瞿晓星。

瞿晓星在她身边急得挠头："三月姐！……哎呀！别的事倒罢了，这是要放鸾鸟出世啊！鸾鸟一出必然生灵涂炭啊！三月姐怎能放任猫妖行此错事！"

第三章 血祭十方

纪云禾静静地看着雪三月，旁人不懂雪三月，但纪云禾懂。

她深爱离殊，像戏文里说的那样，教人生死相许。甚至在离殊以命相搏，行自己的"阴谋诡计"的时候，她也不忍打断。

"雪三月！这不是你儿女情长的时候！"

地底凤啼打断林昊青的话语，大地震颤更加厉害，裂缝越来越大，所有的一切都在雪三月眼前撕裂。

但雪三月只静静地看着离殊，望着他的侧脸，在血色翻飞的阵法之中，任由狂风扯动她的衣袂与眉眼。

"你是不是，一开始就有这样的打算？"

离殊咬着牙，阵法唤醒青羽鸾鸟的同时，也在吸食离殊的生命。

吾以吾身，助你破阵，便是以命破阵这般决绝的意思。

"唤醒青羽鸾鸟，打破十方阵法，一朝一夕根本做不到。"

雪三月声音很小，在狂风之中，她也不在乎离殊有没有将她的话听入耳朵里，她定定地看着离殊，像是在说给他听，也像是在说给自己听。

"要打破十方阵，需找到十个阵眼，方能血祭成功，离殊……你在驭妖谷中找到十个阵眼，花了多少时间？为了放她出来，你不要命了……也不要我了？"

离殊双眼血红，似乎根本没将雪三月的话听在耳朵里。

"为什么？"

像是要回应雪三月的质问，一声凤啼震彻天际，裂缝两端的大地猛地隆起！

一时间，空气陡然静止，宛如梦境一般，纪云禾眼前，一根青色长羽缓慢地飘过，羽色翠青，似将九重青空炼在这一长羽之中。

"轰"的一声巨响，青羽鸾鸟陡然破土而出！

鸾鸟展翅，其翼如云，扶摇直上，一时间，狂风大起，云霄皆乱。驭妖谷内草木摧折，山石腾空，阴影从驭妖谷众人头顶盘旋而过，青羽遮蔽日光，驭妖谷皆笼罩在青羽鸾鸟的阴影之中。

忽然，阴影散去，鸾鸟所在之处，霁蓝光华大作，似爆裂一般破碎在日光之中。

纪云禾也忍不住用手遮挡了这强烈的光辉，而在光芒散去之后，日光之中，一青服女子长发翻飞，只身立于空中。

女子身形婀娜，而容貌……

竟与雪三月七分相似。

雪三月转述给纪云禾的那一句"恰似故人归"瞬间有了出处。

原来，是这个意思啊。

原来，是如此这般的恰似故人归。

在所有人都仰望重临人世的青羽鸾鸟之时，独独纪云禾，望向了雪三月所在的地方……

离殊的阵法已暗淡，犹如离殊的生命，他静静跪在地上，仰望着灼目的太阳，一如仰望自己的信仰，他唇角含笑，不似生命即将凋萎，而似见了那二月暖阳，冰雪消融，春花渐开。

他身侧的雪三月也望着那日光。

可雪三月脸上血色尽褪，是一片恍悟后的苍白。

"鸾鸟刚出世！趁其虚弱，杀！"

林昊青却根本不去理这三人之间的爱恨纠葛，他执剑而立，一声令下，尚且清醒的驭妖谷众人立即御剑而上，在半空之中组成了一个金色阵法，阵法好似一个圆形的囚牢，将青羽鸾鸟困在球形阵中，众驭妖师吟诵咒语，球形阵法之中金光大作。

"呵。"青服女子倏尔勾唇，邪邪一笑。一言未发，只抬手打了个响指，清脆一声，空中数百名驭妖师结成的阵法应声而碎，所有人非死即伤，宛如尘埃一样四散而落。

"唉，现在的驭妖师竟然想用这么低级的阵法控住我？"

青服女子从空中泰然落下，脚一沾地，长风涤荡了驭妖谷中所有的尘埃。

她一步一步向离殊走去。面容与雪三月七分相似，步伐却是雪三月未曾有过的妖娆婀娜。

"离殊，他们莫不是疯了？"

离殊看着她，张口要说话，却猛地喷出一口血来。

青服女子一愣，脚下步伐加快，似风一般停在了离殊面前。"小离殊。"她轻抚离殊的面庞，在雪三月的注视下，两个旧识妖怪，就像故事里走出的一对璧人，"你拿命救我？"

雪三月看着他们，仿佛在看戏文里的故事。

离殊却忽然伸出手，一把抓住了雪三月，雪三月在猝不及防之中，被拉入了这个故事。

离殊一把将雪三月拉到身边。而这个动作似乎已经耗掉了他仅有的力气。他喘了好半天，咳了很多血，终于挤出一句话："青姬，带她走。"

青姬看了一眼雪三月，一时愣住。

雪三月却是倏尔一笑："离殊，你让我像一个笑话。"

离殊不言，沉默地望着雪三月，血色在他脸上已全然褪去，他控制不住身体，慢慢向后仰去。

"抱歉。"

只有这两个字，再没更多的解释。

猫妖倒在了地上，惊起地上的尘埃。

青姬微微一声轻呼："啊……"她有些遗憾，"累你舍命救我。"

可这些遗憾，听在雪三月耳朵里，就像……

"你也像个笑话。"

妖怪身死，化尘土而去，越是强大，越是化归无形，不留丝毫痕迹。

雪三月看着身形慢慢化作尘埃消散的离殊，呼吸好似跟着他一起停止了一般。

青姬一挥衣袖，地上尘埃飞上天际，消失无痕，却有一粒两粒，拂过雪三月的脸颊，似有余温，仍能灼得人心生疼。雪三月身体微微一颤。青姬将她的手握住。

"离殊遗愿，我必帮他达成。我带你走。"

雪三月垂头看着青姬的手，还未来得及作答，旁边倏尔杀来一道长剑。

"谁都别想走！"

竟然是谷主妖仆狐妖卿舒前来。在卿舒之后，还跟着数名驭妖师，连林沧澜也坐着轮椅，亲临此处。

瞿晓星这时才从刚才的事情中回神一般，猛地拉了纪云禾一把："谷主来了！护法，你赶紧上去，在谷主面前表现表现！"

纪云禾看了林沧澜一眼，又左右一探，此时此刻，谷中所有驭妖师皆是望着青羽鸾鸟与雪三月那方。

林沧澜低沉的声音在整个驭妖谷中响起："放走鸾鸟，罪无可恕，此妖与雪三月，皆诛。"

"得令！"

驭妖师们的回答也响彻谷中。

青姬却是轻轻一笑:"好啊,让老身,活动活动筋骨。"

瞿晓星又着急地推了纪云禾一把:"护法,快上啊!三月姐这次在劫难逃了!你也只有现在才能去争个表现了。"

"瞿晓星。"纪云禾转头,面色从未有过地郑重,"走。"

"啊?"

"想离开驭妖谷,现在,是天赐之机。"

瞿晓星愣了。

"护法……你这是……"他话都不敢说出来,只能用口型道,"想跑啊?"

对,纪云禾想跑。但并不是灵机一动,她审视如今情况,林沧澜带着所有的驭妖师皆在此处,毕竟放走了青羽鸾鸟,驭妖谷必定面临朝廷责罚,他肯定会全力以赴。但自打大国师以毒药控制驭妖师以来,这天下能对付鸾鸟这样的大妖怪的驭妖术,早已失传,即便集所有驭妖师之力,也不一定能与这鸾鸟一斗。

所以这一战,必输。

但鸾鸟初醒,力量未曾恢复,必定也不会久留,她亦是没有精力大开杀戒。

所以,对纪云禾来说,这是最好的离开机会。

除了雪三月和瞿晓星,驭妖谷中没有人明面上偏向纪云禾,此一役中,雪三月会被带走,纪云禾只要让瞿晓星离开,自己趁机去谷主房间偷得解药,就可以走了。

这之后,驭妖谷必定伤亡惨重,又将迎来朝廷的责罚,必将大乱,也无力追杀他们三人。

此后天大地大,海外仙岛皆可去,不必再做这谷中囚徒。

纪云禾将所有的事情都理得清楚。

她静静看着林沧澜,只见林沧澜一挥手,一声令下,所有驭妖师对青姬群起而攻之。

纪云禾看了一眼雪三月,将瞿晓星一推:"走。"

他们想要的自由,这之后,便都不再是梦了。

第四章
口吐人言

> 纪云禾在这黑暗深渊里看着他，终于仿佛见了深海中他原来模样的万分之一——随意的，美丽的，高傲的，泰然自若的模样。

驭妖师与那青羽鸾鸟在空中战成一团，各种法器祭在空中，无人再关注一旁的纪云禾与瞿晓星。

瞿晓星拉了拉纪云禾，小声说："护法，咱们一起跑啊！"

纪云禾看了眼人群之中的雪三月，雪三月坐在离殊化尘之地，半分未动，她身边是青姬布下的结界，驭妖师们伤不到她。而此时也没有人想着杀她，大家都看着青羽鸾鸟，杀了这只鸾鸟，才是一等大功。

驭妖谷的驭妖师们，在多年来朝廷的压制下，早已不是当年侠气坦荡的模样，此时此刻，他们也是嘴上喊着拯救苍生的口号，手里干着抢功要名的事。想从朝廷那儿讨到好处。

纪云禾确定雪三月不会出事，转身拎了瞿晓星的衣领。

"你出谷，掐这个法诀，与花传信，洛锦桑听到后，会来接应你。她在外面待得久，门路多，我在谷中尚有要事，办完后自会出去寻你们。"

"洛锦桑？会隐身术的那个，她不是早死了吗……哎……护法你还要做啥？"

"快走。"纪云禾不欲与他废话,推了他一把,转身向林沧澜的住所而去。

青羽鸾鸟出世之时几乎将驭妖谷整个颠覆了,地上沟壑遍布,山石垮塌,房屋摧毁,原先清晰的山路也已没了痕迹。

纪云禾寻到林沧澜的住所,所见一片狼藉,即便是谷主的房子,在这般强大的力量下也变成了一堆破砖烂瓦。纪云禾看着这一堆砖瓦,眉头紧皱。即便是在房屋完好无损的时候,她要找林沧澜藏起来的解药怕是也不易,更何况是在这一堆破瓦之中……

但无论如何,还是得找。

驭妖谷之上,鸾鸟与众驭妖师的战斗还在继续,震天的啼叫片刻不止,这对纪云禾来说是好事,越是激烈,越是能给她更多的机会。

纪云禾一抬手,口中诵念法诀,残破的砖瓦在地上微微颤动,一块一块慢慢飘到了空中。

没有人会注意到她,所以,她也不用再掩饰自己。

纪云禾伸出微微握拳的手,在空中蓦地张开五指,飘浮起来的砖石宛如被她手中无形的丝线牵引着一样,霎时间散开。

每一块砖、瓦、木屑都在空中飘浮着。纪云禾动动手指,它们就在空中寻找着自己的位置,直到瓦片回到了"房顶"上,梁柱撑起了"屋脊",每一个破碎的部件都找到了自己本来该待的地方,却是以间隔的形式,每一块砖石之间都留出了足够大的位置,能让纪云禾在破碎的"房屋"之间穿梭。

房子仿佛被炸开了一样,撕裂成了一个个小部件,以立体的方式,在空中重组。

纪云禾就这样在各种飘起来的碎片之间寻找着能续她命的解药。

她手指不停动着,宛如操纵木偶的提线师,将不要的东西一一排除,速度极快,没过一会儿,这间破碎的飘起来的"房子",就被她"拆"得只剩下一个书架了。

林沧澜的书架,纪云禾以前来向林沧澜汇报的时候见过许多次,但没有一次可以触碰。

她走到书架下方,动动手指,破成三块的书架飘了下来,在一块木板上,"长"着一个盒子。

在如此剧烈的震动之下,这个盒子也没有从书架上掉下来。

第四章 口吐人言

纪云禾勾了一下唇角，抬手去取，但手指还没碰到盒子，却猛地被一道结界弹开。

还给这个小物件布了结界？护得这么严实，想来就算不是解药，也定是林沧澜不可见人之物。

纪云禾目光一凛，抬手便是一记手刀，狠狠地砍在盒子外的结界上。

破了结界，林沧澜必定被惊动，但此时鸾鸟在前，林沧澜绝对脱不了身，只要不给他找她算账的机会就行。纪云禾心中有些雀跃，被林沧澜这个老东西压榨了这么多年，这次，总算找到机会，让他吃个哑巴亏。

"咔"的一声，结界破裂，纪云禾没有犹豫，立即打开盒子。

不出所料，盒中放着的，正是林沧澜每月给她一次的解药！

粗略一数，这盒子里面上下三层，竟有五十来颗解药。

五十来颗！

一年十二个月，算算就算她什么都不干，也能靠这盒药活个三年五载。外面世界天大地大，纪云禾不信这么长时间还找不到研制出这药的办法。

她将盒子往怀里一揣，转身便御剑而起，背对着谷中尚存的所有驭妖师，向谷外而去。

长风大起，吹动纪云禾的发丝，她丝毫不留恋，解下腰间每个驭妖师都会佩戴的、象征驭妖师身份的玉佩，随手一扔，任由白玉自空中坠落，就连它碎在何处，纪云禾也懒得去看了。

她御剑而起，纪云禾以为自己对驭妖谷不会再有任何残念，但当她飞过囚禁鲛人的地牢之时，却忍不住脚下一顿。

她御剑停住，不知为何，脑海中陡然闪过那鲛人美得过分的眼眸。

纪云禾回首一望，那方鸾鸟还在与众驭妖师乱斗，鸾鸟到底是百年前天下闻名的大妖，即便是初解封印，对付现在的驭妖师们也是游刃有余，只是被林沧澜和他的妖仆缠得有些脱不开身。

这一场争斗，一时半会儿还停不下来。

纪云禾在驭妖谷多年，托林沧澜的福，她深知自保和自私的重要性，可此时……

"就当是再送林沧澜一个大麻烦。"

纪云禾给自己找了个理由，御剑直下，钻入已经沉入地底缝隙之中的地牢。

猫妖离殊破了十方阵，这道谷中的裂缝极深，纪云禾赶着时间，急速往下，御剑行了好一会儿，也没看见原先的地牢在何处，倒是地面上的光离她越来越远。地底深渊之中的湿寒之气越发厚重。

纪云禾回头望了眼地面上的光，她御剑太快，这会儿那光已经变成了一条缝，四周的黑暗几乎将她吞没。

再往下走，更是什么都看不见了，这地底裂缝深且宽，几时能找到那鲛人囚牢？

外面的鸾鸟与驭妖师们相斗总会结束，她现在的时间耽误不得。

纪云禾心中犹豫，却不甘心地又御剑往下找了片刻。

"鲛人！"纪云禾忍不住呼喊出声，她的声音在巨大的缝隙之中回荡，却并没有得到回应。

纪云禾失望地一声叹息，正要向上之际，忽然间，余光瞥见一抹淡淡的冰蓝色光华，光华转动，宛如深海珠光，十分诱人。

纪云禾倏尔回头，却见前方十来丈的距离，又有一丝光华闪过。纪云禾心中燃起希望，她立即御剑前往，越靠近那光华所在，御剑速度便越发慢下来。

终于，纪云禾的剑停了下来。

她停在了鲛人面前。

这个鲛人，他所在的地牢整个沉入了地下，现在正好被嵌在一处裂缝之中，玄铁栏杆仍在，将他困在里面。

但他不惊不惧，坦然坐在这地底深渊的牢笼之中，巨大且美丽的尾巴随意放着，鳞片映着百丈外的一线天光，美艳不可方物。

鲛人隔着栏杆看着她，神色自若，仿佛纪云禾刚才的匆忙和犹豫，都是崖壁上的尘土，拂拂就掉了。

纪云禾在这黑暗深渊里看着他，终于仿佛见了深海中他原来模样的万分之一——随意的，美丽的，高傲的，泰然自若的模样。

四目相接，虽然环境荒唐地变了个样，但他的眼神和之前并无二样。

纪云禾不由得失笑："哎，你这大尾巴鱼，可真让我好找。"

玄铁牢笼坚不可破，即便是纪云禾，也难以将玄铁牢笼撼动分毫，

第四章 口吐人言

但好在这牢笼整个掉下来了，玄铁穿插其中的山石却并没那么坚固。

纪云禾未花多少功夫就用剑在牢笼顶上的山石里凿了个洞出来。碎石有的滚入万丈深渊，有的掉在鲛人身上。纪云禾透过洞口，垂头一看，牢里的鲛人一动不动，摊着尾巴坐在下面，连身上的灰都懒得拍一下。

他只仰头望着纪云禾，神色中，有一分打量，一分奇怪，剩下的，全是无波无浪的平静。

纪云禾凿得一头大汗，满脸的灰，看到鲛人这个眼神，她觉得有些好笑。

"真是皇帝不急太监急，大尾巴鱼，你到底想不想出来呀？"

鲛人脑袋微微偏了偏，眼中又添了几分困惑，他好像在奇怪，不懂纪云禾在做什么。

纪云禾叹了口气，觉着这鲛人长得美、力量大，但脑子估摸着有些愚钝……

所以才会被抓吧。

"算了。"纪云禾趴下身，伸出手，探入自己凿出的出口里，"来，我拉你出来。"

鲛人依旧没有动。

在纪云禾以为他其实并不想走的时候，鲛人终于微微动了动尾巴。

巨大的莲花一般的鱼尾拂过地上的乱石，他微微撑起身子，地底死气沉沉的空气仿佛因为他的细微动作而流动了起来。

细风浮动，撩起纪云禾的发丝，也将崖壁上渗出的水珠扫落。

水珠擦过纪云禾的脸颊，在她脸颊一侧留下如泪痕一般的痕迹，随即滴落在鲛人鱼尾之上。

一时之间，鲛人鱼尾上的鳞片光泽更是动人。

细风轻拂之际，在这虚空之中，鲛人宛如乘上了那一滴水珠，凌空飘起，鱼鳞光华流转，鱼尾飘散如纱，他凭空而起，宛如在深海之中，向纪云禾游来。

伸出手的纪云禾便这样看呆了。

这个鲛人，太美了，美得令人震撼。

鲛人借滴水之力，浮在空中，慢慢靠近纪云禾伸出的手，但他并没有抬手握住纪云禾的指端，首先触碰到纪云禾指端的，是鲛人的脸颊。

他并不想与纪云禾握手,直接向洞口飘来,脸颊触碰到了纪云禾的指尖,并非故意,却让纪云禾感觉自己仿佛触碰到了天上神佛的面部一般,竟觉有一丝……

不敬?

纪云禾连忙收回自己的手,在山石之上站起身来。

鲛人也从她凿出的洞口中飘了出来,他浮在空中,巨大的莲花一样的尾巴在空中"盛开",鳞片流光转动,冰蓝色的眼眸也静静地盯着纪云禾。

饶是在这般境地,纪云禾也有几分看呆了。

这鲛人……一身气息太过纯净。

他在牢笼里奄奄一息时纪云禾没有察觉,现在却是让纪云禾觉得自己……好似站在他面前,都是冒犯。

纪云禾只在画卷书籍之中,见过被世人叩拜的如仙似神般的妖怪,这些年她在驭妖谷驯服的妖怪数以万计,像鲛人这般的……一个也没见过。

也不知道那顺德公主到底是吃了什么熊心豹子胆,居然敢对这般妖怪动私心。

"走吧。"回过神来,纪云禾以御剑术将剑横在自己脚下,她踩上了剑,回头看了鲛人一眼,"你自己飘出去,还是需要我带你?"

鲛人看了看她脚下的剑,思索片刻,却是向纪云禾伸出了手。

大概是……他力量还太弱,还得让她带他一程的意思?

纪云禾如是理解了,一伸手,握住了鲛人的手。

鲛人猛地一愣。

纪云禾的手温热,鲛人的手微凉。鲛人眼睛微微睁大,似乎对人类的体温感到陌生。

纪云禾手臂用力猛地拉了鲛人一把,却没有拉动。

两人都飘在黑暗的空中,四目相接。

纪云禾有点蒙:"你这是何意?"

鲛人还未做出回答,忽然之间,深渊之下,金光一闪。

纪云禾垂头往下一望……

"不好……那老头要重启十方阵!"

十方阵被破,但根基仍在。历任驭妖谷谷主都会口传十方阵阵眼与

第四章 口吐人言

成阵法术，现在林沧澜虽无法完全重塑十方阵，但他若是拼命一搏，全力调动十方阵剩余法力，用以对付青羽鸾鸟却是可行的！

纪云禾与鲛人所在的这个地方正是离殊破开十方阵时裂开的深渊，可见十方阵阵眼便在深渊下方。

此时林沧澜调动十方阵的力量，虽是为了对付鸾鸟，但阵法力量所到之处，对妖怪都有巨大的伤害！

"走！"纪云禾手臂再次用力，想将鲛人拉上自己的剑。

但依旧没有拉动！

"你到底……"

没等纪云禾说完，鲛人手臂倏尔轻轻一用力，纪云禾猛地被拉入鲛人怀中，鲛人怀中温度微凉，胸膛上皮肤之细腻比寻常女子更甚，但腹部之下的鳞片却似铠甲一般坚硬。

纪云禾第一次被一个妖怪抱在怀里，她有些不适，未等她挣扎，鲛人鱼尾颤动，周遭崖壁之上的水珠霎时间汇聚而来，浸润他的鱼尾。

巨大鱼尾上，鳞片光华更甚，几乎要照亮这深渊的黑暗。

忽然间，似乎已经凝聚好了力道，巨大的鱼尾摆动起来，拍打着空中的水珠，以纪云禾无法想象的速度飞速向空中而去。

纪云禾在飞速向上时，才恍然明白过来。

哦……刚才这鲛人伸手的意思，原来是在嫌弃她！

嫌弃她居然还要用御剑这么落后缓慢的方式移动……

真是抱歉了，这位大尾巴鱼，纪云禾想，作为被囚禁了数十年，早已失去自己灵魂的驭妖师，她怎么也想不到，外面世界的妖怪，居然拥有这么高效的移动方式。

"大尾巴鱼，要是再给你点水，你是不是还能瞬间移动到天上去？"纪云禾开了个玩笑，她仰头看他，本来没打算得到回应，但大尾巴鱼低头看了她一眼，眼中神色显得似乎是真的很认真地在思考她的问题。

然后他微微张了嘴，用自己还有些蹩脚的发音，说："再给点水，可以。"

竟然……开口说话了！

纪云禾震惊地看着他。

而且这第一句话，竟然是这么一本正经地回答她这个无聊的问题……

057

纪云禾在长久的沉默之后，认为这个一本正经的回答真的是太可爱了。

纪云禾弯了弯唇角，然而笑意却未来得及在她脸上停留片刻，地底深渊之中，十方阵的光似一条金色的巨龙一般，从地底猛地蹿出，擦过纪云禾身侧，鲛人猛地在空中转了一个方向。躲过金光的同时，更向上了一些。

但这还不算完，在第一道金光冲出之后，地底紧接着又涌出了第二道金光！

金光冲天直上，纪云禾已经能看到天光就在自己头顶，仿佛伸手就能够到，但第二道金光从地下钻出，宛如有生命一般，飞上天际之后，又陡然转下，径直冲鲛人杀来。

鲛人借助水珠，左右避开，正是紧张之际，忽然，第三道金光犹如闪电，自地底而来！

"小心！"纪云禾一声高呼，鲛人垂头一看，他现在若是躲开第二道金光，依照现在在空中飘的姿势，纪云禾必定被地下第三道金光击中。

纪云禾双指化剑，想给自己撑一个屏障，可屏障尚未来得及形成，纪云禾就觉得他们在空中的飘动猛地停止了。

这个鲛人……

这个鲛人！竟然没有打算避开第二道金光！

纪云禾惊诧的这一瞬间，电光石火之间，鲛人猛地被第二道金光击中。他以后背扛下了十方阵的余威，纪云禾被他护在怀中，瞪大双眼，不敢置信地看着这个——

妖怪。

用自己的身体，替她承受伤害的妖怪。

在天光之外，伴随着青羽鸾鸟的长鸣，鲛人抱着纪云禾，被十方阵的金光击落。

他们犹如空中散落的鳞片与水珠，再次坠入万丈深渊之中。

纪云禾醒过来时，恍惚以为自己已经升天。

并非她多想，而是周围的一切，都太诡异了。

除了她身边还在昏睡的大尾巴鱼，周围什么都没有。但从地上到天上，全是淡淡的金色，宛如传说中的天际仙宫，全是镶金的灿烂，可纪云禾环视一圈，也没有看到宫殿。

她站起身来，打了个响指，试图召来长剑，施展御剑术，但响指声传了老远，剑却一直不见踪影。

纪云禾愣了许久，随即以左手摁住自己右手脉搏，随即大惊……

她体内的灵力，竟然全都消失了！

驭妖师之所以能成为驭妖师，能被他人所识，是因为有驭妖能力的人，自打出生以来，身体里便有一股普通人所没有的灵力。

他们的脉搏与常人不同，普通人脉搏随心而动，心动则脉随之动，然而拥有灵力的人，在心跳之外，却有另一股脉搏潜藏皮肤之下，这股脉搏，被称为隐脉。

隐脉在驭妖师出生之时尤为强劲，触而即知，而随着年纪的增长，隐脉会渐渐减弱，却绝不会消失。

双脉便是驭妖师的证明。

而双脉越是强劲有力，意味着灵力越强。朝廷每年都会将拥有双脉的孩童挑出，强行使之与父母分开，送入四方囚禁驭妖师之地。至于那些双脉最强之子，则被选入大国师府，成为大国师弟子，为大国师行事。

是以四方驭妖地这么多年，也只出了一个雪三月。

而大国师府中，虽未出多少天下闻名的驭妖师，却出了不少替朝廷暗杀驭妖师与个别妖怪的好手。

纪云禾拍拍脑袋，将自己飘远的思绪拉了回来。

她自幼便能感觉到自己的双脉，忽然间隐脉消失……她从没听说过灵力莫名消失一事，这个地方到底是哪儿……

她再次探看四周，没有寻到出路，却听到一声略显沉重的呼吸。

纪云禾低头一看，是鲛人渐渐醒过来。鲛人似乎挣扎了许久，才睁开眼睛，然而好似睁开眼睛这个动作已经耗掉了他所有力气一样，他虚弱地转动眼珠，看了一眼站着的纪云禾。

纪云禾一愣，这才想起……

"哦哦！你帮我挡了十方阵一击呢！"

以为自己被摔得升天了，纪云禾竟然把这茬儿忘了，着实没心没肺了一些……

她连忙走到鲛人背后，蹲下，看着他没有鳞片的后背。他的后背是

第四章 口吐人言

与人类一样的皮肤，也是在这样的皮肤上，纪云禾才能感同身受——

他整个后背都像是被劈开了一般，皮肉翻飞，脊椎处甚至露出了白骨，血似乎已经流干了，伤疤显得焦黑可怖。

纪云禾看得眉头紧皱，这样的伤势，别说换作普通人，便是个驭妖师，怕是也得没命了吧……

这个鲛人，当真是在那十方阵的一击之下，救了她一命。

纪云禾看着侧躺着的鲛人，发现这个鲛人对自己并没有防备，用满是伤口的裸露后背对着她。

为什么？仅仅因为她在地牢里为他疗过伤？还是因为，他认为她是来万丈深渊之中救他的，所以不愿让自己的"救命恩人"死掉？

会是这么单纯又天真的理由吗？但如果不是这样的理由，又会是什么？

纪云禾看着鲛人的侧脸，忍不住开口："为什么要替我挡下那一击？"

鲛人似乎有些奇怪她会这么问，冰蓝色的眼珠微微往后看了一下，他稍稍平稳了一下自己的呼吸，将肉眼可见的疼痛全都咽在肚子里，沉稳地说："我接下会受伤，但你会死。"

这么……简单的理由吗？

只是简单的评估，甚至连她想的那些简单的理由都不是。

面对林昊青时，鲛人把他当敌人，所以拼死也不向林昊青屈服。而面对纪云禾时，他没有把她当敌人，所以承受这么重的伤，也要救她一命。

做了这么多年的驭妖师，纪云禾从来没遇见过这样的妖怪，固执，却是一边固守自己的尖锐，一边又执着于自己的温柔。

"多谢你。"纪云禾说。

"不用谢。"

又是有一句对一句的正经回答。

好似在这样的情况下，他也在恪守自己的礼节。

纪云禾觉得这个鲛人，真是有趣。

"伤口疼吗？"纪云禾问他。

"很疼。"

他很坦诚，以至让纪云禾真的有些心疼起他来："我没有灵力了，用不了法术，没法凭空造水。"

"没关系。"

也是正儿八经地原谅她。

纪云禾忍不住笑了出来。她看着鲛人，鲛人在没转动身体的情况下，尽可能地转动眼珠，想看她。纪云禾索性走到了鲛人面前蹲下，她盯着鲛人澄澈的双眼，说："我身上也没什么东西能让你恢复伤势，只有去周围看看，哪怕能找到点水，估计也能让你好受一点，你在这儿躺着别动，等我回来。"

"好。"

出人意料地乖巧。

纪云禾看着鲛人的脸庞，或许是因为伤太重了，所以先前在深渊之中，那如仙似神的光辉又暗淡不少。加之与他说上了话，纪云禾一下感觉两人之间的距离近了不少，此时又见鲛人如此乖巧，纪云禾一个冲动，没忍住伸出了手。

鲛人躺着动不了，巴巴地看着纪云禾的手落在了他的头上，像是在抚摸什么动物一样，从他的头顶顺着他的银发，向下抚摸，一下又一下。

纪云禾摸着他，感觉他的发丝有着她从没有在任何一种动物皮毛上摸到过的柔软顺滑。她微微弯起了嘴角……

其实，如果能有自由的话，她一定会养一条大狗的……

"这是什么意思？"鲛人对纪云禾的动作起了好奇。

哎呀，纪云禾心想，问出这个问题，竟让人觉得更可爱了一些。

"这是……"纪云禾琢磨了一下，用与他一样正经的表情回答，"人类之间，能让受伤的人，好受一点的特殊法术手势。"

"人类？摸一摸就能好吗？"

纪云禾一边摸，一边面不改色地说："摸一摸就能好。"

鲛人也很诚实："但我还没好。"

"会好的。"

"嗯。"鲛人又等了一会儿，"真是漫长的法术。"

纪云禾忍不住又笑了，终于收回了手，又埋头找了找自己外衣的下摆，然后拉出来一个线头，递给鲛人："这儿一望无际的，从地上到天上全是金色的，你帮我把这头压着，我出去找找水，到时候顺着这条线

第四章 口吐人言

回来。"

"嗯。"

鲛人将纪云禾的线头绕在了指尖，恰巧这线头缝的是红色的衣摆，便是有根红线绕在了他指尖上，然后连在她的衣摆上。

"你知道吗？我们人类还有个传说，在两人指尖绕上红线，千里姻缘一线牵，会携手白头到老。"纪云禾站起了身，转身向金光的远处走去，"大尾巴鱼，你可拉好这线头呀，我回不回得来，能不能活到老，就看你啦。"

纪云禾摆摆手就走远了，所以她没看到，在她身后，握住红线的手指，又微微紧了一些。

纪云禾本以为自己要找很久，可没走多久，下摆的线都还没拆完，她就看见前方出现了一个巨大的凹坑。

与这一片金光的天地不一样，这凹坑之中，竟然是一片青草地，有花，有树，有溪水潺潺，凹坑正中，还有一间小屋子。

如果这天地不是金色的，纪云禾还以为自己踏入了什么南方村落。

在这什么都没有的十方阵之中，竟然还有这么一片世外桃源？

纪云禾觉得稀奇，这总不能是封印鸾鸟的十位驭妖师特意给鸾鸟建的吧？唯一的可能，就是青羽鸾鸟被关在里面这么多年，自己给自己造了一方天地。

"倒也是个奇妖了。"

纪云禾说着，迈步踏入巨大的凹陷之地中。

她越往里面走，越是发现这地方神奇。

鸟语花香，一样不少，但能听到鸟声却看不到鸟，只能看到地上金色石头雕的小鸟。能听到远处传来的狗叫，却一直没见到狗跑过来，只远远地看到一条金色的"狗"被放在大树后面，一动不动。

有声音，有形状，就是没有生命。

纪云禾在这奇怪的"世外桃源"中走了一会儿，一开始的好奇与新鲜过去，紧接着涌上心头的情绪，竟是一种仿佛来自远古的旷世寂寞。

这天地之间，除了她，所有东西都是假的。

那青羽鸾鸟在这里耗费数十年造就了这一片属于她的天地，但她造不出任何一个与她一样的鲜活生命。

这些石头鸟、石头狗，声音多生动，这旷古的寂寞，便有多折磨人。

第四章 口吐人言

纪云禾一时间有些恍惚，如果她也被永远困在了这里……

此念一起，竟让她有些背脊发寒，她一转头，蓦地看到背后一直连着她与鲛人的那根棉线。

没有更多犹豫，纪云禾不再往里面多走，她转身到溪边，摸了摸溪水，却发现这无头无尾的溪水，竟然是真的。

她脱下外套，将外套扔到溪水之中，吸了水，便拎着湿答答的衣服，循着棉线的踪迹往回走。

回时的路总比来时快。

纪云禾觉得自己只花了来时一半的时间，便重新找到了鲛人。

他还是和她离开时看到的一样，侧躺着，手指拉着那根红线，一动也未动过。

看见鲛人的一瞬，纪云禾只觉刚才刹那的空寂就如茶盏上的浮沫，吹吹就消失了。

她没有去和鲛人诉说自己方才的心绪变化，只蹲下身，将衣服上吸来的水拧了一些到他尾巴上，一边帮他把水在尾巴上抹匀，一边问："背上伤口需要吗？"

鲛人点头："需要。"

纪云禾看了眼他依旧皮开肉绽的后背："我不太会帮人疗伤，下手没什么轻重，你忍忍。"

"你很会帮我疗伤。"

纪云禾没想到，鲛人竟然说了这么一句话。

仔细想想，他们认识的短短时日里，她这已经是第三次帮他疗伤了，第一次是在那牢里，她正儿八经地给他抹药疗伤，第二次，是她方才摸他的头，第三次，便是现在。

"我也就给你上药、施术、找点水而已。"纪云禾一边说着，一边把衣服上的水拧到鲛人的后背伤处。

水珠顺着他的皮肤，流到那触目惊心的伤口里。

他身体微微了颤，似在消化水渗入伤口的疼痛，过了一会儿，他又神色如常地开了口："都很有效。"

这个鲛人……

纪云禾看着他的伤口将那些水珠都吸收了进去，她盯着鲛人的侧脸，见他并无半分玩笑的神色……他竟是真的打心眼里觉得，纪云禾给他的"治疗"是有效的……

第一次便罢了,先前她摸他的头也有效?

纪云禾忽然间开始怀疑起来,这世界上是不是真的有一种法术叫"摸摸就好了"……

将衣服上的最后一滴水都拧干了,纪云禾抖了抖衣服。

"你先歇会儿,等你的伤没那么疼了,我带你去前面,那边有你前辈留下的……产业。"纪云禾琢磨着找到一个她认为最适合的词,来形容青羽鸾鸟留下的那一片凹地。

而鲛人显然对这个词没什么概念,他只是沉默片刻,坐起身来:"我们过去吧。"

纪云禾见他坐起,有些愣神:"你不……"纪云禾转眼看到他背上的伤口,却惊奇地发现,他那些看起来可怕的伤口,在溪水的滋润下,竟然都没有再随着他的动作而流血了。

乖乖……纪云禾诧异,心想,难道真的有"摸摸就好了"这样的法术?

她没忍住,抬手摸了摸自己的头顶,试图将自己莫名失去的灵力找回来,但摸了两下,她又觉得自己大概是傻了。

她是人,这鲛人是妖怪,素来听闻海外鲛人长寿,身体中的油还能制成长明灯,他们有了伤,恢复也快,大概也是族类属性的优势。哪个人能真的摸摸就把别人的伤给抹平了。

又不是那传说中的神仙……

纪云禾感慨:"你们鲛人一族,身体素质倒是不错。"

"勤于修行而已。"

又得到一句官方回答,纪云禾失笑,只觉这大尾巴鱼真是老实严肃得可爱。

纪云禾伸手搀住他的胳膊,将他扶起:"大尾巴鱼,你能走路吗?"

大尾巴鱼垂下头,纪云禾也跟着他垂下头——

只见他那巨大的莲花一样的尾巴华丽地铺散在地,流光轮转,美丽绝伦,但是……并不能走路。

华而不实!

纪云禾在心里做了如此评价,紧接着便陷入了沉默。

大尾巴鱼也有些沉默。

第四章 口吐人言

两人呆呆地站了一会儿，大尾巴鱼说："此处有阵，我行不了法术。"

"我也是。"纪云禾接了话，没有再多说别的，一步走到大尾巴鱼身前，双腿一跨，蹲了个标准的马步，身体往前倾，把整个后背留了出来，"来，我背你。"

鲛人看着纪云禾的后背。

她背脊挺直，好似很强壮，但骨架依旧有着女孩子的瘦弱。

鲛人伸出手，他的一只胳膊就有纪云禾的脖子那般粗。

纪云禾等了许久，也没等到鲛人爬上她的背，她转头瞥了鲛人一眼，只见鲛人站在她身后，直勾勾地盯着她，也不说话。

纪云禾问他："怎么了？怕我背不动你啊？"纪云禾勾唇一笑，自信地说，"安心，我平日里，可也是个勤于修炼的人。"

"勤于修行，很好。"鲛人承认她的努力。

"那就赶紧上来吧，我背你，没问题。"

"可是你太矮了。"

"……"

干脆把他绑了拖着走吧……纪云禾想着，这个诚实的鲛人，也未免太实诚了一点。

"你自己努力把尾巴抬一抬！"纪云禾嫌弃他，没了刚才的好脾气，"没事长那么长的尾巴干什么，上来！"

大尾巴鱼被凶了，没有再磨叽，双臂伸过纪云禾的肩头，纪云禾将他两只胳膊一拉，让他抱住自己的脖子，命令他："抱紧点，抱好！"

鲛人老老实实地抱着纪云禾的脖子。

纪云禾手放到身后，将鲛人"臀"下鱼尾一兜，让鲛人正好坐在她手上。

但当纪云禾伸到后面的手把鲛人的"臀部"兜起来的时候，鲛人倏尔浑身一僵。

纪云禾以为自己压到他的伤口了："疼吗？"

"不……不疼。"实诚正经的鲛人，忽然结巴了一下。

纪云禾没多问，将他背了起来。

纪云禾很骄傲，虽然隐脉不见了，没了灵力，但论身体素质，她在驭妖师里也是数一数二厉害。

"你看，我说我背得动吧。"

她背着鲛人迈步往前，那巨大的尾巴末端还是拖在了地上，扫过地面，随着他们走远，留下了一路唰唰唰的声音。鲛人在纪云禾背上待着，似乎十分不适应，他隔了好久，才适应了，想起来回答纪云禾的话。

　　"嗯，我刚才没说你背不动，我是说，你太矮了。"

　　"……你就闭嘴吧。"

　　纪云禾觉得，如果顺德公主哪一天知道这鲛人开口说话是这风格，她怕是会后悔自己"令鲛人口吐人言"这个命令吧。

　　这鲛人说话，能噎死人。

第五章

附妖

> 附妖与主体的模样身形别无二致。但并不会拥有主体的力量，身形也是时隐时现的。

青羽鸾鸟造的这一方天地倒是巧妙。

这整个巨大的凹坑里面，前面是草地树林，潺潺小溪，中间一个小木屋，而屋后则有一个深浅不知的小潭，潭中莲花盛开，不衰不败，十分动人。

纪云禾本来打算将鲛人背到屋里了事，到了屋中，一眼望到后面的水潭，登时欣喜不已。

"大尾巴鱼，你是不是在水里会好得更快一些？"

"是。"

于是纪云禾放都没把他放下，背着他，让他的尾巴扫过堂屋，一路拖到屋后，转身就把他抛入了水潭之中。

鲛人虽美，但体形却是巨大，猛地被抛入潭中，登时溅起潭水无数，将岸边的纪云禾浑身弄了个半湿。金光之下，水雾之后，后院竟然挂起了一道彩虹。

纪云禾隔着院中的彩虹，看着潭水之中鲛人巨大的莲花尾巴拱出水面，复而优雅地沉下。在岸上显得笨拙的大尾巴，在水里便行动得如此流畅。

他在水中才是最完整美好的模样。纪云禾觉得无论出于任何原因，都不应该把他掠夺到岸上来。

鲛人在潭中翻了几个身，如鱼得水，大概是他现在的写照。

"这里的水，你能适应吗？"纪云禾问他。

鲛人从水中冒出头来："没问题，很感谢你。"他很严肃认真地回答纪云禾的问题，而在纪云禾眼中，这个鲛人答的是什么已经不重要了，那一双冰蓝色的眼珠，在被水滋润之后，散发着宝石一般的光芒，湿润的银发贴在他线条分明的身体上，有一种既高不可攀又极度诱惑的矛盾观感。

"大尾巴鱼。"纪云禾看着他，不由得苦笑，"长成这样，也难怪顺德公主那么想占有你了。怀璧其罪啊。"

听纪云禾提到这个名字，鲛人面色微微沉了下来。

纪云禾见了他的表情，倏尔起了一些好奇，都说鲛人难见，因为大海渺渺，本就不是人该去的地方，在那里每一滴水都奉鲛人为主。所以……

"你到底是怎么被顺德公主抓住的？"纪云禾问他，"你们鲛人在海里来去自如，朝廷最快的船也追不上，就算追上了，你们往海里一沉，再厉害的驭妖师也只能在海面上傻站着……"

鲛人依旧不说话。他的鱼尾在水里晃着，令水面上清波浮动。

"很少有鲛人被抓上岸来，要么是受伤了被大海拍到岸上来的，要么是被人引诱，骗到岸上来的，你是哪种？"

"都不是。"

"那你是怎么被抓住的？书上说，你们鲛人的鱼尾是力量的象征，我看你这尾巴这么大，你……该是鲛人中的贵族吧。"

鲛人看着纪云禾，没有否认："我救了她。"

"救了谁？"

"你们口中的，顺德公主。"

得到这个答案，纪云禾有些惊讶。

"那日海面风浪如山，你们人造的船两三下便被拍散了，她掉进了海里，我将她救起，送回岸上。"

"然后呢？你没马上走？"

第五章 附妖

"送她到岸上时,岸边有数百人正在搜寻,她当即下令,命人将我抓住。"

"不应该呀。"纪云禾困惑,"即便是在岸边,离海那么近,你转身就可以跑了,谁还能抓住你?"

鲛人目光冰凉:"她师父,你们的大国师。"

纪云禾险些忘了,顺德公主与当今皇帝乃同母姐弟,德妃当年专宠御前,令自己的两个孩子都拜了大国师为师,先皇特请大国师教其法术。

当今皇帝未有双脉,只担了个国师弟子的名号,而顺德公主却是实打实的双脉之身。

顺德公主如今虽只有公主之名,却是大国师唯一的亲传弟子,是皇家仅有的双脉之身,在朝野之中,顺德公主权势煊赫。

民间早有传闻,如今乃是龙凤共主之世。

大国师素来十分照顾自己这唯一的亲传弟子,她在海上遇难,大国师必然亲……

只可怜了这鲛人,救谁不好,竟然救了这么一个人。

纪云禾看着鲛人,叹了口气,想让他长个记性,便佯装打趣,说:"你看,随便乱救人,后悔了吧?"

鲛人倒也耿直地点了点头:"嗯。"

"你下次还乱不乱救人了?"

鲛人沉默着,似乎很认真地思考着纪云禾这随口的问题,思考了很久,他问:"你们怎么知道,自己是不是在胡乱救人?"

他问出了这个充满哲思的问题,让纪云禾有些猝不及防。纪云禾也思考了很久,然后严肃地说:"我也不知道,那还是胡乱救吧,看心情,随缘。做自己想做的事,然后承担后果。"

"就这样?"

"就这样。"

简单,粗暴,直接,明了。

然后鲛人也就坦然地接受了。"你说得很对。"鲛人在水潭中,隔着渐渐消失的彩虹望着纪云禾,"我很欣赏你,我想知道你的名字。"

作为一个驭妖师,纪云禾这辈子还是第一次从一个妖怪嘴里听到这样的话。

069

她撞破了空中本就残余不多的彩虹，走到了水潭边，蹲下身来，盯着鲛人漂亮的眼睛道："我姓纪，纪律的纪。名叫云禾。"

"名好听，但你姓纪律的纪？"

纪云禾点头："这个姓不妥吗？"

"这个姓不适合你。"鲛人说得认真严肃，"我在牢中看见，你对人类的纪律并不认同。"

纪云禾闻言一笑，心里越发觉得这鲛人傻得可爱。

"你说得对，我不仅对我们人类的纪律不认同，我对我们人类的很多东西都不认同，但我们人类的姓没法自己选，只有跟着爹来姓。虽然，我根本就不知道我爹的模样……"

"你爹的姓不适合你。"

纪云禾心觉有趣："那你认为什么姓适合我？"

"你该姓风。"

"风云禾？"纪云禾咂摸了一下，"怪难听的，为什么？"

"你该像风一样自由，无拘无束。"

纪云禾脸上本带着三分调侃的笑，也渐渐隐没了下去。

她没想到，这么多年内心深处的渴望，竟然被一个统共见了没几面的鲛人给看破了。

纪云禾沉默了片刻，她抽动一下唇角，似笑非笑道："你这个鲛人……"纪云禾伸出手，蜷了中指，伸向鲛人的额头，鲛人直勾勾地盯着她，不躲不避，纪云禾也没有客气，对着他的眉心就是一个脑瓜嘣，"啵"的一声，弹在他漂亮的脑门上。

纪云禾同时说："也不知道你是大智若愚，还是就是愚愚愚愚。"

鲛人挨了一下，眼睛都没眨一下，只是有点困惑，他严肃地问纪云禾："你不喜欢这个姓，可以，但为什么要打我？"

纪云禾站起身来，伸了个懒腰，懒懒地敷衍了一句："打是亲骂是爱，人类的规矩。"

鲛人难得地皱了眉头："人类真奇怪。"

纪云禾摆摆手，又转身离开："你先在水里泡一会儿，我去找找这阵里有没有出口。"

纪云禾离开了小屋。她心里琢磨着，在这个十方阵里，不只她的灵力，连鲛人的妖力也被压制了，照理说，在这里应该是用不了法术的才

第五章 附妖

是，灵力妖力是千变万化之源，源头都没有，哪儿来的清渠。

但偏偏这地方就是这么奇怪，还真有清渠，有水潭，有草木花鸟，虽然是假的……

可这也证明，青羽鸾鸟在这儿待的百年时间里，虽然不能用法术逃出去，却是能用法术造物的。那这个地方，或者准确地说，这个凹坑所在之处，一定有能联通外界灵力的地方，虽然可能并不多……

可有灵力就一定能有出去的办法，之前青羽鸾鸟出不去，是因为十方阵完好无缺，而现在这阵都被离殊破了一遍了，她一个驭妖师加个大尾巴鱼，还不能联手把这残阵再破一次吗？

只要找到灵力流通的源头，就一定能有办法。

纪云禾是这样想的……

但当她在这坑里找了一遍又一遍，几乎拔起了每根草，也没找到灵力源头的时候，她有些绝望。

这个地方漫天金光，没有日夜，但根据身体疲劳的程度来看，她约莫已经翻找了一天一夜了。

一无所获。

虽然现在与外界隔绝，但纪云禾心里还是有些着急的。

这一天一夜过去，外面的青羽鸾鸟是否还在与驭妖师们搏斗，是否将雪三月带走了都是未知数，而如果他们的战斗结束，驭妖谷重建秩序，哪怕纪云禾带着鲛人从这十方残阵里面走了出去，也是白搭。

她和鲛人都没有机会再逃出驭妖谷，而她偷了解药的事必定会被林沧澜那老头发现，到时候她面临的，将是一个死局。

纪云禾找得筋疲力尽，回到小屋，她打算和鲛人打个招呼，稍微休息一会儿，但当她回到水潭边，却没有发现鲛人的踪影。

她在岸边站着喊了好几声"大尾巴鱼"也没有得到回应。

难道……这大尾巴鱼是自己找到出口跑了？

从这水潭里面跑的？

纪云禾心念一起，立即趴在了水潭边，往潭水中张望。

潭水清澈，却深不见底，下方一片漆黑，水上的荷花好似都只在水上生长，并无根系。

纪云禾看得正专心，忽见那黑暗之中有光华流动。

转眼间，巨大的莲花鱼尾搅动着深渊里的水，浮了上来，他在水里的身姿宛似游龙，他上来得很快，但破水而出之时却很轻柔。

他睁着眼睛，面庞从水里慢慢浮出，宛如水中谪仙，停在纪云禾面前。

四目相接，纪云禾有些看呆了："喂，大尾巴鱼，我还不知道你的名字呢。"

鲛人的目光却清澈得一如往常。似乎与她的脸颊离得这么近也并无任何遐想。

"我的名字，用你们人类的话说，是长意。"

长意……

这名字，仿佛是纪云禾惊见他水中身姿时，这一瞬的叹息。

听着这个名字，纪云禾忽然想，这个鲛人，应该永远摆动着他的大尾巴，悠闲地生活在海里。

她打心眼里认为，这个鲛人就该重获自由。

不是因为他与她相似，只是因为，这样的鲛人，只有能纳百川的大海，才配得上他的清澈与绝色。

长意告诉纪云禾，这水潭下方深不见底。

纪云禾琢磨着，这十方阵中，四处地面平坦，唯有他们所在这处是凹坑。且依照她先前在周围的一圈探寻来看，这水潭应该也是这凹坑的正中。

如果她的估算没错，这水潭或许就是十方阵的中心，甚至是阵眼所在，如果能撼动阵眼，说不定可以彻底打破十方阵……

纪云禾探手掬了些许水在掌心。当她捧住水的时候，纪云禾知道，他们的出路，便在这水潭之中了。

因为……手里捧着水，纪云禾隐隐感觉到了自己的双脉，很虚弱，但真的存在。

纪云禾细细观察掌心水的色泽，想看出些许端倪。

忽然之间，长意眉头一皱："有人。"

纪云禾闻言一怔，左右顾盼："哪儿？"

好似回答纪云禾这问题一样，只听水潭深处传来一阵阵低沉的轰隆之声，宛如有巨兽在水潭中苏醒。

纪云禾与长意对视一眼。

第五章 附妖

水底有很不妙的东西。

纪云禾当即一把将长意的胳膊抓住,手上猛地用力,集全身之力,直接将长意从潭水之中"拔"了出来。纪云禾自己倒在地上,也把长意在空中抛出一个圆弧。

鲛人巨大的尾巴甩到空中,一时间宛如下了一场倾盆大雨。

而就在"雨"未停时,那水潭之中猛地冲出一股黑色的气息,气息宛似水中利剑,刺破水面,径直向长空而去,但未及十丈,去势猛地停住,转而在空中一盘,竟然化形为鸾鸟之态!

一……一只黑色的鸾鸟自潭水而出,在空中成形了。

鸾鸟仰首而啸,声动九天,羽翼扇动,令天地金光都为之暗淡了一瞬。

纪云禾惊诧地看着空中鸾鸟——这世上,竟然还有第二只青羽鸾鸟?当年十名驭妖师封印的竟然是这样厉害的两只大翅膀鸟?

这念头在纪云禾脑中一闪而过,很快,她发现了不对。

这只黑色的鸾鸟,虽然与之前在外面看到的青羽鸾鸟只有颜色的区别,但她没有脚。或者说……她的脚一直在潭水之中,任由那双大翅膀怎么扑腾,她也没办法离开水面一分。

她被困住了,困在这一方水潭之中。

黑色鸾鸟挣扎的叫声不绝于耳,但听久了纪云禾也就习惯了,她压下心中惊讶,转头问被她从水中拔出来的长意:"你刚才在水里和她打过招呼了?"

"未曾见到她。"

"那她是从哪里钻出来的……"

话音未落,空中挣扎的黑色鸾鸟忽然间一甩脖子,黑气之中,一双血红的眼珠子径直盯住了地上的纪云禾。

"驭妖师!"

黑色鸾鸟一声厉喝:"我要吞了你!"羽翼呼扇,黑色鸾鸟身形一转,巨大的鸟首向纪云禾杀来。

杀意来得猝不及防,纪云禾仓皇之中只来得及挪了下屁股,眼睁睁地看着黑色鸾鸟的尖喙一口啄在她与长意中间的地面上。

地面被那尖喙戳了一个深坑,深得几乎将鸾鸟的头都埋了进去。

纪云禾看着那坑,抽了一下嘴角。

"我和你多大仇……"

纪云禾在鸾鸟抬头的时候，立即爬了起来，她想往屋里跑，可黑色鸾鸟一甩头，径直将整个草木房子掀翻，搭建房屋的稻草树木被破坏之后，全部变成了金色的沙，从空中散落而下。

纪云禾连着几个后空翻，避开黑色鸾鸟的攻击，可她刚一站稳脚跟，那巨大的尖喙张着，再次冲纪云禾而来！

在这避无可避之时，纪云禾不再退缩，直勾勾地盯着黑色鸾鸟那张开的血盆大口，忽然间，那尖喙猛地闭上，离纪云禾的脸，有一寸距离。

黑色鸾鸟一直不停地想往前凑，但任由她如何挣扎，那尖喙离纪云禾始终有着一寸的距离。

纪云禾歪过身子，往后望了一眼，但见鸾鸟像是被种在水潭中一样，挣脱不得。鸾鸟很是生气，她的尖喙在纪云禾面前一张一合，嘴闭上的声音宛如摔门板一般响。

纪云禾在她闭上嘴的一瞬间摸了她的尖喙一下。

"我说你这大鸡，真是不讲道理，我对你做什么了，你就要吞了我。"

被纪云禾摸了嘴，黑色鸾鸟更气了，那嘴拼了命地往前戳，好似恨不能在纪云禾身上戳个血洞出来，但愣是迈不过这一寸的距离。

"你胆子很大。"及至此时，长意才拖着他的大尾巴，从鸾鸟脑袋旁挪到了纪云禾身边，"方才出分毫差错，你就没命了。"

"能出什么差错。"纪云禾在鸾鸟面前比画了两下，"她就这么长一只，整个身板拉直了最多也就这样了。"

鸾鸟被纪云禾的话气得啼叫不断，一边叫还一边喊："驭妖师！我要你们都不得好死！我要吞了你！吞了你！"

纪云禾左右打量着黑色鸾鸟，离得近了，她能看见鸾鸟身上时不时散发出来的黑气，还有那血红眼珠中闪动的泪光。

竟是如此悲愤？

"你哭什么？"纪云禾问她。

"你们驭妖师……薄情寡性，都是负心人，我见一个，吞一个。"

嗯，还是个有故事的大鸡。

黑色鸾鸟说完这话之后，周身黑气盘旋，她身形消散，化成人形，站在水潭中心，模样与纪云禾之前在外面看到的青羽鸾鸟是一模一样。

一张脸与雪三月有七分相似。

只是她一身黑衣，眼珠像鲜血一般红，眼角还挂着欲坠未坠的泪水……

怨恨、愤怒而悲伤。

一只奇怪的大鸡。

"哎，你和青羽鸾鸟是什么关系？"纪云禾不再兜圈子，开门见山地问，"你为什么被囚禁在这水潭之中？"

"青羽鸾鸟？"黑色鸾鸟转头看纪云禾，"我就是青羽鸾鸟，我就是青姬。我就是被困在这十方阵中的妖怪。"黑色鸾鸟在水潭中心转了一个圈，她看着四周，眼角泪水簌簌而下，尽数滴落在下方潭水之中。她指着金色的天，厉声而斥："我就是被无常圣者所骗，被他囚于十方阵中的妖！"

无常圣者，当年同其余九名驭妖师合力布下十方阵，囚青羽鸾鸟于此的大驭妖师。

纪云禾只在书上看过赞颂无常圣者的文章，却从没听过，那圣者居然和青羽鸾鸟还有一段故事……

不过这些事，就不是纪云禾能去探究的了。

纪云禾只觉此时此地奇怪得很，如果这里被关着的是真正的青羽鸾鸟，那破开十方阵出去的又是谁？那青羽鸾鸟也自称青姬，猫妖离殊应当是她的旧识，那时候离殊与她相见的模样，并不似认错了。

纪云禾心底犯嘀咕之际，长意在旁边开了口。

"她不是妖。"长意看着黑色鸾鸟，"她身上没有妖气。"

"那她是什么？"

"恐怕……是被主体剥离出来的一些情绪。"

"哈？"

纪云禾曾在书上看过，大妖怪为了维系自己内心的稳定，使自己修行不受损毁，常会将大忧大喜这样的情绪剥离出来，像是身体里产生的废物，有的妖随手一扔，有的妖将其埋藏在一个固定的地方。

大多数时候，这些被抛弃的情绪会化作自然中的一股风，消散而去，但极个别特殊的强烈出离的情绪，能得以化形，世人称其为附妖。

附妖与主体的模样身形别无二致。但并不会拥有主体的力量，身形也是时隐时现的。书上记载的附妖也多半活不长久，因为并不是生命，随着时间的推移，附妖会慢慢消散，最后也化于无形。

纪云禾从没见过……化得这么实实在在的附妖，甚至……

纪云禾看了一眼周围破损的房屋。

这附妖虽然没有妖力，但身强体壮，凭着变化为鸾鸟的形状，甚至能给周遭造成一定程度的破坏。

"这附妖也未免太厉害了一些。"

"嗯，或许是主体的情绪太强，也或许是被抛入潭水中的情绪太多，经年累月便如此了。"

能不多吗，纪云禾想，青羽鸾鸟在这里可是被囚禁了百年呢。

纪云禾看着那黑衣女子，只见她在潭水中转了两圈，自言自语了几句，忽然开始大声痛哭了起来："为何！为何！宁若初！你为何负我！你为何囚我！啊！"

她的泪水滴滴落入潭中，而伴着她情绪崩溃而来的，是潭中水动，水波推动水面上的荷花，一波一波的潭水荡出，溢了这后院满地。

眼看着她周身黑气再次暴涨，又从人变成了鸾鸟，她这次不再攻击纪云禾，好似已经忘了纪云禾的存在，只是她发了狂，四处拍打着她的翅膀，不停地用脑袋在地上戳出一个又一个的深坑，弄得四周金色尘土翻飞不已。

纪云禾捂住口鼻，退了两步。

"我们先撤，等她冷静下来了再回来。"纪云禾看着发狂的黑色鸾鸟所在之地，眉头紧皱，"如果我想得没错，出口，大抵也就在那水潭之中了。"

这附妖对驭妖师充满了敌视，以至纪云禾碰了一下潭中的水她就立即冲出来攻击纪云禾了。纪云禾要想出去，就必须要把这附妖给化解了。

但情绪这么强烈的附妖，到底要怎么化解……

一个女人被男人骗了，伤透了心……

纪云禾一边琢磨，一边蹲下身来，像之前那样把长意背了起来。

她兜着长意的尾巴，向前走，离开了这混乱之地，心思却全然没有离开。

她琢磨着让受情伤的人恢复的办法。纪云禾觉着，这要是依着她自己的脾气来，被前一个负了，她一定立马去找下一个，新的不来，旧的不去。

但在这十方阵中，纪云禾上哪儿再给这附妖找一个可以安慰她的男人……

等等。

纪云禾忽然顿住脚步，看着抱住自己脖子的这粗壮胳膊。

男人没有，雄鱼这儿不是有一大条吗。

纪云禾又把长意放了下来。

长意有些困惑："我太重了吗？你累了？"

"不重不重不重。"纪云禾望着长意，露出了疼爱的微笑，"长意，你想出去对不对？"

"当然。"

"只是我们出去，一定要解决那个附妖，但在这里，你没有妖力，我没有灵力，她又那么大一只，我们很难出去的，是不是？"

"是的。"

"所以，如果我有个办法，你愿不愿意尝试一下？"

"愿闻其详。"

"你去勾引她一下。假装你爱她，让她……"

话没说完，长意立即眉头一皱："不行。"

拒绝得这么干脆，纪云禾倒是有些惊讶："不是，我不是让你去对她做什么事……"纪云禾忍不住垂头，看了一下鲛人巨大的莲花尾巴。

虽然……她也一直不知道他们鲛人到底是怎么"办事"的……

纪云禾清咳两声，找回自己的思绪："我的意思是，你就口头上哄哄她，把她的心结给解开了。他们附妖，一旦解了心结，很快就消散了，对她来说也是一个解……"

"不行。"

再一次义正词严地拒绝。

纪云禾不解："为什么？"

"我不说谎，也不欺骗。"

看着这一张正直的脸，纪云禾沉默片刻："就……善意的谎言？"

"没有善意的谎言。"长意神色语气非常坚定，宛如在诉说自己的信仰，"所谓的'善意'，也是自欺欺人。"

第五章 附妖

纪云禾抚额："那怎么办？难道让我自己上吗？"她有些生气地盯着长意，两人四目相接，他眸中清澈如水，让纪云禾再说不出一句让他骗人的话。

是的……

事已至此，好像……

只有她自己上了。

纪云禾垂头，摸摸自己的胸口，心想，裹一裹，换个发型，压低声音，自己撸袖子……

上吧。

纪云禾撕了自己剩余的外衣，弄成布条把胸裹了，随后又把头发全部束上，做了男子的发冠。

长意背对着纪云禾坐在草地上，纪云禾没让他转头，他愣是脖子也没动一下，只有尾巴稍显无聊地在地上拍着，一下又一下。

"好了。"

未等长意回头，纪云禾自己走到长意面前问："怎么样？像男人吗？"

长意上上下下认真打量了纪云禾两回，又认认真真地摇头："不像，身形体魄，面容五官都不似男子。"

纪云禾低头一瞅，随即瞪长意："那你去。"

长意摇头："我不去。"

这鲛人真是空长了一副神仙容颜，什么都不做，就会瞎叨叨。

纪云禾哼了一声："还能怎么办，破罐子破摔了。"话音一落，纪云禾转身便走，宛如迈向战场。

她是本着被打出来的想法去的。

但她没想到，事情的进展，出人意料地顺利。

她走到已变成一片狼藉的木屋处，鸾鸟附妖还在，却化作了人形。她似乎折腾够了，疲乏了，便在那水潭中央抱着膝盖坐着。

她身边是枯败的荷花，脚下是如镜面般的死水，她与水中影一上一下，是两个世界，却又融为一体。不管从哪个角度看，都似一幅画般美……一种凋萎的美。

纪云禾的脚步惊动了附妖，她稍一转眼眸，便侧过了头。

她身形微动，脚下死水便也被惊动，细碎波浪层层荡开，将水中的

第五章 附妖

影揉碎。附妖看见纪云禾，站起身来："你是谁？"

这么一会儿，这附妖却是不认得她了？

这倒也好，省得纪云禾还要编理由解释为什么自己和刚才的"姑娘"长得一模一样。

"我是一个书生。"纪云禾面不改色地看着附妖，她来之前就想好了几个步骤，首先，她要是被附妖识破了女子之身，那她拔腿就走，回去再想办法，如果没被识破，她就说自己是个书生。

驭妖谷外流进来的那些俗世话本里，女妖爱上书生是标配。纪云禾在驭妖谷看了不少书，对这些书生与女妖的故事套路，烂熟于心。

纪云禾假装羞涩，接着道："方才远远看见姑娘独自在此，被……被姑娘吸引过来了。"

附妖皱眉，微微歪了头打量着纪云禾。

纪云禾心道糟糕，又觉得自己傻得可笑，女扮男装这种骗术哪儿那么容易就成了……

附妖打量了纪云禾很久，在纪云禾以为自己要被打了的时候，附妖忽然开口："书生是什么？你为何在此？又何以会被我吸引？"

问了这么多问题，却没有一个是——你怎么敢说你是男子？

纪云禾没想到，这附妖还真信了这个邪。

不过这平静下来的附妖，好似一个心智不全的孩子，问的问题也让纪云禾没有想到。

纪云禾慢慢靠近附妖，在发现她并不抗拒之后，才走到水潭边，直视她道："书生便是读书的人，我误闯此地，见你独自在此，神色忧愁，似有伤心事？"

要让一个受过伤的女子动心，首先要了解她，了解她的过去和她对感情失望的原因，对症下药，是为上策。这青羽鸾鸟与无常圣者的恩怨都是百年前的事情了，世上书中皆不可知，唯有听这附妖自己说了。

附妖听了纪云禾的话，喃喃自语了两遍："伤心事？我有什么伤心事？"她垂头似在沉思，片刻后，抬起头来，望向纪云禾，此时，眼中又有了几分痴状："我被一个驭妖师骗了。"

纪云禾静静看着她，等待她说下去。

似乎找到了一个倾泻口，附妖无神的目光盯着纪云禾，自言自语一般说着："他叫宁若初，是个大驭妖师，他很厉害，一开始，他想除掉我，我们打了一架，两败俱伤，双双掉入山谷之中……"

附妖说着，目光离开了纪云禾，她转头四望，似在看着周围的景色，又似在看着更远的地方。

"那山谷和这里很像，有草有花，有废弃的木屋，有一条小溪，汇成了一潭水。"

纪云禾也看了看四周，这是青羽鸾鸟住了百年的地方，是她自己用阵眼中的力量一草一木造出来的。

纪云禾想，这地方应该不是和当初那个山谷"很像"而已，应该是……一模一样吧。

"谷中有猛兽，我们都重伤，我没有妖力，他没有灵力，我们以血肉之躯，合力击杀猛兽，然后他喜欢我，我也喜欢他了。但我是妖，而他是驭妖师……"

不用附妖多说，纪云禾就知道，即便是在驭妖师拥有自由的百年前，这样的关系也是不被世人接受的。

驭妖师本就是为驭妖而生的。

"后来，我们离开了山谷，我回了我的地方，他去了他的师门，但数年后，他的师门要杀猫妖王之子离殊……"提到此事，她顿了顿，纪云禾听到这个熟悉的名字，也微微一怔。

百年前青羽之乱前，最让驭妖师们头疼的，大概就是猫妖王了。猫妖王喜食人心，杀人无数，罪孽深重。世人几乎也将猫恨到极致。

后猫妖王被数百驭妖师合力制伏，斩于沙棘山间，消散于世间。而猫妖王的数十名子嗣也尽数被诛，唯有猫妖王幼子一直流离在外，未被驭妖师寻得。

自此历代驭妖师的记录里，便再未有猫妖王及其后代的记载。

纪云禾现在才知晓，原来……那幼子竟是离殊……

也难怪离殊先前在驭妖谷破十方阵时，表现出如此撼人之力。

猫妖王血脉，应当如此。

附妖道："他们要杀离殊，但我救了离殊，我护着离殊，他们便要杀我，宁若初也要杀我。"

说到此处。附妖眼中又慢慢累积了泪水。

"我以为他和别的驭妖师不同，我和他解释我和离殊不会吃人，我杀的，都是害我的人，都是恶人，但他不信。不……他假装他信了，他把我骗到我们初遇的谷中,在那里设下了十方阵,合十人之力,将我封印,他……将我封印……"

附妖的泪水不停落下,再次令潭水激荡。

"宁若初!"她对天大喊,"你说了封印了我你也会来陪我!为什么!为什么!"

听她喊这话,纪云禾恍悟,原来……那青姬的不甘心,竟然不是无常圣者封印了她,而是无常圣者没有到这封印里来……陪她。

但是无常圣者宁若初在成十方阵的那一刻,就已经死了啊。

她……难道一直不知道吗……

"百年囚禁,百年孤独!你为什么不来!你为什么还不来!"

纪云禾嘴角动了动,一时间,到嘴边的真相,她竟然有些说不出口。

而且,纪云禾转念一想,告诉她宁若初已经死了这件事,并不见得是个好办法,若没有消解这附妖的情绪,反而将她这些感情激化,那才真叫麻烦。

附妖越来越激动,潭中水再次波涛汹涌而起。眼看着附妖又要化形,纪云禾快速退开,在鸾鸟啼叫再起之时,她已经走在了回去找长意的路上。

她回头看了眼水潭的方向,这次附妖没有大肆破坏周边,她只是引颈长啼,好似声声泣血,要将这无边长天啼出一个窟窿,质问那等不来的故人。

纪云禾皱着眉头回来,长意问她:"被识破了吗?"

"没有。但事情和我预想的有点出入。"纪云禾盘腿,在长意面前坐下,"我觉得我扮书生是不行了,大概得换个人扮。"

"你要扮谁?"

"无常圣者,宁若初。"

第六章

选 择

> 她一直不想这样做。但命运这只手,却好似永远都不放过她。

纪云禾在小溪边想方设法地捣鼓自己的头发,试图将头发绾出一个与先前不一样的冠来。

长意坐在溪边看她,有些不解:"如果鸾鸟这么喜欢当年的男子,怎会将旁人错认为他?"

纪云禾只看着溪水中自己的倒影,答道:"鸾鸟必定不会错认,但这是鸾鸟一团情绪生出来的附妖,她状似疯癫,脑子已不大清楚……"

纪云禾话还没说完,长意就皱起了眉头。

不用他开口,纪云禾就知道这个正义又单纯的大尾巴鱼在想什么。"喂,大尾巴鱼。"纪云禾试图说服他,"你要知道,她是被青羽鸾鸟抛弃在这里的一堆情绪,并无实体,也算不得生命。我们骗她也是迫不得已,你不想永远被困在这里,对吧?"

漂亮的冰蓝色眼眸垂下。

纪云禾忽然有一种自己在哄小孩的错觉……

她走到长意身边,拍了拍他的肩头:

"让青羽鸾鸟离开这里,是离殊拼死争来的机会。你和我能不能利用

第六章 选择

这个机会重获自由就在此一举了。"纪云禾摸着一直贴身放着的那一盒解药，指尖不由得收紧，她目光灼灼地看着长意，"所以我必须去骗那个附妖，也必须要解开她的心结让她消失。无论用什么方法，我都得试试。"

长意重新抬起眼眸，静静凝视纪云禾。似乎没有想到能在纪云禾眼中看到这般强烈的情绪，他沉默了片刻。

"你打算如何试？"

纪云禾一眨眼，眼中的犀利突然尽数化去，她转而一笑，又一副散漫模样。

"我呀……"她歪嘴笑着，"我打算去与她'道明身份'，随后吟诗词歌赋表白心意，要是这个时候还没有破功，那就顺其自然，将她拥入怀中轻轻安抚。"纪云禾一撩头发，微挑眉梢，帅气回眸，"总之，就是说爱她。"

长意听罢，不看好地摇起了头："你这般言说毫无真心，很难成功。"

"毫无真心？"这话似乎刺激到了纪云禾，她蹲着身子，往前迈了半步，靠近长意，一抬手，将长意银色的长发撩起了一缕，"当然了……"

她微微颔首，将银色长发撩到自己唇边，在长意还没反应过来之际，那微微有些干的唇便印在了长意尚且湿润的长发上。

"既见君子，这一片真心，自然留不住了。"

纪云禾还吻着长意的银发，眼眸一抬，三分柔情，七分犀利，如箭如钩，似要将长意的心从他眼睛里掏出来。

但……

蓝色的眼眸如海纳百川，将纪云禾这些柔情、挑衅悉数容纳。

长意一脸平静，情绪毫无波动。

就像一拳打在了棉花上，纪云禾与他毫无波动的眼睛对视了片刻，顿觉败下阵来，那一股名为"对不起，是在下唐突、冒犯、打扰了"的情绪涌上心头。

一时间，纪云禾只觉吻着他头发的嘴就像被毒草割了一般，尴尬得有些发麻。

纪云禾清咳一声，往后撤了一些，唇离开了他的头发，手也放开了那银丝。纪云禾拍拍手，抿了一下唇，在长意毫无波澜的眼神之中，站起身来。

她揉揉鼻子，尴尬地转过身。

083

"你这鲛人没和人相处过,不懂这世间的规矩,总之,我要是这样去对那附妖,十有八九会成功的。"

纪云禾说完又忍不住看了一眼鲛人,鲛人依旧一脸平静。纪云禾撇了下嘴,只道自己是撞了南墙。

她眼睛左右瞟了一阵,瞥了眼鲛人的后背,随便起了另一个话头:"那啥,你伤好得挺快的啊,鲛人的身体就是好。你就在这儿等我吧,成功了咱们就可以出去了,走了,等着啊。"

言罢,纪云禾摆摆手,逃一般地离开。

长意坐在原地,巨大的莲花尾巴末端搭在溪水里,啪嗒啪嗒拍了两下。

他看着纪云禾渐渐走远的背影,默默垂下头,拉起了刚才被纪云禾吻过的那缕发丝,静静地握了片刻,他一转头,看向溪水里的自己——

那双清冷的冰蓝色眼珠,颜色却比先前深了许多。

长意静默地在溪边坐着,过了许久,那双眼睛的颜色也依旧没有变浅。

忽然间,巨大的莲花大尾巴拂动,将溪水揽起,"哗啦"一声,打破他周身的静谧。

清凉的溪水劈头盖脸而来,弄得他的身体与发丝都湿了个透彻。

被尾巴搅动的水,破碎之后重新凝聚,水波相互撞击,最后终于冉次恢复平静,如镜般的水面又清晰地照出了他眼瞳的颜色,深蓝的颜色褪去,长意眼瞳的颜色终于恢复了一贯的清冷。

纪云禾几乎是小步跑着回到了水潭那方。

在见附妖之前,纪云禾梳理好了方才那尴尬的情绪,她清了清嗓子,迈步上前。

无常圣者已经是百年前的人了,书上虽然对无常圣者的事迹有不少记载,但那些记载,都是说他的功勋与强大,从未记录他的喜怒哀乐。

或许在写书人笔下,圣人都是不需要喜怒哀乐的。

纪云禾无法从自己看过的故事里去揣摩这人的脾性,但能从附妖方才的话中知道,这个无常圣者宁若初,绝不是个心冷肠硬的人。纪云禾甚至认为,无常圣者对青羽鸾鸟也是动了情的。

不然,以鸾鸟对他的信任与爱,他何必将她骗来封印呢,直接杀了不就好了?又岂会许下"陪她"的诺言。

这个宁若初应当也是个有情有义的驭妖师。

纪云禾理清了这些事,将表情整理严肃,带着几分沉重去寻找潭中

第六章 选择

附妖。

附妖还在潭水之上,与先前不同,她并没有蹲着,而是站在那潭水上翩翩起舞。

所有的妖怪里,鲛人是歌声最美的,而鸟之一类化的妖,是最会舞蹈的。

传言中说,凤舞九天,百鸟来朝,鸾鸟虽非凤凰,但其舞姿也是世间之最。

附妖在潭水之上,宛如踏在明镜之上,枯荷在旁,她绕枯荷而舞,身姿开合,或徐或疾,周身缠绕如纱般的黑气,在纪云禾眼中,好似之前见过的那幅画动了起来。

这画中的女子,寻寻觅觅,徘徊等待,却永远等不来那个许下承诺的人。

纪云禾看着她的舞姿,一时有些看呆了,直到附妖身姿旋转,一个回头,猛地看见了站在一旁的纪云禾,她倏尔停住脚步。

被踏出细波的水潭随之静息。

"你是谁?"

又是这个问题,这个附妖,果然脑子不太清楚,全然记不得事。

"你都不记得我了吗?"纪云禾说,"我是宁若初。"

附妖浑身一僵,脚下似站不稳般微微一退,再次将水面踏皱,一如踏皱了自己的眸光。

她看着纪云禾,皱着眉头,似要将她看穿一般。但任由她如何探看,到最后,她还是颤抖着唇角,问纪云禾:"你怎么现在才来找我?"

没有任何质疑,没有过多的打探,附妖就这样相信了她。

纪云禾甚至觉得,自己就算没有束胸,没有绾发,不刻意压低声音来找她,附妖依旧会相信她就是宁若初。

纪云禾很难去猜测这其中的原因。

或许是附妖自打成形开始,就心智不全;也或许她等得太久,都等迷糊了;又或许……等到宁若初,对她来说也是一个必须完成的任务。

就像她和长意必须出去一样,这个附妖也是。她是因青羽鸾鸟的执念而生,就必须化解执念才能解脱。所以不管来的是谁,她都认。

除此之外,纪云禾再想不到其他理由了。

附妖一步步走向纪云禾,纪云禾想不出真正的宁若初这时候会说什么,所以她干脆不言不语，只直视着附妖的眼睛，也一步步靠近水潭边。

两人走近了，附妖离不开水潭，纪云禾也没有踏进去。

附妖静静地看着她，那猩红的眼瞳里满满都是她。

也就是在离得这么近的时候，纪云禾才感知到，原来感情这种虚无缥缈的东西，真的是能从眼睛里钻出来的。

"你说你会来陪我。"附妖眼中慢慢湿润起来，"我等了你好久。"

纪云禾心想，她可真是个爱哭的附妖。

青羽鸾鸟是个举世闻名的大妖怪，她是不可能爱哭的，所以这被剥离出来的情绪，应当是她内心之中难能可贵的脆弱吧。

"抱歉。"被一个哭兮兮的女孩子这般充满情意地看着，纪云禾忍不住说出了这两个字。

她想，如果是真的宁若初，大概也会这样说的吧。

而这两个字，仿佛是触动一切的机关。

附妖伸出手，双手环抱，将纪云禾抱住。附妖的身体没有温度，宛如潭水一般冰冷，她的话语却带着满满的温度。

"可我知道，你一定会来。"

她抱着纪云禾，声音带着哭腔，却是藏不住的满心欢喜。

纪云禾忽然想到了另外一个可能，这个附妖如此轻易就相信了自己的可能。

这个附妖相信自己是宁若初，是因为她……或者说是青羽鸾鸟本人，从始至终就打心眼里认为，无论多久，无论何时，宁若初一定会来，她一定能等到他。

所以十方阵中来了人，那人说自己是宁若初，那不管是男是女，是神是鬼，只要那人说了，她就一定会相信。

她不是相信那个人，她只是相信宁若初。

相信他一定会兑现他的承诺，相信他一定会来，无论以什么形态。

这十方阵中，青羽鸾鸟等候其中，忍了百年孤寂，或许生了恨，或许生了怨，或许这些恨与怨都强烈得可怕，但这些情绪，最终只要一句话，就能尽数化解掉……

"我终于……等到你了。"

附妖如此说着。

纪云禾倏尔心口一抽。

第六章 选择

附妖周身黑气大作，终于了结了这百年的恨与怨，守与盼，脆弱的等待和无边的寂寞。

黑气飞舞，状似一只黑色的凤凰，挥舞着羽毛，踏着动人的舞步，袅袅婷婷向天际而去。

而便在黑气飞升之时，远处悠悠传来几句好似漫不经心的吟唱，歌声喑哑，和着黑气的舞步，不徐不疾，悠扬而来，又散漫而去。

绝色的舞与绝美的歌相伴一程，未有排演，却是纪云禾赏过的最完美的歌舞。

歌声停歇，舞步消散，空中只余一声遥远的鸾鸟清啼，回响片刻，终也归于无形。

纪云禾望着这片无边无际的金色天空，过了许久也未回神，直到耳边忽然传来水声低沉的轰隆声，她才猛地被惊醒过来。

一转头，身边本来满溢的水潭在附妖消失之后，竟像是被人从底部抽干一样，轰轰隆隆地下沉。

纪云禾一愣，来不及思考是什么情况，她唯一能想到的是，阵眼在这里，他们要从这里出去，但现在阵眼出现了变化，虽然不知道是什么变化，可现在不出去，之后或许就出不去了！

纪云禾拔腿就跑，却不是纵身跳入水潭中，而是往长意所在的方向奔跑。

她可不想变成宁若初，让别人一等就是一百年。

她许下的承诺，就一定要实现。

但没让纪云禾跑多远，溪水那头，像是箭一般游过来一条大尾巴鱼。

竟是比纪云禾这双腿不知快了多少。

纪云禾见状有些生气："你能自己游啊！那之前为什么还让我背来背去的！"

长意一过来就挨了一句说，他愣了愣："先前没在溪水边。"

"算了。没时间计较了。"纪云禾走到长意身边。两人站在溪水流入水潭的地方，纪云禾指着水潭道，"咱们商量一下。"

"商量什么？"

"你看，先前潭水满溢的时候，潭中是有水往溪中流的，现在潭水下沉，所有的溪水反而在往潭中灌。这十方阵中什么都没有，照理说也不该有水。而按五行来说，水主生，现在水急退而去，按我的理解，是生路慢慢在被断了。这十方阵很快就要变成一个死阵。要出去，我们只有跳下去。"

长意眉头皱了起来："那就跳。"

"但这只是我的猜测，这猜测很可能是错的，如果跳下去，我们或许反而会被困住。这下面有什么，会发生什么，我也不知道。"

长意转头看纪云禾："两方皆是不确定的选择，你要与我商量什么？"

纪云禾严肃地看着长意："你会猜拳吗？"

长意："……"

他沉默片刻，认真发问："那是什么？"

长意想，能在这个时候提出的，那一定是什么不得了的法术或者法器吧。

"来。"纪云禾伸出手。

长意也跟着伸出了手。

纪云禾说："这是石头，这是剪刀，这是布。"纪云禾一边说着，一边用手做着示范。

长意严肃认真地记下。

纪云禾盯着长意的眼睛，继续解释："我数一二三，你随便从刚才的手势当中出一个。一，二，三！"

纪云禾出了布，长意虽然很迷茫，但也认认真真地出了拳头。

纪云禾张开的手掌一把将长意的拳头包住："我出了布，布能包住你的石头，所以我赢了。"

长意愣了一下。

潭水下沉的声音依旧轰隆，长意静静地看着纪云禾："所以？"

"我刚在心中决定，我赢了我们就跳下去，你赢了我们就留在这里。"纪云禾包住长意的拳头，咧嘴一笑，"所以，我们跳吧。"

长意再次愣住，本来清冷的鲛人，遇见多可怕的虐待时都未示弱的"大海之魂"，此时满脸写着一个问句——

"这么随便吗？"

好歹……生死攸关……

"抉择不了的时候，就交给老天爷吧。"

纪云禾说完，没再给长意拒绝的机会，她往后仰倒，笑望长意，任由身体向黑暗的深渊坠落，而包住长意拳头的手掌一转，蹿入他的掌

第六章 选择

心,握住他的手掌,再也没有松开。

人类的手掌比他的温热太多。似能从手掌,一直温热到他心口,甚至热到鱼尾的每一片鳞甲上。

银发翻飞,发丝上似也还留有她唇边的温度。

长意呆呆地看着纪云禾笑弯的眼睛,任由她拉着自己,坠入深渊。

他没有挣扎,也没有抗拒。

他觉得比起他来,这个笑着跳入未知黑暗的驭妖师,才更像他们人类口中所说的——

妖怪。

坠入黑暗,金色的天光越来越远。

当纪云禾彻底被黑暗淹没的时候,她心中也不是没有害怕。只是比起坐在原地等待一个结果,她更希望自己能做点什么,尽管这个挣扎与选择,可能是错的。

纪云禾紧紧握住长意的手,黑暗之中,下沉的潭水声音越来越大,忽然之间,冰冷的潭水将纪云禾整个吞噬。

他们终于落入下沉的潭水中。

长意之前说下面很深,果不其然。

纪云禾紧闭口鼻,屏住呼吸,跟随着潭水下沉的力量向下而去。

但这时,她倏尔感觉手被人用力一拉,紧接着就被揽入一个比冰水温热的怀抱。

长意抱住了她。

这水中,是他的王国。

长意一手揽着她,一手在她脸上轻轻抚过。

纪云禾忽觉周遭压力减小,水给她的耳朵带来的压力也消失不见,纪云禾一惊,微微张嘴,却发现竟然没有水灌入口中。"长意。"她唤了一声长意的名字。

"嗯。"

她也听到了长意的回答。

"没想到你们鲛人还有这么便利的法术。"纪云禾道,"但这法术对你们来说应该没什么用吧?"

"嗯,第一次用。"

089

"长意，这短短的时间里，我拿走了你多少个第一次，你可有细数？"

离开了那封闭之地，虽然还在黑暗之中，但纪云禾心情也舒畅了不少，她起了几分开玩笑的心思。而在纪云禾问了这话之后，长意竟然当真沉默了很久。

想着长意的性子，纪云禾笑道："你不是真的在数吧？"

"还没数完……"

纪云禾是真的被他逗乐了，在他怀里摇头笑了好久，最后道："你真是只认真又严谨的大尾巴鱼。"

"认真与严谨都是应该的。"

"是，只是没想到你这么认真严谨的人，在刚才附妖消失的时候，也会为她唱歌。"

长意这次只是默认，而并没应声。

"你唱的是什么？"

纪云禾随口一问，长意却答得认真："鲛人的歌，赞颂自由。"

听罢此言，纪云禾脸上的笑意收了些许，她望着面前无尽的黑暗，道："那是该唱一唱的，长意，我们也要获得自由了。"

其实在落入水中的时候，纪云禾就感受到了，这水中确有生机，越往下，越有来自外面的气息，长意可以用法术助她呼吸，她也能感受到自己先前一直沉寂的隐脉了。

继续往下，一定出得了十方阵，到时候，她解药在身，离开驭妖谷，从此天大地大，便再也不受拘束了。

像是要印证纪云禾的想法一样，下方的黑暗之中，倏尔出现了一道隐约的光亮，光芒照亮了纪云禾与长意的眼瞳，同时，也照亮了长意周身的鳞甲。

在黑暗之中，鳞甲闪出星星点点的光，水波将这些光点散开，让纪云禾感觉他们仿佛在那遥不可及的银河之中穿梭。

"长意，等离开驭妖谷，我就送你回大海。"纪云禾说，"你回家了，我就去游历天下，到我快死的时候，我就搬去海边。有缘再见的话，你也像今天这样给我唱首歌吧。"

长意其实不明白，为什么这个时候纪云禾会说这样的话。明明出去以后天高海阔，她却好似……总觉得自己面临着死亡。

但长意没有多言，他只是问："唱什么？"

第六章 选择

"赞颂自由。"纪云禾道,"真正的自由,也许只有那天才能见到。"

"好。到时候,我来找你。"

没有约时间,没有约地点,长意就答应了,但纪云禾知道,这个诺言,他一定会信守。

纪云禾微微笑着,迎来了黑暗的尽头。

天光破除身边的黑暗。

鲛人带着驭妖师破开冰冷的水面,一跃而出。日光倾洒,三月的暖阳照遍全身。

刚从水中出来,纪云禾浑身有些脱力,她趴在地上,不停喘息。身边是同样呼吸有些急促的长意。

纪云禾缓过气来,抬头,望向长意,刚要露出笑容,但这笑却在脸上僵住了。

不为其他,只因就在他们破水而出的一会儿时间,周围便已围上了一圈驭妖师。

纪云禾神情立即一肃,左右一望,心头登时涌起一阵巨大的绝望,所有血色霎时间在她脸上褪去。

这个地方,纪云禾再熟悉不过。

驭妖谷谷主常居之地,厉风堂的后院。虽然现在这个后院已经破败不堪,阁楼倒塌,砖石满地,但纪云禾在驭妖谷生活多年,绝不会认错。她回头一望,但见方才长意与她跃出的水面,竟然是厉风堂之后的池塘。

这个池塘……竟然会是十方阵的阵眼。

纪云禾心中只觉荒唐。

她千算万算,无论如何也没有算到,从那十方阵中出来,竟然会落到这后院之中。

"护法?"

驭妖师中有人认出了纪云禾。随即又有人喊出:"她怎么会和鲛人在一起?"

有人也在嘀咕:"我们在谷内找了个天翻地覆,原来,是她把鲛人带走了,护法想干什么?"

"先前谷中所有人与青羽鸾鸟苦斗时,她也不在……"

纪云禾没有动,但内心想法却已是瞬息万变。

从现在的情形来看，青羽鸾鸟应当已经离开了，且离开有一段时间了，而今雪三月暂时下落不明，也无法打听。

　　谷中驭妖师在青羽鸾鸟离开之后，发现鲛人的牢笼陷落，必定到处寻找鲛人。因为这是顺德公主布置下来的任务，若是鲛人丢了，整个驭妖谷没有一个人有好下场。

　　但现在，她这个驭妖谷的护法却和鲛人一起从厉风堂之后的池塘里面钻了出来。

　　要破这个局面，唯有两个办法。

　　第一，立即打伤长意，将其抓住，向众人表明，自己是为了抓捕鲛人，不慎掉入十方阵残阵之中，历经万难，终于将这鲛人带了出来。

　　第二，杀出一条血路。

　　对纪云禾来说，无疑是第一条路比较好走。这要是她与鲛人相识的第一天，她也必定会选第一条路。

　　但是，现在她与这鲛人说过话，听他唱过歌，被他救过命……

　　要选这第一条路，纪云禾走不下去。

　　纪云禾深吸一口气，站起身来，她身上冰冷的水滴答落在脚下铺满碎石的路上。

　　她一反手，体内灵力一动，离她最近的驭妖师的鞘中刀便瞬间飞到了纪云禾手上。

　　她一直不想这样做。但命运这只手，却好似永远都不放过她。

　　纪云禾一挽剑，在这电光石火之间，鲛人巨大的尾巴倏尔一动，尾巴拂过池塘，池塘之中，水滴飞溅而出，被长意的尾巴一拍，水珠霎时间化为根根冰锥，杀向四周驭妖师！

　　竟是方才一言未发的长意……先动手了。

　　鲛人忽然动手，驭妖师们猝不及防，大家在先前与鸾鸟的争斗中本已受伤，而今正无抵挡之力。

　　他们慌乱四走，纪云禾心道，现在若是想杀出一条血路，说不定还真有七成可能！

　　她握紧了剑，而在这时，众人身后一道白光倏尔杀来，纪云禾但见来人，双目微瞠。

　　谷主妖仆卿舒——她似乎在之前与青羽鸾鸟相斗时受过伤，额上尚

第六章 选择

有血痕，但这伤并不影响她浓重的杀气。

纪云禾的心猛地悬了起来，她倒是不担心长意无法与卿舒相斗，她只是想……卿舒竟然来了，那林沧澜……

纪云禾的目光不由得往厉风堂正殿处望去，恍惚间，林沧澜坐着轮椅的身影出现，未等纪云禾看清，她便觉面前白光一闪，额间传来针扎般的巨痛！

一时间，她只觉整个头盖骨仿佛被人从四面八方扯碎了一般难受。

疼痛瞬间夺去了她浑身力气，让她再也无法支撑自己的身体，手中长剑落地，她倏尔向一旁倒去。

天旋地转之间，她只看见天上冰锥与长剑相触，发出铿锵之声，而铿锵之后，整个世界便陷入了彻底的死寂之中。

纪云禾不知自己在黑暗当中前行了多久。仿佛有一万年那么久，又仿佛只是看一阵风过的时间，当她次再感受到四肢存在时，是有人在她指尖扎了一针。

五感在这一瞬间尽数找回。

纪云禾睁开眼睛，身体尚且疲软无法动弹，但眼睛已将周围的环境探了个遍。

她回来了。

回到这间她再熟悉不过的房间了，这是她在驭妖谷的住所，她的院子，她的囚牢。

虽然这房间因为之前的大乱显得有些凌乱，但这牢笼无形的栏杆，却还是那么坚固。

此时，纪云禾的屋子里还有一人，妖狐卿舒静静地坐在她的床边，用银针扎遍她所有的指尖，而随着她的银针所到之处，纪云禾一个个仿佛已经死掉的手指，又能重新动起来了。

纪云禾想要坐起来，可她一用力，只觉额间剧痛再次传来，及至全身，纪云禾每根筋骨都痛得颤抖。

"隐魂针未解，随意乱动，你知道后果。"卿舒淡漠地说着。

隐魂针，是林沧澜的手法，一针定人魂，令人五感尽失，宛若死尸。

卿舒一边用银针一点一点地扎纪云禾身上的穴位，一边说道："谷主还不想让你死。"

纪云禾闻言，只想冷笑。

是啊，这个驭妖谷，囚人自由，让人连选择死的权利都没有。

纪云禾挣扎着，张开了嘴："鲛人呢？"只是说了这三个字，她便耗尽了身体里所有的力气。

卿舒瞥了她一眼："重新关起来了。"

饶是鲛人恢复再快，终究是有伤在身，未能敌过那老狐狸啊……不过想来也是，虽然她与长意认识并不久，但他那个性子，如果将一人当朋友了，应当是不会丢下朋友逃走的吧。

当时昏迷的她或许也成了长意离开时的累赘……

思及此，纪云禾闭上了眼睛。

之后……他们还能想什么办法离开呢……

"你从主人书房偷走的药，我拿出来了。"卿舒继续冷淡地说道。

纪云禾闻言却是一惊，不过很快便平静了下来。从她离开十方阵，落到厉风堂后院的那一刻起，她便想到了这样的结果，她落入十方阵之前的所作所为，林沧澜不可能丝毫不知。

"你们要做什么？"纪云禾不躲不避地望着卿舒。

她敢做这样的事，就做好了承担最坏结果的准备，是生是死，是折磨是苦难，她都认。

卿舒闻言却是一声冷冷的讽笑："一些防治伤寒的温补药丸，你想要，拿着便是，谷主宽厚，断不会因此降罪于你。"

卿舒手中银针拔出，看着纪云禾愣神的脸，眼神中透出几分轻蔑："我帮你拿出来了，就放在你桌上。"

温补药丸……

林沧澜早知道她藏着的心思，所以一直在屋中备着这种东西，便是等有朝一日，能羞辱践踏于她。

踩着她的自由与自尊和她说，我宽厚，断不会因此降罪于你。

也是以上位者的模样与她说，你看看，你这可怜的蝼蚁，竟妄图螳臂当车。

纪云禾收回指尖，手指慢慢握紧成拳。

卿舒对她的神情丝毫不在意，轻描淡写地将她额上的针拔了出来。纪云禾身体登时一轻，再次回到自己的掌控中。

他们就是这样，一针能定她魂，让她动弹不得，一伸手便也能拔掉

第六章 选择

这针。他们无时无刻不在告诉纪云禾，她只是他们手中的一只提线木偶，他们要她生则生，要她亡则亡。

操控她，就是这么轻而易举。

"纪云禾，你心中想什么，主人并不关心，但你心中想的，就只能止于你心中。你要做的，只能是主人让你做的。"

纪云禾冷冷一笑。

"这一次，你想公然与谷中驭妖师动手，主人制住了你。"卿舒晃了晃手中的针，将针收入随身针袋之中，"主人保住了你的护法之位，你当去叩谢大恩。"

这室中仿佛布满无形的丝线，绑住她每个关节，重新将她操纵，纪云禾索性闭上眼，她不忍看这样的自己。

她以为出了十方阵就可以自由了，却没料到，在十方阵中，才有她短暂的自由。

"卿舒大人。"

门外传来一声轻轻的呼唤。

卿舒收了针袋，轻轻答了声："进来吧。"

外面的驭妖师推门进来，卿舒走了过去，驭妖师在卿舒耳边轻声说了几句话，卿舒倏尔眼睛一亮，转头看向躺在床上的纪云禾。

"纪云禾，主人传你立即前去厉风堂。"

纪云禾翻了个身，背对卿舒与驭妖师，她连眼睛也没睁地说："属下伤病在身，恕难从命。"

反正林沧澜那老头要她活着，暂时也不会杀她，甚至还要保她的护法之位。此时她不摆谱，还等什么时候摆谱。前面被他们算计也算计了，嘲讽也嘲讽了，难道现在躺也躺不得了？

卿舒道："鲛人开口说话了。"

纪云禾睁开眼睛。

卿舒继续说着："他问：'你们想对她做什么？'"

不用质疑，鲛人口中的"她"指的便是纪云禾。

纪云禾此时躺在床上，浑身便如滚了钉板一样难受。

第七章 开尾

> "鲛人开尾,需心甘情愿,再辅以药物。你用情意让鲛人说话,我也可以用他对你的情意,让他割开尾巴。"

顺德公主其愿有三,一愿此妖口吐人言,二愿此妖化尾为腿,三愿其心永无叛逆。

而今,顺德公主的第一个愿望实现了。

是纪云禾帮她实现的。虽然在这个比赛的开始,纪云禾决定要这样做,并且有十成信心,她可以在林昊青之前让鲛人开口说话。

但……不是以如今的方式。

纪云禾走进厉风堂,在青羽鸾鸟作乱之后,厉风堂塌了一半,尚未来得及修缮,天光自破败的一边照了进来,却正好停在主座前一尺处。

林沧澜坐在阴影之中,因为有了日光的对比,他的眼神显得更加阴鸷,脸上遍布的皱纹也似山间沟壑一般深。

卿舒站在他的身后,比林沧澜的影子还要隐蔽。林昊青立于大殿右侧,他倒是站在了日光里,恍然一瞥,他长身玉立,面容沉静,仿佛还是纪云禾当年初识的那个温柔大哥哥。

其他驭妖师分散在两旁站着。

所有人都静静地看着纪云禾一步一步走向主座,终于,在林沧澜面

第七章 开尾

前三尺,她停住了脚步:"谷主万福。"她跪地行礼,似一切都与往常一样。

林沧澜笑了笑,脸上的褶子又挤压得更深了一些:"起来吧。你现在可是驭妖谷的功臣。"

"谢谷主。"纪云禾起身,依旧站在主殿正中。

林沧澜继续说着:"青羽鸾鸟大乱驭妖谷,带走雪三月,致谷中多名驭妖师受伤、死亡,或失踪……喀喀"他咳了两声,似无比痛心,"……朝廷震怒,已遣大国师追捕雪三月与青羽鸾鸟。"

纪云禾闻言,无任何表情,心里却为雪三月松了一口气。

还在通缉,就代表没有抓住。

好歹,这短暂时间里,雪三月是自由的,也是安全的。

这一场混乱,哪怕能换一人自由,也还算有点价值。

"朝廷本欲降罪于我驭妖谷,不过,好在你……"林沧澜指了指纪云禾,"你达成了顺德公主的第一个愿望,顺德公主甚为开心,向今上求情,今上开恩,未责怪我等。云禾,你立了大功。"

驭妖谷无能,放跑青羽鸾鸟是国事,顺德公主要鲛人说话是私事,今上因私事而改国事……纪云禾心头冷笑,只道这小皇帝真是无能得被人握在手里拿捏。

这个皇帝的同胞姐姐,权势已然遮天。

虽然心里想着这些,但纪云禾面上一分也未显露,只垂头道:"云禾侥幸。"

"谷主。"旁边一驭妖师走出,对着林沧澜行了个礼,道,"护法令那顽固鲛人口吐人言,实乃驭妖谷之幸,但属下有几点疑惑不明,还想请护法解答。"

纪云禾微微侧头,瞥了一眼那驭妖师,心下明了——这是林昊青的人,是林昊青在向她发难呢。

纪云禾回过头来,继续垂头观心,不做任何表态。

林昊青的发难,林沧澜岂会不知。林沧澜不允,便没有人可以为难她。而林沧澜允了,便是林沧澜在向她发难。

在这个大殿之中,她要应付的不是别人,只有林沧澜而已。

林沧澜盯了那驭妖师片刻,咳嗽了两声:"问吧。"

纪云禾微微吸了一口气,这个老狐狸,果然就是见不得人安生。

"是。属下想知，我等与青羽鸾鸟大战之时，未见护法踪影，护法能力高强，却未与我等共抗强敌，请问护法当时在何处行何事？这是第一点疑惑。"

"其次，这鲛人冥顽不灵，诸位皆有所知。护法与鲛人一同消失，到底是去了何地，经历了何事？为何最后又会出现在厉风堂后院？此为第二点疑惑。第三，护法与鲛人出现之后，护法昏迷之际，鲛人拼死守护护法……"

拼死守护……

长意这条傻鱼，有这么拼吗……

纪云禾心绪微动，却只能忍住所有情绪，不敢有丝毫表露。继续听那驭妖师道：

"被擒之后，鲛人也道出一句话，此言便只关心护法安危，属下想知，护法与这鲛人，而今到底是什么关系？"

驭妖师停了下来，纪云禾转头，望向驭妖师："问完了？"

纪云禾眸光冰冷，看得发问之人胆战。

他强作镇定道："还请护法解答。"

"这些疑惑，不过是在质疑我这段时间到底干什么去了。没什么不可说的。"

纪云禾环视众人一眼："与青羽鸾鸟一战，我未参与，是因为猫妖离殊破开十方阵之后，我观地面裂缝，直向鲛人囚牢而去。忧心鲛人逃脱，便前去一观。与青羽鸾鸟一战对我驭妖谷来说极为重要，保证鲛人不逃走，难道不重要吗？诸位皆舍身与青羽鸾鸟一斗，是为护驭妖谷声誉，保住鲛人，亦是我驭妖谷的任务。"

"而今看来，要留下青羽鸾鸟，即便多我一个，也不太可能，但留下鲛人，只我一个，便可以了。"

纪云禾说话沉稳有力，不徐不疾，道完这一通，驭妖师们面面相觑，却也没有人站出来反驳她。

"我寻到鲛人之时，鲛人牢笼陷落，嵌于裂缝山石之间，我正思索该如何处置他时，十方阵再次启动。诸位应当尚有印象。"

众人纷纷点头。

"我与鲛人消失，便是被再次启动的十方阵，拉了进去。"

殿中一时哗然。

第七章 开尾

发难的驭妖师大声质疑:"十方阵已被破,谷主用阵法残余之力对付青羽鸾鸟,你如何会被十方阵拉进去?"

"我何必骗你。十方阵阵眼有十个,一个或许便在鲛人那牢笼地底之下,另一个便在厉风堂后院池塘之中。是以我和鲛人才会忽然从池塘出现。你若不信,那你倒说说,我要怎么带着这么一个浑身闪光的鲛人,避过众人耳目,悄无声息地出现在厉风堂后院,我又为何要这样做?"

"这……"

"再有,鲛人护我,关心我安危,有何不可?"

其实,纪云禾这趟来,倒是巴不得有人向她发难,不然她还找不到机会替自己"邀功"呢。

纪云禾盯着那驭妖师,道:

"我教谷中新人的时候,多次提到过,驭妖,并非粗鲁的殴打,才能使其屈服。驭妖,便是观其心,辨其心,从而令其心顺,顺则服。诸位别忘了,顺德公主除了要他说话,要他长腿,还要他的心永不叛逆。"

纪云禾轻蔑地看着殿中的驭妖师们,当需要用专业技能说话的时候,他们便都同哑了一般,不开口了。

纪云禾接着发问:"这鲛人冥顽不灵的脾性,在座诸位难道不知?若用一般手段便能使其屈服,顺德公主何至于将他送到我驭妖谷来?我使一些软手段,令他以另一种方式屈服,有何不可?我为驭妖,在他面前演一演戏,倒也成罪过了?"

这一席话问完,全场当即鸦雀无声。

她说这些话,半真半假,虚虚实实,谁也没办法质疑什么。

只是她这话里面唯一的漏洞,便是她去林沧澜的书房里拿了药。

但先前卿舒也替林沧澜说了,都是些温补的药,谷主断不会因为这些而降罪于她。卿舒也说了,谷主不想让她死,还要保她的护法之位。

所以,纪云禾当着林沧澜的面光明正大地说谎,林沧澜也不会戳穿她。

他为难她,只是想让他生性温厚的儿子看看,这个奸狡的纪云禾是如何安然渡过这些难关的。他是想告诉他的儿子,这些手段,太简单了。

他只是借纪云禾来教育自己的孩子,告诉他,要害一个人,不能这

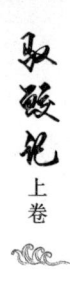

么简单地去布局。

这个老狐狸一直都是这样，用她来当教材。

纪云禾瞥了林昊青一眼，果然看见林昊青面色沉凝，双手在身边紧紧地握成了拳头。

事到如今，纪云禾也对这样的场景没有什么感触了，这么多年，不管她再怎么不想，她都做惯了那个被仇恨的人。

只是，林沧澜在众目睽睽之下利用她，今天，纪云禾也要利用这个"众目睽睽"，提出自己的要求了。

"谷主，在十方阵中，属下便在思索，离开十方阵后，如何将此鲛人驯服得更加温驯，满足顺德公主的愿望。"

"哦？"林沧澜盯着纪云禾，"你思索出了什么？"

"属下认为，此鲛人性情冥顽，需以怀柔之计，方有所得，而今我已取得了鲛人的些许信任，还望谷主特许，之后，在我与鲛人相处之时，有权令他人离开或停止惩罚鲛人的行为。"

纪云禾望着林沧澜，面上神色冰冷，仿佛这一切真的都是在全力以赴，要将那鲛人驯服，要夺得这谷主之位。

提出这个要求，林沧澜对她心思的猜测或许会有很多种，他会觉得，这个纪云禾，当真想借这个比赛来赢谷主之位了。他也会想，这个纪云禾背后又盘算着，借用这个比试图谋些什么。

但他永远都不会想到，这个纪云禾，只是单纯地不想让鲛人再挨打了。

她不想让他受折磨，也不想再看到他奄奄一息的模样了。

她只是打心眼里认为，长意这样的鲛人，应该得到上天最温柔的对待。

而这样单纯的想法，是绝对不会出现在林沧澜的脑海中的。

林沧澜与纪云禾的目光在大殿之中相触，很快，他便做了决定，因为老狐狸永远觉得自己会算计到他人前面。

他咳嗽了两声，说："当然了，虽说你与昊青之间有比试，但我驭妖谷的本心，还是要为皇家行事，谁能达成顺德公主的愿望，谁有达成这个愿望的方法，老夫，自然都是支持的。"

纪云禾微微勾起了唇角。

众目睽睽之下，林沧澜必然要做这样的选择。因为朝廷把控驭妖

第七章 开尾

谷，不可能只凭远在天边的大国师的威风，驭妖谷中必有朝廷的耳目。

是以林沧澜行事，也不能无所顾忌。

纪云禾今日在这大殿上说的话，也不单单是说给在座的人听的。

还有另一只手，另一双眼睛，看着她，以及整个驭妖谷。

不过眼下，纪云禾是真的感到开心，此后，她可以名正言顺地拦下那些对长意的无尽折磨。

而至于他人怎么看待她的笑，她却不想管了。

"不过，"林沧澜再次开口，"云禾初醒，还是将养比较重要，你们都是我的孩子，切莫累坏自己。"

纪云禾拿不准林沧澜这话的意图，最后抱拳应是。

林沧澜便挥挥手："乏了，都各自退下吧。"

驭妖师们行罢礼，各自散去，纪云禾与林昊青走在众人后面，两人并没有互相打招呼，只是在擦肩而过的时候，林昊青淡淡瞥了纪云禾一眼。

"第一局，算你赢了。"

纪云禾看着他，如同往常一样，静静地目送他离开。

所有人都走了，纪云禾才迈步离开大殿。

残破的大殿外，日光倾洒，纪云禾仰头，晒了好一会儿太阳，才继续迈步向前走。

她喜欢晒太阳，因为这是她在驭妖谷中，在诡谲的算计里，唯一能感受到"光明"的时候。

入了夜，纪云禾打算去看望一下长意。可她出了院子，却发现门外守着两名驭妖师。

他们将她拦下："护法，谷主让护法这些天好好休息一下，还望护法别辜负了谷主一番心意。"

"屋里躺得乏了，出去走走也算休息了。"纪云禾挥开一人的手，迈步便要往前走，两人却又进了一步，将她拦住。

"护法，谷主的意思是，让你在屋里休息就行了。"

纪云禾这才眉眼一转，瞥了两人一眼，心底冷冷一笑，只道林沧澜这老狐狸心眼小，他定是记恨自己今日在殿上提了要求，所以这是随便找了个由头，将她软禁起来了。

101

"那依谷主的意思，我该休息多久？"

"谷主的意思，我等自是不敢妄自揣测。"

嘴倒是紧。

纪云禾点点头："好。"她一转身，回了院子，也不关门，就将院门大开着，径直往屋内走去，去了里屋，也没关门，在里面开始翻箱倒柜地找东西。

门口两人相视一眼，神色有几分不解，但也没有多言。

过了片刻，纪云禾抱了一个茶台和一堆茶具出来。她半分也没有被软禁的气恼，将茶台往院内石桌上一放，转头招呼院子门口的两人："屋内坐着闷，你们站着也累，过来跟我喝茶吧，聊聊。"

她说着，掐了个法诀，点了根线香，香气袅袅而升，散在风中，隐隐传入了两人的鼻中。

两人又是不解地对视一眼，随即摇头："护法好意心领了，我们在这里守着便好，不让他人扰了护法清净。"

"也行。"纪云禾没有丝毫强求，兀自坐下了，待得身边火炉烧滚了水，她便真的倒水泡起了茶，一派闲适。

两人见纪云禾如此，真以为这护法与大家说的一样，是个随意的性子，他们站在门外不再言语。

月色朦胧，驭妖谷的夜静得连虫鸣之声都很少。

纪云禾静静地赏月观星，整个院中，只有杯盏相碰的声音，到线香燃尽，烟雾消散，纪云禾伸了个懒腰，站起身来，她再次走到门外，这次，再没有人伸手拦住她。

纪云禾出了院子，转头看了眼门口靠墙站着的两人，两人已经闭上了双眼，睡得深沉，一人还打起了呼噜。

"请你们喝醒神茶不喝，果然睡着了吧。"纪云禾说着，又伸了个懒腰，"睡半个时辰也好，你们都累了。我待会儿就回来啊。"

她摆摆手，照旧没有关门，大摇大摆地离开。

她穿过驭妖谷内的花海。驭妖谷中的花海在之前的战役之中，已经被毁坏得差不多了，大地龟裂，残花遍地，没有了之前馥郁的花香，但也没有人会在深夜路过这个地方。

纪云禾有些叹息，这驭妖谷花海中的花香，有很好的静心安神的作用，再稍加炼制，便与迷魂药没什么两样。

第七章 开尾

只可惜了之前她并未炼制太多线香，而今这花海残败，要等它们再长成那么茂盛的模样，不知又要等到哪一年了，这安神的香真是用一根少一根，今天若不是为了去看看长意，她倒舍不得点了。

纪云禾未在这片荒地停留太久，径直向新关押长意的囚牢走去。

一路上，纪云禾一个驭妖师都没有碰到，她之前想好的躲避他人的招倒没了用武之地，一开始她走得轻松，越走却越觉得奇怪，鲛人对驭妖谷来说那么重要，上次已经逃脱了一回，林沧澜怎么可能不让人看着他？

快到关押鲛人的地方，纪云禾心中的疑惑已经变成了几分慌张，结合林沧澜软禁她的举动，纪云禾心里隐隐有了个猜测，然则这个猜测她不愿意相信，所以她心里竟拼尽全力地在否认。

到了地牢外，依旧没有一名驭妖师，纪云禾腿脚有些颤抖地快步跑进地牢。

牢中石壁上火把的光来回跳动，纪云禾略显急促的脚步声在空空荡荡的地牢中回响，她终于走到了地牢之中，牢中里里外外贴着禁制的黄符，这么多黄符，足以将妖怪的妖力全部压制。

潮湿的地牢中，正立着两人。

一人是拿着刀的林昊青，一人是被钉在墙上，血流满地的长意。

林昊青手上刀刃寒光凛冽，黏稠的鲜血顺着刀刃，一滴一滴流在地上。

长意双手与脖子被玄铁固定在了墙上，他身体皮肤惨白，一头银发垂下，将他整张脸遮住，而那条属于他的巨大尾巴……已经不见了。

他的尾巴被分开，在慢慢地，慢慢地，变成人腿的形状。

纪云禾站在牢笼外，只觉自己身体中所有温热的血一瞬间消失了，寒意撞进她的胃里，直至贯穿脊柱，那战栗的寒意，顺着脊梁骨爬到后脑上，随即冻僵了她整个大脑。

纪云禾脸上血色霎时间退去。

"长意。"她颤抖着唇角，艰难地吐出了他的名字。

但并没有得到任何回应。

被钉在墙上的鲛人，宛如死了一般，脑袋无力地垂着。之前，这个鲛人无论受到多么大的折磨，始终保持着自己神志的清醒，而现在，他已经完全失去了意识。

纪云禾的声音虽没有唤醒长意，却唤得长意面前的林昊青回了头。

他似乎并不奇怪纪云禾会来这里。

林昊青甩了甩手上的刀，黏稠的鲜血被甩出来几滴，有的落到纪云禾脚下，有的则甩到了她的衣摆上，霎时间，血液便被布料的缝隙吸了进去，在她衣摆上迅速染出一朵血色的花。

"你来了也没用。"林昊青冷漠地将刀收入鞘中，"鲛人的尾巴是我割开的，大家都知道了。"

林昊青冷漠地说着。

他不关心纪云禾是怎么来的，也不在乎自己对鲛人做了什么，他只在乎，顺德公主的第二个愿望，是他达成的。

"第一局，算你赢了。"这句不久前林昊青在厉风堂前说的话，忽然闪进纪云禾脑中。

原来，"算你赢了"的"算"，是这个意思。

原来，他特意说这一句话，是对顺德公主的第二个愿望志在必得。

林沧澜软禁她，林昊青给鲛人开尾……原来，他们父子二人搭档演了一出这般好的戏。

一时间，这些思绪尽数涌入纪云禾脑海之中，方才瞬间离开周身的温热血液像是霎时间都涌回来了一样，所有的热血都灌入了她的大脑之中！

在纪云禾浑身僵冷之际，林昊青倏尔一勾唇角，冷冷一笑。

他看好戏一般看着纪云禾："鲛人开尾，需心甘情愿，再辅以药物。你用情意让鲛人说话，我也可以用他对你的情意，让他割开尾巴。"

林昊青此言在纪云禾耳中炸响，她看着墙上的鲛人，但见他分开的尾巴渐渐变得更加像人腿，他漂亮的鱼鳞尽数枯萎落地，宛如一地死屑，那莲花鱼尾渐渐变短，化为五趾。

纪云禾手掌垂于身侧，五指却慢慢握紧成拳。

林昊青盯着纪云禾，宛如从前时光，他还是那个温柔的大哥哥，他唤了声她的名字："云禾。"他一笑，眼神中的阴鸷，竟与那大殿之上的老狐狸如出一辙……

"你真是给我出了一个好主意。"

闻听此言，纪云禾牙关紧咬，额上青筋微微隆起，眼中血丝怒现，再也无法压抑这所有的情绪，纪云禾一脚踢开牢笼的大门，两步便迈了

第七章 开尾

进去。

林昊青转头,只见纪云禾的神色是他从未见过的冰冷。

还未来得及多说一个字,纪云禾一拳揍在林昊青脸上。

皮肉相接的声音是如此沉闷,林昊青毫无防备,径直被纪云禾一拳击倒在地,他张嘴一吐,混着口水与血,竟吐出了两颗牙来。

林昊青还未来得及站起身,纪云禾如猛兽捕食一般,冲上前来,抓住林昊青的衣领,不由分说,两拳、三拳,数不清的拳头不停地落在林昊青脸上。

剧痛与眩晕让林昊青有片刻的失神,而纪云禾根本不管不顾,仿佛要将他活活打死一样,疯狂的拳头一直落在他脸上。

终于,林昊青拼尽全力一抬手,堪堪将纪云禾被血糊住的拳头挡住。

鲜血滴答,已经分不清是他的血,还是纪云禾自己拳头上的血。

"纪云禾。"林昊青一只眼已经被打得充了血,这让他看起来像一个真正的妖怪,"你疯了。"

从他的眼中看出去,整个牢笼一片血色,而坐在他身上,抓住他衣领的纪云禾,在这片血色当中却出奇地清晰。

她目光中情绪太多,有痛恨,有愤怒,还有那么多的悲伤。

"你怎么会变成这样?"纪云禾声音万分嘶哑,若不是在这极度安静的地牢之中,林昊青几乎不可能听见她的声音。

林昊青躺在地上,充血的眼睛直视纪云禾,毫无半分躲避,他像一个不知肉体疼痛的木头人,血肉模糊的脸上,还带着几分笑意,而眼神却是毫无神光,宛如没有灵魂一般麻木,他反问纪云禾,声音也是被沙磨过般喑哑。

"大家想要的少谷主,不就是这样的吗?"

林昊青的话,让纪云禾的拳头再也无法落在他脸上。

他为什么会变成这样,纪云禾再清楚不过。

便在纪云禾失神之际,林昊青一把将纪云禾从自己身上掀了下去;他抹了一把嘴角的血,血红的眼睛往墙上一瞥,随即笑出了声来。

"护法。"林昊青挺直了背脊,傲慢地看了眼坐在地上的纪云禾,"鲛人开尾完成了。你要想与他相处,便与他相处就是。"

林昊青捂着嘴,咳嗽了两声,并未计较纪云禾打了他的事,自顾自开门离去。

对他来说，第二局赢了就行了。别的，他不在乎。

他只想赢过纪云禾，赢过这个从小到大，似乎样样都比他强一些的驭妖谷护法。

赢了她，就足以让他开心了。

纪云禾的愤怒，在他看来就是输后的不甘，她越愤怒，他便越是开心。

林昊青带着笑意离开了地牢，而纪云禾看着墙上的长意，过了许久，才站起身来。

鲛人开尾已经完成了。

他赤身裸体地被挂在墙上，他拥有了普通人类男性的双腿，有了他们所有的特征，唯独失去了他那漂亮的大尾巴——再也不会长回来了。

纪云禾握紧拳头，咬紧牙关，狠狠一拳捶在身边的地牢栏杆上。

牢笼震动，顶上一张黄符缓缓飘下。

而在黄符飘落的这一瞬间，墙上的人呼吸微微重了一瞬，极为轻细的声音，但在寂静的牢笼中却是那么清晰。

纪云禾深吸一口气，将所有情绪都收敛，她站起身来，缓步走到长意身前。

银色长发末端颤动，长意醒转过来，他睁开了眼睛，还是那般澄澈而纯净的蓝色。

"长意。"纪云禾唤他。

她没有把他从墙上放下来，刚开尾的鲛人，脚落地，应该会像针扎一样地疼痛吧。她只是仰头望着被钉在墙上的长意，静静地看着他。

长意目光与她相接，看了纪云禾许久，似才找回自己的意识一般。他张了张嘴，却无力发出任何声音。

纪云禾心中一抽，要鲛人开尾，最重要的条件就是鲛人心甘情愿。如果鲛人不愿意，即便给他喂再多的药，将他的尾巴都剁碎，也不会开尾成功。

纪云禾猜都能猜到他们是怎么让长意开尾的。

"他们肯定骗你了。"纪云禾拳头紧握，唇角微微颤着，"抱歉。"

长意垂头看了纪云禾许久："你没事……就好。"他声音太小，几乎听不见，纪云禾是看着他嘴唇的形状，猜出来的。

第七章 开尾

而这句话,却让纪云禾宛如心窝被踹了一脚般难受。

她几次张开唇想要说些什么,但最后都闭上了。

面对这样的长意,她根本不知道该说什么安慰的话,或者,他根本不需要她的安慰。

他做了他决定做的事,这件事的后果,他早就想清楚了……

又怎么可能不清楚呢……

"长意,我如何值得你……这般对待。"

长意没有说话,大概也是没有力气说话了,开尾这件事对他来说,是巨大的损耗。

纪云禾便不问了,她就站在长意面前,手中掐诀,指尖涌出水流,她指尖轻轻一动,地牢之中水珠落下,仿佛在下雨般,滴滴答答,将长意苍白的身体浸润,也清洗了这一地浓稠的鲜血。

水声滴答,纪云禾垂头看着血水慢慢流入地牢的出水口,像是要打破这死一般的寂静,她倏尔开口。

"林昊青以前不是这样。"她说,"我最初见他的时候,他性格很温和,对我很好,把我当妹妹看,我也把他当哥哥。那时他养着一条小狗,林沧澜给他的,他给小狗取名字叫花花,因为小狗最喜欢在花海里咬那些花,闹得漫天都是花与叶。"

纪云禾说着,似乎想到了那场景,微微勾起了唇角。

"他很宠爱花花,后来,没过多久,林沧澜让他把狗杀了。他没干,挨了好一顿打,也没干。然后林沧澜就威胁他说,他不把狗杀了,那就把我杀了,如果他不杀我,那林沧澜就自己动手杀了我。"

纪云禾神色平淡,仿佛在讲别人的故事。

"林昊青就号啕大哭着把花花掐死了。"

纪云禾挥挥手,地牢中的"雨"便下得更大了一些。"那天是一个雷雨夜,他在院中掐死花花的时候,浑身都湿透了。但那条狗到死的时候,都没有咬他一口……他难过得大病一场,林沧澜就在他病着时,把花花炖了,喂他一口口吃了。他一边吃一边吐,一边还要听着林沧澜的呵斥,骂他窝囊无用,嫌他妇人之仁。

"林沧澜说,驭妖谷未来的谷主,必须要心狠手辣。不仅要吃自己养的狗,还要会吃自己养的人。"

长意看着纪云禾,虽然做不了任何反应,但他的眼睛却一直盯在她

107

身上,没有挪开。

"林昊青病好了,我去看他,我问他,是不是讨厌我了,毕竟他为了我,把那么喜欢的小狗杀掉了。但林昊青说没有,他说我没有错。他说,这件事情里,还能让他找到一点安慰的,就是至少救了我。"

纪云禾抬头,与长意的目光相接:"长意,那时候的林昊青,和你挺像的。但再后来……"

再后来,就要怪她了。

"我和林昊青感情越来越好,我们一起做功课,我有不懂的,他就教我,他常说我聪明,林沧澜也不吝啬夸奖我,他还将我收作了义女,在所有人眼里,我们的关系都好极了。

"可是我也只是训练林昊青的工具而已,和花花一样,花花是注定要被吃掉的狗,而我就是那个注定要被吃掉的人。"

纪云禾眸光渐冷:"林沧澜让我和林昊青去驭妖谷中一处洞穴试炼,洞穴里有一个蛇窟,林昊青最怕蛇了,所有人都知道,所以林沧澜让我把林昊青推进去。"

纪云禾说得很简略,但背后还有林沧澜喂她秘药之事。在小狗花花死后,林沧澜就给纪云禾喂了秘药。从那时候起,她每个月都要等林沧澜赐她解药,这样才能缓和她身体里撕裂一样的疼痛。

她变成了林沧澜的提线木偶。

林沧澜让她把林昊青推进蛇窟,她没有答应,她生不如死地熬了一个月,林沧澜和她说,不是她,也会有别人来做这件事。

所以纪云禾点头了。

她答应了。

很快,林沧澜便安排她与林昊青去了蛇窟。

"走到那蛇窟边的时候,林昊青站在我面前,背后就一条路,我堵住了,他就出不去,他并没有意识到自己处于什么样的境况之中,他护在我身前,忍住惧怕说:'没关系,我保护你,你快跑。'"

纪云禾扯了一下嘴角:"我没跑,我和他不一样,我不怕蛇,我堵住路没动,是因为我还在犹豫。"纪云禾垂头,看着自己的掌心,"我还在想,干脆自己跳进去算了,这样就一切都解脱了。但是没等我想明白,我的手肘就猛地被人击中了,我的手掌抵到他的腰上,把站在蛇窟边的林昊青推了下去。"

第七章 开尾

纪云禾当时没有动手,是林沧澜派来监视他们的卿舒等不了了,用石子击中了她的手肘,让她把林昊青推了下去。

而那时,以她和林昊青的灵力,根本无法察觉到卿舒的存在。

"我当时转头,看见了林沧澜的妖仆,她冷冷地瞪了我一眼。我一回头,又看见掉进蛇窟的林昊青,我至今犹记,他不敢置信的目光,仿佛是见了鬼一样。

"我那时候就明白了,林沧澜想要一个心狠手辣的儿子,林昊青一天没有变成他想要的模样,那这样的事情就一日不会断。所以,当林昊青再次伸出手向我求救的时候,我做出了选择。

"我站在蛇窟边,一脚踢开了他伸出来向我求救的手。"纪云禾眼睛微微红了起来,"我和他说,凭什么你一出生,就注定拥有驭妖谷谷主之位,我说,你这么懦弱的模样,根本不配。我还说,我这段时间,真是恶心死你了。你就死在这里吧。"

再说起这段旧事,纪云禾仿佛还是心绪难平,她沉默了许久,再开口时,声音喑哑了许多。

"后来,林昊青好像就真的死在了那个蛇窟中。

"他被人救出来之后,宛如被毒蛇附身,再也不是当初的温和少年。"

纪云禾不再说话,地牢之中便只余滴答水声,像是敲在人心弦上一般,让人心尖一直微微颤动,难消难平。

"这么多年以来,我一直以为,我当年做了正确的选择,因为在那之后,林昊青再也没有被林沧澜逼着去受罪了。但是啊,长意……"纪云禾此时仰头看他。

他被钉在墙上,血水被洗去,皮肤上干枯如死屑的鱼鳞也被冲走,但那皮肤,还是不见人色的苍白。

"我当年的选择,却害了今天的你。"纪云禾牙关咬紧,"我错了……对不起,是我错了。"

地牢里安静了许久,终于,纪云禾听到了一句沙哑而轻柔的安抚。

"不怪你。"

鲛人的声音,宛如一把柔软的刷子,在她心尖扫了扫,扫走了这遍地狼藉,也抚平了那些意难平。

第八章

改变

"你以为被他改变的，只有我吗？"

纪云禾在牢中给长意下了一整夜的"雨"。

长意太过疲惫，便再次昏睡过去，而纪云禾立在原处，一点都没有挪动脚步。

及至第二天早上，阳光从甬道楼梯处漏进来，在她院门前看守的两名驭妖师急匆匆地跑了下来。

纪云禾未理会他们的惊慌，自顾自地将墙上的长意放了下来，小心翼翼地放平他的身体，给他摆了个舒服的姿势，随即脱下自己的外套，将他赤裸的下半身盖了起来。

"护法怎可私自将鲛人禁制打开！"

"不顾谷主命令前来此地！护法此举实在不妥！护法且随我等前去叩见谷主！"

一声声追责纪云禾恍若未闻。直至最后一句，她才微微转了头："走就是了，大惊小怪，吵闹得很。"

纪云禾看了地上的长意一眼，用灵力再次催动法术，于指尖凝出水珠，抹在了他苍白的嘴唇上。长意嘴唇微微抿了一下，将唇上的湿润抿

第八章 改变

了进去。

纪云禾站起身来，出了地牢，随着两名驭妖师去了厉风堂。

青羽鸾鸟离开，鲛人寻回，驭妖谷的大事都已过去，所以厉风堂的修缮工作已经开始进行了，殿外搭了层细纱布，将日光遮蔽，初春日光下，殿内气温升高，说不出是温暖还是闷热。

纪云禾在殿外敲敲打打的声音中走进大殿。

这种日常琐碎的声响并不能缓解殿内的气氛，林沧澜盯着她，神情严肃，嘴角微垂，显示着上位者的不悦，在这样的目光中走进来，殿外的每一声敲打，都仿佛凿在纪云禾的脚背上，一步一锥，越走越费力。

但纪云禾并没有停下来，她目光沉着，直视着林沧澜的目光走到他座前，一如往常地行礼："谷主万福。"

"喀……"林沧澜咳嗽了一声，并没有叫纪云禾起来，"万福怕是没有了，孩子们都长大了，翅膀也都硬了，不爱听老头的话了。"

纪云禾跪着，没有接话。

看着沉默的纪云禾，林沧澜招招手，林昊青从旁边走了出来。

一晚上的时间，林昊青脸上的伤并没有消失，看起来反而更加狰狞。

"父亲。"

林沧澜点点头，算是应了，微微一抬手，让林昊青站了起来，随即转头继续问纪云禾："云禾，昨晚你不在屋里好好休息，为何要去地牢对昊青动手？"

纪云禾沉默。

林沧澜目光愈发阴冷起来，他直勾勾地盯着她："昊青昨日给鲛人开了尾，顺德公主其愿，又圆一个，是高兴的事，你却因嫉妒而对他大打出手？"

林沧澜说着，气得咳嗽了起来，咳嗽的声音混着殿外的敲打声，让纪云禾心底有些烦躁起来。

她抬眼看着上座的林沧澜与永远站在他背后的妖仆卿舒，复而又望了一眼沉默不语的林昊青。心底有些嘲讽，他们真是活得够累的一群人，更可笑的是，自己居然也是逃不掉的"一路人"。

"你们都是我的孩子，断不该如此相处。"林沧澜说着，卿舒从他身侧上前一步，手一挥，丢了一条赤色的鞭子在地上。

所有人的目光霎时间都集中在了殿前的赤色长鞭上。

"谷中规矩，伤了同僚，该当如何？"

卿舒答话："主人，按谷中规矩，谋害同僚，伤同僚者，赤尾鞭鞭刑十次，害命者，赤尾鞭鞭刑至死。"

赤尾鞭，鞭上带刺，宛如老虎的舌头，一鞭下去，连皮带肉能生生撕下一块来。打得重了，伤势或可见骨。

"云禾，身为护法，当以身作则。"林沧澜捂住嘴咳了半天，缓过气来，才缓缓道，"鞭二十。昊青，你来执行。"

林昊青没有任何情绪的波动，颔首称是，转而捡起了殿前的赤尾鞭，走到纪云禾身侧。

纪云禾抬头看他，眼神无波无澜，但她脑海中却想到了很久之前，在蛇窟之中，林昊青看向她的眼神，那才是活人的眼神，带着愤怒，带着悲伤，带着不敢置信。

而现在，她与他的目光，在这大殿之上，连对视都如一潭死水。

纪云禾挪开了目光。

任由赤尾鞭"啪"地落在身上。

林昊青说得没错，他变成了大家想要的少谷主，最重要的是，他变成了林沧澜最想要的少谷主，所以他下手毫不留情。

每一鞭都落在背上，连皮带肉地撕开，不过打了三两鞭，纪云禾后背上就一片血肉模糊。

但纪云禾没有喊痛，她一直觉得，人生没有不可以做的事情，只要自己能承担相应的后果。她选择去见鲛人、殴打林昊青、一夜未归，这些有的是兴起而为，有的是冲动行事，有的是思虑之后的必有所为。

这所有的事，都指向现在的结果。

所以她受着，一声不吭，眼也未眨。

二十道鞭子落在身上，她将所有的血都吞进了肚子里。

挨完打，林沧澜说："好了，罚过了，便算过了，起来吧。"

纪云禾又咬着牙站了起来，林沧澜挥挥手。她带着满背的血痕，与大家一同转身离去。

她走过的地方，血水滴答落下，若是他人，怕早就叫人抬出去了，而她宛如未觉。

驭妖师们都侧目看着她。

纪云禾挨罚的时候并不多，她总是知道分寸，知道自己要做什么，如此这般触怒林沧澜,甚至在殿上以强硬的态度对他,是极少的。

所以驭妖师们都不知道,这个素来看起来慵懒的护法,也有一把硬到髓里的骨头。

"林昊青,"出了厉风堂大殿,日光倾洒下来,纪云禾张开惨白如纸的唇,唤了一声走在自己身前不远处的林昊青,她声音很小,却很清楚,"花海荒地,蛇窟,午时见。"

林昊青微微一怔,没有转头,就像没听见一样,迈步离开。

纪云禾也没有多犹豫,和没说过这话一样,转身就离开了。

她回了房间,擦了擦背上的血,换了身衣服,又重新出门去。

这次没有人再拦着她了,林沧澜让林昊青给鲛人开尾的事情已经做完了,她的"不乖"也受到惩罚了,所以她拖着这副半死的身体,想做什么都行。

她留了个心眼,没看到有人跟着自己,便走到了花海之中。

花海荒了,远远望去一片苍凉。

小时候对他们来说无比可怕的蛇窟,现在看来,也不过就是一个小山洞而已。

纪云禾走到那儿的时候,林昊青已经等在小山洞的门口了。他独自一人来的,负手站在山洞前,看看那幽深的前路,不知道在想些什么。

"林昊青。"纪云禾唤了他一声。

林昊青冷笑着:"怎么?殿上挨了鞭子,还想讨回来?"

"发生在这里的事情你还记得吗?"纪云禾没有与他多做言语纠缠,指了一下小山洞,开门见山,"你想知道真相吗?"

林昊青看着纪云禾,脸上的冷笑收了起来,表情渐渐凝重。

"你说的,是什么真相?"

风吹过荒凉的花海,卷起一片黄沙,扫过两人耳畔,留下一串萧索的声音。

"如果你想说,当初在蛇窟边,不是你把我推下去的,都是林沧澜逼你的……"他顿了顿,复而冷笑起来,"那我早就知道了。"

林昊青的回答,在纪云禾的意料之外,但细细想来,却好像也在情理之中。

"云禾,我当年是懦弱,却不傻。"林昊青转头看她,"我被人从蛇窟救出来后,是很恨你,但过了几天,就什么都想明白了。"

是了，林昊青并不傻。这么多年，这么多事，林沧澜的行事作风，纪云禾看在眼里，心里清楚，林昊青难道会毫无察觉吗？

"护法，不要高估了自己。"林昊青神情淡漠地看着她，"让我变成这样的，并不是你。"

是林沧澜。

是他让纪云禾明白了，如果她在蛇窟边不推林昊青下去，那么，接下来林昊青将面对越来越多的背叛与算计，直到他愿意改变。

林昊青同样也明白了……

所以他心甘情愿地按照林沧澜定好的路走了下去，变成了他父亲想要的模样。

纪云禾看着这样的林昊青，四目相接，她一肚子的话此时竟然都烟消云散。

"如果你都知道了，那我没什么好对你说的。"纪云禾张开苍白干裂的唇，哑声道，"少谷主多多保重。"

纪云禾转身欲走，林昊青却倏尔开口："等等。"

纪云禾微微侧过头来。

"你今日找我来，就为此事？"

"就为此事。"

林昊青勾了一下唇角："是我给鲛人开了尾，让你觉得，当年的事，你做错了，是吗？"

纪云禾默认。

"你想改变些什么，是吗？"

纪云禾闻言，心下微微一转，回过头来，面对林昊青："少谷主有想法？"

"你今日来，告诉了我一件事，虽然我已经知道了。但礼尚往来，我也告诉你一件事。"林昊青走上前两步，与纪云禾面对面站着，他微微俯身，唇瓣靠近纪云禾的耳边，轻声道，"我想与护法联手，杀了……林沧澜。"

他的话很轻，被风一卷，宛如蒲公英，散在空中，但落在纪云禾心尖，却惊起层层波澜。

纪云禾眸光一动，睫羽微颤，并未第一时间搭话。直到林昊青直起身子，微微退开一步，纪云禾看着他平静的面色，心中确认，这个谷主

第八章 改变

之子,并不是在与她开玩笑。

他说的是真的,他要杀了林沧澜。

他想弑父。

"你什么时候开始想这件事的?"

"很久了。"

他平静地说着,就像在说,这天已经阴沉很久了。

看到现在的林昊青,不知为何,纪云禾心头忽然涌出一句话——林沧澜成功了。

在改变林昊青这件事情上,他做得无人能及地成功。

"你不怕我去告密?"纪云禾问林昊青,"林沧澜不会允许你有这样的想法,哪怕你是他儿子。"

林昊青笑了笑,对纪云禾的话不以为意。

"我知道你想要什么。"林昊青盯着纪云禾的眼睛,"你不喜欢驭妖谷,想离开。"

纪云禾眸光微动:"这你又是什么时候知道的?"

"我此前一直隐隐有这个感觉,虽然林沧澜逼迫你做了许多事,但我不能确定,其中有没有你自己想做的。但这一次……青羽鸾鸟大乱驭妖谷,以护法的本事,不急着想办法去攻击青羽鸾鸟,困住青羽鸾鸟,反而跑去找那不知掉到什么地方的鲛人……"

林昊青看着纪云禾,脸上是胸有成竹的微笑:"后来我查过与青羽鸾鸟一战中,驭妖谷失踪的驭妖师。瞿晓星赫然在列。雪三月被带走,瞿晓星失踪,而你,那时候也是想跑吧?"

纪云禾默认。

"只可惜,你想要的太多了,你还想带那鲛人走。"林昊青一抬手,轻轻拉住纪云禾耳边的发丝,"老头子看错你了,优柔寡断,妇人之仁的,明明是你啊,云禾。当时若没有那鲛人拖累,你现在应当也在驭妖谷外,自在快活吧。"

纪云禾将林昊青握住自己发丝的手挥开。

"所以呢?你知道我想要什么,你打算怎么做?"

"我许你自由。"林昊青道,"你我联手,大事得成,我做驭妖谷谷主,便许你出谷,此生不再受驭妖谷束缚。"

这个条件,对纪云禾来说,很是诱惑,但是……

"我不能杀了林沧澜。"

林昊青微微挑眉:"你没有拒绝的理由。"

"只是你不知道这个理由。"纪云禾道,"我被林沧澜喂过毒,每个月,他指派卿舒给我一粒解药,从你掉入蛇窟之前,我便每个月都靠着他的药活下去。"

林昊青闻言,眉头微微一皱。纪云禾心下了然,林沧澜喂她毒药的事,看来藏得着实够深。

"所以,我不能和你联手,我要林沧澜活着,除非……"纪云禾看着他,"你把解药给我。我只有这一个条件。"

风再次从两人身边卷过,沉默在纪云禾这句话之后蔓延。

过了许久,纪云禾才道:"少谷主,我与林沧澜之间的恩怨,我不奢求有他人来为我了结,所以尽管我提出了条件,但我心里知道,这个条件很难达成。"

纪云禾看着沉默的林昊青,继续道:"关于你们父子之间的恩怨,我也无能为力。我不过是个傀儡而已,事到如今,我所行之事,皆违背己心,但你放心,我对林沧澜的厌恶,不比你少,你告诉我的事,我不会告诉任何人。今日,告辞了。"

纪云禾言罢,转身离开。

"云禾,"林昊青再次开口唤她,但这次纪云禾没再回头,只听他在自己身后轻声说着,"你以为被他改变的,只有我吗?"

听闻此言,纪云禾脚步微微一顿,随后继续迈步离开。

林昊青的意思,纪云禾再明白不过。

和纪云禾初识的林昊青不是现在的模样,与林昊青初识的纪云禾,也不是现在这般模样。

在这驭妖谷之中,她和这个曾经的少年,都已经改变了。

纪云禾慢慢走回房间,背上被赤尾鞭抽打出来的伤口又裂开了,弄湿了后背的衣裳。

她有些吃力地换下衣物,自己对着镜子将药粉撒在伤口上。但给自己后背上药,实在太难了,弄了几次,药粉撒得到处都是,落到背上的却没有多少。

"唉……"

第八章 改变

纪云禾没有叹气,房间却倏尔传来一道女孩子的叹气声。纪云禾眉梢微微一挑,随即看向传来叹息的房间角落,一言不发地将手中的药瓶扔了出去。

药瓶抛向空中,却没有摔在地上,而是堪堪停在了半空中,宛如被人握住了一样。

药瓶飘飘摇摇地从空中摇晃下来。

"你倒一点不怕我接不住。"房间又传来了女孩子的声音,俏皮且活泼,"待会儿摔碎了,我可不给你去拿新的药。"

纪云禾闻言,却是对着镜子笑了笑,在经历了昨天到今天的事情之后,她脸上的笑容总算是带了几分真心。

"放你出去这么多年,连个瓶子都接不住,那我可该打你了。"纪云禾说着,向床榻走去。

而那药瓶子便晃晃悠悠地跟着她飘到了床榻边。

纪云禾往床上一趴,将自己血肉模糊的后背裸露出来:"轻点。"

那药瓶矮了一些,红色的瓶塞被打开,扔到了一旁,女孩娇俏的声音再次传了出来:"你还知道叫轻点呀,我看你回来脱衣服给自己上药的阵势,像是全然不知道疼似的。我还道我的护法比之前更能忍了呢。"

随着这念叨的声音,药瓶挪到纪云禾的后背上方,药粉慢慢撒下,均匀且轻柔地铺在纪云禾的伤口上。

药撒上伤口时,纪云禾的疼痛终于在表情上显露了出来,她咬着牙,皱着眉,拳头紧握,浑身肌肉都紧绷着,而药粉并没有因此倒得快些,药粉仔仔细细地被撒到了每一个细小的伤口上。

直到药瓶被立起来,放到了一边,纪云禾额上的汗已经打湿了枕头。

"好了。"女声轻快地道,"药上完了,绷带在哪儿?你起来,我给你包一下。"

"在那柜子下面。"纪云禾声音沙哑地说着,微微指了一下旁边的书柜。

片刻后,书柜门被拉开,里面的绷带又"飘"了出来,在纪云禾身上一层又一层地绕了起来。

纪云禾瞥了一眼身侧,道:"还隐身着,防我还是防贼呢?"

"哦!"那声音顿时恍悟,像是才想起来这件事一样,"平日里这样隐身活动方便,我都差点忘了。"话音一落,纪云禾床榻边白色光华微微一转,一个妙龄少女悄然坐在那处,手里还握着没有缠完的绷带。

少女转头,咧了一个大大的笑脸出来,就像一个小太阳,将纪云禾心头的阴霾驱散了许多。

洛锦桑,也是一个驭妖师,只是她与其他驭妖师不一样的是,在所有人的印象中,洛锦桑是个已死的人。

她"死"在五年前立冬那日,驭妖谷中抓来的一只雪妖疯了,她去制伏雪妖,却被雪妖整个吞了进去。所有人都以为她死了,纪云禾也是这么以为的。

洛锦桑性格活泼,天真可爱,是在这谷中难能可贵地保持着真性情的人。和雪三月不一样,纪云禾把自己的秘密和雪三月分享,她们共担风雨,而对洛锦桑,纪云禾则像保护妹妹一样保护着她。

在洛锦桑"死"后,纪云禾为此难过了很长一段时间。

等到渐渐走出悲伤,她却发现……自己身边开始发生很多难以解释的事情……

比如屋子里的食物老是莫名其妙地不见,角落里总是传来窸窸窣窣的声音,房门会在无风无雨的半夜忽然打开……

纪云禾觉得自己宛如撞了鬼。

那段时间,素来心性坚强的她都被折腾到难以入眠,在屋中又挂黄符又烧香,几次找到雪三月,两人蹲在屋里,半夜等着"抓鬼",却毫无所获。

折腾了大半个月,还是经离殊提醒,两人才知道这房间里有另一个看不见的人的气息。

又折腾了很长时间,纪云禾与雪三月才确定了那人是洛锦桑。

洛锦桑被吞进雪妖肚子后,没有毙命,雪妖被杀之后,她从雪妖肚子里爬了出来,但所有人都看不见她。她也不知道怎么让自己出现在众人面前,说话没人能听到,甚至有时候还能穿墙而过,好像真的变成鬼了似的。

她十分慌张,第一时间就跑来找纪云禾,但纪云禾也看不见她,她只能蹲在纪云禾屋子里,不知所措,瑟瑟发抖,如此过了几天,肚子还饿得不行,于是便开始偷拿纪云禾房间里的东西吃。

后来,在离殊的提醒下,纪云禾和雪三月开始研究"治疗"洛锦桑的办法。

终于弄出了些心法,让洛锦桑学了,虽没办法将她变得与常人一样,但好歹让她能控制自己什么时候隐身了。

打那以后,纪云禾便没让洛锦桑在他人面前出现过,她让洛锦桑离开驭妖谷,去看外面的世界,去外面游历。她的"隐身之法"让她变成了唯一不用受驭妖谷,也不用受朝廷控制的驭妖师。

洛锦桑时不时隐身跑回来找纪云禾,与她说说外面的事情,每当纪云禾看着她,看她笑,看她闹,纪云禾总会觉得,这个人世还没有那么糟。

"锦桑,你这次回来得可有点慢了。"待得洛锦桑给纪云禾包扎完了,纪云禾看着她,"到哪儿疯去了?"

洛锦桑挠了挠头:"你借花传语给我,我早就听到了,但……被那个空明和尚耽误了一会儿。"洛锦桑笑得有些不好意思。

她与纪云禾提过,她在外面喜欢上了一个不太正常的和尚,这个和尚不爱喝酒,不爱吃肉,当然也不爱她,他就爱拎着一根禅杖到处走,见不平就管,见恶人就杀。

一点出家人的心性都没有。

但洛锦桑喜欢他喜欢极了。天天跟在他后面追。奈何空明和尚不搭理她,神出鬼没的,常常让她找不见人。

"那和尚还那样?"纪云禾问她。

"哪样?"

"见不平就管,见恶人就杀?"

"对呀!"

纪云禾一声轻笑:"迟早被朝廷清算。"

"可不是吗!"洛锦桑一盘腿坐上了纪云禾的床,"前段时间,他见一个老大的官作威作福欺压穷人,又一棒子杀过去,把人家大官连帽子带脑袋,全都打掉了,嘿……"洛锦桑狠狠叹了口气,"朝廷发通缉令,悬赏那么高!"

洛锦桑把手高高地举起来,比画了一下,又噘嘴道:"要不是看在我喜欢他的分儿上,我都想去把他抓去拿赏金了。"

纪云禾笑道:"空明和尚出了这事,你怎么舍得回来?不去护着他了?"

"这要感谢咱们驭妖谷呀。"洛锦桑笑得眼睛都眯起来了,"把那青羽鸾鸟一放跑,外面全都乱了,大国师那边,所有的注意力都放到那只鸟身上去了,空明和尚继续逍遥自在,我接到了瞿晓星,把他安顿好了,这不就马不停蹄地回来找你了吗?"

"瞿晓星安顿得妥当吗?"

"妥妥当当的。没问题,我跟大和尚在地上打了好久的滚,让他帮我照看瞿晓星。那和尚脾气差了点,但是说一不二,答应人的事,从不食言,不会骗我。"

纪云禾摇头,连连感慨:"啧啧,不得了了,现在能把空明和尚拿捏住了啊。"

洛锦桑嘿嘿一笑:"你呢?我家云禾叫我回来干吗来着?你这是为啥挨的打呀?"

提到这事,纪云禾面上的笑渐渐收了起来。

"锦桑,我要你去帮我偷林沧澜的药。"纪云禾沉着脸道,"越快越好,驭妖谷,要变天了。"

不管谷主是林沧澜还是林昊青,对纪云禾来说,都不是什么好事。对她来说唯一的好事,就是离开这里。

而现在,她还想带着长意一起离开这里。

纪云禾将这段时间以来驭妖谷的变化告诉了洛锦桑。

洛锦桑闻言,沉默许久。

"云禾呀,恕我直言,我帮你偷药没问题,我试试,说不定还行,但你要我帮你把鲛人偷出去,这可真的是没有办法呀,他那么大一只呢。"

纪云禾沉默。她并没有打算让洛锦桑把长意偷出来,她知道这是不可能完成的任务。

要带长意走,她现在也没有想到好的办法。

"云禾呀,你要不和林昊青合作一下,如果你们能一起把林沧澜杀了,那到时候解药还不随便你找,林昊青也许诺你自由了呀。"

纪云禾摇摇头:"风险太大。一是拿不准林昊青有没有那么大的本事;二是……我拿不准,现在的林昊青是什么样的人。"

"什么意思?"

第八章 改变

纪云禾看着洛锦桑，笑道："你看，林昊青和我说这话，或许有两个阴谋呢，第一，他在诈我。说着与我去杀林沧澜，但并不动手，而是背地里使绊子，让林沧澜发现我要谋反，从而除掉我。再者，他真有本事杀了林沧澜，也不一定会信守承诺放过我，狡兔死，走狗烹，杀父都行，杀我有何不可？"

洛锦桑听得有些愣："也是……不过，他就不怕你把他的阴谋告诉林沧澜吗？"

"林沧澜自负。他一直以来就想将林昊青变成这样。自己一手养出来的人，他心里会没数？若是真有那天，林昊青死在林昊青手上，那老头子怕是骄傲得很。而在那天之前，只要林昊青不动手，他就会纵容他。在老狐狸心中，这驭妖谷，本就是他们父子二人的天下。而且……"纪云禾顿了顿，"林昊青也笃定，我不会告诉林沧澜。"

"为什么？"

"我对林沧澜的厌恶，这天下，林昊青最懂。"

纪云禾忍不住自嘲一笑。

所以林昊青说她变了，她也因为对一个人的厌恶与仇恨，变得和他一样丑陋。

满心算计，左右踟蹰。想要报复，却也舍不了眼前的苟活。

真是难看得紧。

"怎么选都是错……"洛锦桑皱眉，"这样说来，若非将他们父子二人都除掉，便没有更安全的办法了？"

纪云禾沉默。

洛锦桑却是眼珠一转。"哎！对了！不是还有朝廷、大国师、顺德公主吗！咱们可以借刀杀人呀！"洛锦桑兴冲冲地拉着纪云禾道，"顺德公主不是其愿有三吗！现在就差最后一个了，你把那鲛人驯服，交给顺德公主，让他给顺德公主带话，道出林沧澜多年阳奉阴违，私自用妖怪炼药……"

林沧澜给纪云禾的药，便是从这些妖怪身上炼出来的。

纪云禾先前没打算告诉洛锦桑，有一次她做错了事，林沧澜不给她当月的解药，她在房中毒发，恰逢洛锦桑回来，看见了她的惨况，方才知晓。

"你让鲛人把这些事告诉顺德公主，然后再泼林昊青一盆污水，朝廷最恨驭妖师明面一套暗里一套，彼时，林氏父子势必被朝廷摒弃，而你可以顺理成章地坐上谷主之位。"洛锦桑道，"那时，你可能才算是真正地获得安全和自由。"

纪云禾转头，盯着洛锦桑："你天天和空明和尚混在一起，他就教你这些权谋之术？"

纪云禾的神色让洛锦桑一愣，她有些胆寒地退了一步。

"不是他教的啊……他话都不愿意和我多说两句的。这些……这些事，在驭妖谷不是很常见吗？让驯服的妖怪，去达官贵人的耳边吹吹风，帮助自己做一些什么事……"

是的，再常见不过了。

但她一直以来都不想让洛锦桑沾染这些。更不想被自己利用的人，是长意……

"我送鲛人入宫，那鲛人呢？他怎么办？"纪云禾问洛锦桑，"你去宫里，在顺德公主身边，在大国师的监视下，再把他救出来吗？"

洛锦桑愣了愣。

她和很多驭妖师一样，根本没有从妖的角度，去看待这件事。

"我是……想不到别的破局的办法了……"

纪云禾微微叹了一口气："总之，你这段时间先帮我探着林沧澜那边的情况，注意观察他的起居，他总有将解药藏起来的地方。先拿到解药，我们再谋后计。"

"好，我今天就去盯着。"

洛锦桑说着，心法一动，她的身体又在空中慢慢隐去。

纪云禾披上了衣服，走到了门边。

"哎？你不歇会儿？"空中传来洛锦桑的声音。

"嗯，还不到歇一歇的时候。"

纪云禾出了门，径直向囚住长意的地方而去。

到了牢外，看守的驭妖师们都回来了，左右站着，纪云禾将他们都遣退了，独自进了牢中。

长意还在沉睡。

平静的面容好似外面的所有争端都与他无关。纪云禾看着他的面容，那复杂吵闹的思绪，在这一瞬间安静了下来。

鲛人原来还有这样的本事，纪云禾想，怎么能让人一见就心安呢。

第八章 改变

她坐在长意身边，将他的脑袋放在了自己腿上，给他枕一下，想来会舒服很多。

而刚将长意的头放在自己腿上，那双蓝色的眼瞳便睁开了，他看着纪云禾，眨了眨眼，散掉初醒的蒙眬："你来啦。"

没有多余的话语，便让纪云禾感觉他们仿佛不是在这囚牢之地相遇，他好似个隐士，在山间初醒，恰遇老友携酒而来，平淡地问候一句，你来啦。

"嗯。"

长意坐了起来，微微一动腿，他一愣，双手摸到自己腿上，他腿上还盖着纪云禾先前离开时给他搭的外衣。

没有掀开那层衣服，他只是隔着棉布摸了摸那双腿。

纪云禾看得心尖一涩："长意……抱歉。"

长意转头，眼中并无痛苦之色："我没怪你。"

"我知道，但是……"纪云禾也轻轻地将手放到了他腿上，"还是抱歉，一定……很痛吧……"

"嗯。"长意诚实地点头，再次让纪云禾心头一抽。

她抬了手，长意忽然动了动鼻尖，他不在关于自己双腿的话题上纠缠，眉头微微皱了起来："血腥味？"他转头，俯身，在纪云禾脖子处轻轻嗅了嗅，微凉的呼吸吹动纪云禾脖子边的细发。

纪云禾微微侧了下身子。

长意开口问她："你受伤了？"

"小伤。"

"血腥味很重。"

纪云禾动了动唇角，脑海中闪过的却是昨日夜里，她看到长意被挂在墙上的画面。

她的伤，哪儿算得上血腥味很重……

"没事，皮肉伤。"

"痛吗？"

纪云禾张嘴，下意识地想说不痛，但触到长意真挚的目光，这一瞬，好像那些冠冕堂皇的话，都再难说出口来。也是这一恍惚间，纪云禾觉得，自己的逞强和坚硬，都是不必要的。

"痛。"

破天荒地，她心中的铜墙铁壁忽然开了一个口，她终于把这个字说出了口："痛的。"

不说，是因为不值得说，而此时，纪云禾认为，面前这个鲛人是值得让她说痛的。

像是要回应她。长意有些艰难地抬起了手，落在她的头顶，然后顺着她的头发，摸了摸，从头顶，摸到她的发尾，一丝不苟，像孩子一样较真。

"摸一摸，就好了。"

纪云禾看着长意，感受着他指尖的微凉，鼻尖倏尔有些酸涩了起来。

唉……

大尾巴鱼，真是笨呀。

此时的纪云禾，也认为自己大概是被笨病传染了。

不然，她怎么会觉得自己的伤，真的在这种"摸一摸就好了"的"法术"中……愈合了呢。

第九章 同谋

"你做的选择,很令人失望。"

此后几日,谷中相安无事。

比起前些日子一茬接着一茬的大事,驭妖谷平静很多,大家好似又回到了往日的状态。但平静之下,却难掩愈发紧张的态势。

所有人都关注着驯服鲛人一事。

洛锦桑日日盯着林沧澜,没有找到解药所在之地,却听到了谷中驭妖师们的不少言论。

大家都在讨论,驭妖谷谷主之位怕是要落到纪云禾手中了。

唯独纪云禾没有将此事放在心上。

洛锦桑日日跑回来和她说,大家都认为,最后驯服鲛人的一定是纪云禾,大家也都很笃定,如果纪云禾达成了顺德公主的第三个愿望,那么林沧澜势必将谷主之位传给她。

"他们说得信誓旦旦,我都要相信了。"洛锦桑和纪云禾说,"你说,林沧澜会不会信守承诺一次,当真将谷主之位传给你?"

纪云禾笑望洛锦桑:"他真传给我了,他儿子怎么办?老狐狸就这一根独苗,他以后寿终正寝了,等着我马上把他儿子送下去陪他吗?"

洛锦桑有点愣:"你真要这样做啊?"

纪云禾敲敲洛锦桑的脑袋:"你可醒醒吧。这事可轮不到我来做选择。你好好帮我查查药在哪里就行。"

"好吧。"

纪云禾并不关心谷中甚嚣尘上的传言,也不关心忽然沉寂下来的林昊青在谋划什么。

这些事情她便是操心,也没什么用,在这紧要关头,大家好像都有了自己要忙的事,没有人来折腾她,她倒乐得轻松,过上了"偷得浮生半日闲"的日子。

她日日都去牢中见长意,先前在大殿上讨到了林沧澜的许可,她在的时候,便可自由遣散其他驭妖师,给她与长意相处挪出空间。

而纪云禾去见长意,也没什么要做的,她把自己的茶具搬了过去,用两块大石头搭了个茶台,在简陋得有些过分的地牢里,和长意泡茶聊天。

没人知道纪云禾在地牢里和长意做什么,他们只知道护法日日拎着壶过来,又拎着壶回去,猜得过分的,以为纪云禾在给长意灌迷魂汤。弄得那鲛人没被绑着,也不再像初入谷时那般折腾。

纪云禾从洛锦桑口中听到这个传言,找了一日,拿着壶给长意倒了碗水,问他:"这是迷魂汤,你喝不喝?"

长意端着一碗刚烧开的水,皱了皱眉头:"太烫了,不喝。"

纪云禾的笑声从牢里传到牢外:"长意,我有没有和你说过,我真是很喜欢你的性子。"

"没说过,不过我能感受到。"

"感受到什么?我对你的喜欢吗?"

纪云禾本是开玩笑的一问,长意端着开水的手却是一抖,滚烫的水落在他腿上,过了好一会儿他才反应过来,把碗放在桌上,擦了擦自己的裤子。

他才开始穿裤子,还是很不习惯这样的装扮,两条腿也总是并在一起,是以这开水一洒,直接在裤子两边都晕开了。

纪云禾连忙用袖子去擦:"烫不烫?"

纪云禾一俯身,长意有些愣神地往后面躲了一下。

"怎么了?"纪云禾问他,"碰你的腿,还痛吗?"

第九章 同谋

"不……"长意看着纪云禾,偏着头,迟疑了一会儿。难得看到长意这个样子,纪云禾也有点摸不着头脑,她还在琢磨自己刚才是不是说错话了,便见长意有些纠结地问她:"你喜欢我?"

这四个字一出,纪云禾也有点愣住了。

这大尾巴鱼……是跟她较这个真呢……

"朋友间的喜欢。"纪云禾解释道,"在意,关心。"

长意点点头,表示明白:"你我之间,虽有朋友情谊,但非男欢女爱,言辞行为,还是注意些好。"长意正儿八经地看着纪云禾说出这段话,又将纪云禾说笑了。

"你这大……"她顿了顿,笑容微微收敛了一些,转而微叹口气,"你这性子,到底是怎么养成的?明明淳朴如赤子,但偏偏又重一些莫名其妙的礼节。我算是看出来了,你在男女大防一事上,比我可计较多了。"

"理当计较,我族一生只认一个伴侣,认定了便有生死与共之契约,永受深渊之神的凝视。不可误己,也不可误人。"

一生只伴一人,也难怪这么慎重了。

"你们可真是一个专一的种族。"

不仅专一,而且真诚、不屈,永远向着自己本心而活。

他们活的样子,真是闪耀得让纪云禾自惭形秽。

"真羡慕你们鲛人,把我们人类在书中歌颂的品德,都活在了身上。"

"人类为什么不能这样活?"

纪云禾沉默了片刻:"我也不知道,这个问题,或许有很多答案吧。我唯一能想到的就是,人类要的……太多了。"纪云禾倒了一杯茶,"不聊我的世界了,你已经窥见一二了。"纪云禾看向长意,"你们鲛人的世界,是什么样的?"

"很安静。"长意说,"在海里,大家都不爱说话。"

"你们吃什么?"

"都吃。"

这个回答有点吓到纪云禾了。"都吃?"她上下打量了长意一眼,在她的印象中,长意该是不食人间烟火的谪仙,原来他在海里还是一个深海大霸王吗……

欺凌小鱼小虾……

127

"海藻、贝类、其他的鱼。不吃同族。"

"那你最喜欢吃什么？"

"贝类。肉很嫩。"

嗯，纪云禾忽然觉得面前这个看起来有点寡淡的鲛人，一瞬间变得血腥了起来。

"那你们睡哪儿呢？"

"每个鲛人喜欢休息的地方不一样。"长意喝了口茶，"我喜欢吃了大蚌之后，睡在它们的壳里。"

纪云禾咽了口唾沫："贝类做错了什么？"

让你给欺负得……连吃带睡……

长意指了指大石头上纪云禾拿来的烤鸡："它也什么都没做错，只是好吃而已。"

怀璧其罪……

纪云禾撇了撇嘴，扯了一只鸡翅膀下来："如果有机会，真想去你们海底看看。那里是不是一片漆黑？"

"我的大蚌里有一颗大珍珠，自己会发光，能照亮你身边所有的东西。"

"多大？"

"和你人差不多大。"

纪云禾震惊："那你住的蚌有多大？"

长意仰头看了看牢笼："比这里大。"

纪云禾沉默了许久，摇头感慨："你们鲛人……怕不是什么深海怪物吧……动不动吃掉比房子还大的一个蚌，还睡在里面……用人家辛辛苦苦孵出来的大珍珠照明……如此细数下来，人类做事还是很讲道理的。"

长意想了想，认真地和纪云禾道："我不骗它们，看着大蚌，一开始就没打算让它们活下去。其他的，也是物尽其用罢了。我们不喜奢靡浪费。"

专一而真诚的鲛人一族，连吃了别人，也是专一而真诚的。

纪云禾点点头："你说得让我更想去海底走走了。"

"嗯，有机会带你去。"

纪云禾点头应好，但一低头，看见长意穿上了裤子的双腿，随即又

第九章 同谋

沉默下来，没再多言。

或许，她……并不该和他聊关于大海的话题……

纪云禾叹了口气，握住茶杯，刚想再喝一口，忽然间心口一抽，剧烈的疼痛自心口钻出。她一愣，立即捂住心口。

"怎么了？"

纪云禾没有回答长意，她喘了口气，额上已经有冷汗淌下。

剧痛提醒着她，在这么多日的悠闲中，她险些忘了这个月又到了该吃解药的日子，而这个月的药，林沧澜并没有让卿舒给她送来……

纪云禾踉跄着站起身来。

身形微微一晃，打翻了大石头上的水壶，烧开的水登时洒了一地。

乒里乓啷的声音霎时间打破地牢方才的祥和。

长意皱眉看着纪云禾，神色有些紧张："你身体不适？"他站起身来，想要搀扶纪云禾。

纪云禾却拂开了长意的手，她不想让长意知道，此时此刻，她的脉象有多乱。

纪云禾摇摇头，根本来不及和他解释更多。"我先回去了，不用担心。"留下这句话，她站起身来，自己摸着牢门，踉跄而出。

出了囚牢，纪云禾已有些眩晕，她仰头一望，夕阳正要落山，晚霞如火，烧透了整片天。

纪云禾摇摇晃晃地走着，幸亏路上的驭妖师大多已经回去了，没什么人，纪云禾也专挑人少的路走，一路仓皇而行，倒也没惹来他人目光。

待得回到院中，纪云禾在桌上、床榻上翻看许久，却未找到卿舒送来的解药。

她只得在房间咬牙忍耐。

但心尖的疼痛却随着时间的延长，越发令她难以忍受。像是有千万只蚂蚁咬破她的皮肤，顺着她的血管爬到她五脏六腑中一样，它们撕咬她的内脏，钻入她的骨髓，还想从她身体里爬出来。

纪云禾疼得跪坐在地，好半天都没有坐起来。

不知在这般疼痛之中煎熬了多久，终于，这一波疼痛缓缓隐了下去。纪云禾知道，这是毒发的特性，疼痛是间歇性的，方才只是毒发的第一次疼痛，待得下一次疼痛袭来，只会比这一次更加难熬。

纪云禾以前抗拒过林沧澜的命令——当林沧澜要纪云禾把林昊青推进蛇窟的时候。

她在这样生不如死的痛苦中生生熬了几日。

那几天身体的感受让她终身难忘，以至到现在，即便知道林沧澜是用解药在操控她，将她当作傀儡，即便厌恶那解药厌恶到了极点，但每个月到了时间，卿舒送来药后，她也不敢耽误片刻。

剧痛不会要她的命，却足以消磨她的意志。

让她变得狼狈，变得面目全非。

纪云禾在疼痛消失的间隙里，再次站起来，她没有再找解药，她知道，不是她找不到，而是这个月卿舒没有送解药过来。

"锦桑……"纪云禾咬牙，声音沙哑地呼唤着，"锦桑……"

她想去院中，借院中花给洛锦桑传信。

借花传信，这是她们之间特殊的联系方式。是以前教洛锦桑控制隐身术的心法时，她与雪三月一同研究出来的。

而这个办法也只能用来联系洛锦桑，雪三月和她之间却不能通过这样的心法来联系。好像是那个将洛锦桑吞入肚子里的雪妖赐给她的另一个与天地之间联系的办法。

纪云禾拉住房门，本想稳住自己已经有些站不住的腿脚，但垂头之间，却看见地上飘着一张薄纸，像是随便从什么地方慌张撕下来的。洛锦桑笔法仓促地在上面写了一句话——

"有人说空明和尚被抓了，我出谷去看看，很快回来。"

纪云禾见状，恨得将纸团直接烧了："那个秃子！真是坏事！"

纪云禾心知再过不久，疼痛便又将袭来。卿舒不来，她也没办法再等下去了。纪云禾转身，拿了房中的剑向厉风堂而去。

她一路用剑撑着，避开他人，从厉风堂后院摸了进去。

奇怪的是，今日厉风堂却并没有多少人把守。

及至林沧澜的房间，外面更是安静，一个人也没有，纪云禾如入无人之境。她心中虽觉奇怪，可此情此景却容不得她思虑太多。

她走到林沧澜房间外，并未叩门，直接推门进去，房门里面也没有下钥，纪云禾径直闯了进去。

到了屋中，更是奇怪。

若是平日，有人胆敢擅闯林沧澜的房间，身为林沧澜的妖仆，卿舒早就手起刀落,要拿人项上人头了。而现在屋中一片安静,静得只有纪云禾胸腔中不受控制的强烈心跳。

气氛阴森得有些可怖。

纪云禾用剑撑着身体,往里屋走去,迈过面前的巨大屏风,纪云禾看见里屋点着蜡烛,蜡烛跳动的黄色火光将三个人影映在竹帘上。

纪云禾一愣。

她现在虽然身体不适,但神志还是在的,她能看见这人影代表着什么……

坐在轮椅上的林沧澜,站在林沧澜面前的卿舒,还有……在林沧澜身后,用剑比着林沧澜脖子的……林昊青。

这个少谷主,他到底是动手了,他当真要弑父了。

纪云禾站在竹帘之外,像是闯入了另一个空间一样,这一瞬间,她屏息无言,而屋中的三人亦没有说话。

直到她心尖的疼痛再次传来。她忍不住捂住心口,微微动了一下身子。

在这极致的安静之中,纪云禾的些许动静便能让屋中三人察觉到。

里面,到底是林昊青先开了口:"云禾,杀了卿舒。"

纪云禾从外面便能知道里面僵持的形势。林沧澜老了,林昊青先前敢动杀林沧澜的心思,定是在与青羽鸾鸟一战中看出了端倪,所以他敢动手。而此时,林昊青挟持着林沧澜,所以卿舒不敢贸然动手,但若是林昊青将林沧澜杀了,卿舒也必然不会放过他。

三人僵持,相互制衡,纪云禾此时前来,便是一个破局之力。

她杀卿舒,林昊青赢,她对林昊青动手,林沧澜便能得救。

林昊青胆敢率先开口,是因为他知道纪云禾的内心有多么憎恶这个操控她多年的老狐狸。而卿舒……

"纪云禾,毒发的滋味,不好受吧,谷主若有事,你永远也别想再得到解药。"

纪云禾握紧手中长剑,心口的疼痛越发剧烈,而在这剧烈的疼痛当中,夹杂着的这么多年来对林沧澜的恨意,也愈发浓烈。

从心,抑或认命……

又是摆在纪云禾面前的一道难以选择的题。

"你还在犹豫什么?"林昊青道。

第九章 同谋

"你有什么好犹豫的？"卿舒亦如此说着。

身体的疼痛与一帘之隔的压力，同时挤压着纪云禾的大脑，力与力之间撕扯着，较量着。她的心，在这只有烛光的夜里，跳得越发惊天动地。

"哼，稚子。"林沧澜苍老的冷笑打破了房中僵局，"老夫在你们这个年纪，行何事皆无所惧。若非年岁不饶我……"他说着咳了两声，声音震动间，火光跳动，纪云禾眉目微沉，心道不妙。

而便在此时，卿舒未执剑的手一动，一粒石子打上林昊青的长剑。

长剑震颤，嗡鸣不断，林昊青虎口宛如受大力重创，长剑脱手而出，林沧澜身下轮椅滑动，霎时间离开林昊青的钳制。

卿舒投在竹帘上的身影便在此时如电般闪了过去。

纪云禾脑中什么都没来得及思索，她牙关紧咬，压住心头剧痛，身体瞬间蹿了进去，手中寒剑出鞘，划破竹帘，只听锵一声，纪云禾的剑与卿舒手中的剑相接。

剑气震荡，呈一个圆弧砍在屋中梁柱与四周墙壁上，本还在修缮的房屋登时受到重击，房梁"咔咔"作响，整个房屋好似已经倾斜，屋顶的瓦片在房屋外面摔碎的声音宛若落下的雨点。

纪云禾挡在林昊青身前，目光冷冽，盯着与她兵刃相接的妖狐卿舒。

"你做的选择，很令人失望。"

及至此时，纪云禾已经挡在了林昊青面前，她身前受着卿舒妖力的压制，身体中尽是毒发撕裂的疼痛，但在心中的方寸之地，她却觉得痛快极了。

"是吗……"纪云禾嘴角微微一勾，道，"我倒觉得不赖。"

卿舒闻言目光一冷，她还未来得及有更多动作，忽然之间，身侧传来一声闷哼，是林沧澜的声音。

刹那间，卿舒从不带有感情的双瞳猛地睁大，她看着身侧，一脸的不敢置信。

纪云禾狠狠一挥剑，将她挡开。

卿舒连连退了三步，握着剑，看着一旁，没有再攻上前来。

纪云禾顺着她的目光望去。

刚才被纪云禾从卿舒剑下救了的林昊青，此时站在林沧澜身边，他手中的剑插在林沧澜的心口上。

第九章 同谋

坐在轮椅上的林沧澜，着实年老体衰，根本没有反抗的力气。

林昊青赌对了。

与青羽鸾鸟一战之后，林沧澜便只剩这一副躯壳，只剩之前的威名，没有卿舒的保护，他已经什么都做不了了，甚至连挡住林昊青的剑也无力做到。

林沧澜那一双阴鸷的眼瞳死死盯着林昊青。"好……好……"他一边说话，嘴中一边涌出鲜血，声音模糊得几乎让人听不清楚，"你有狠心杀了老夫，你……"

似乎不想再听林沧澜将最后的话说完，林昊青抬手径直将林沧澜胸中的剑拔出，步伐一转，行至他轮椅之后，抓住林沧澜的头发，长剑一横，径直将林沧澜的喉咙割断。

鲜血喷溅而出，伴随着屋外瓦砾破碎之声，宛似大厦将倾。

纪云禾没有想到……没想到林昊青的果断，也没有想到他手法竟如此干脆利落。

他真的将林沧澜杀了。

他真的杀了这个老狐狸——他的父亲。

这一刻的震惊，几乎让纪云禾忘记了身体中的疼痛。而林昊青也是在温热鲜血喷涌而出时，仿佛才意识到他做了什么一样。

他将剑握在手里，微微张开了嘴，呼吸着，胸腔剧烈地起伏，片刻之后，终于发出了一个声音："哈……"

他笑了出来："哈哈！他终于死了。"

这声音像是一道开关，将呆怔在旁的卿舒惊醒。

"谷主！"卿舒咬牙，目眦尽裂，"我杀了你！"卿舒执剑而上，纪云禾这次还想拦，但身体里涌上来的剧痛却让她再无法像刚才那样快速追上。

眼看着卿舒这一剑便要刺上林昊青的胸膛，林昊青握着剑，目光狠厉，那带血的剑一挽剑花，径直将卿舒的剑打开了。

卿舒与林沧澜有主仆契约，像离殊和雪三月一样。卿舒是发誓永远效忠林沧澜的妖仆。

在发誓效忠一个主人的时候，妖仆会将自己身体里的一部分妖力渡让给主人，以示遵从。而在林沧澜死后，那一部分妖力并不会消散，而是会回到妖仆身体之中。

照理来说，此时林沧澜身死，卿舒多年前渡让给林沧澜的那部分妖力应该会回到卿舒体内。卿舒只会比林沧澜在的时候更难对付。

而林昊青却如此轻而易举地挡开了她。仔细思索，方才纪云禾那一挡，虽是用尽全力，但在她毒发之时，理当没有办法完全招架住卿舒。

卿舒的力量断不该如此虚弱，那林沧澜也是……

他们的灵力和妖力就像是在和青羽鸾鸟一战之后，忽然之间减弱了许多。

纪云禾此时思索不出缘由。她只见没了主人的卿舒宛如疯了一般，疯狂地攻击着林昊青，林昊青一开始尚且还能抵抗，而时间稍微一长，他就不是卿舒的对手了。卿舒到底是活了这么多年的大妖怪，在林沧澜身边这么多年，更是不知道替他参了多少战，杀了多少人。

论对战经验，林昊青怕是拿出吃奶的力，也必然不是她的对手。

此时此刻，纪云禾虽然毒发，但也只好拖着这毒发之身，强忍剧痛，与卿舒拼死一战！不管林昊青今天做了什么，今天之后又将变成什么样的人，她之前做了选择，那便要一条道走到底。

心中做了决定，纪云禾当即重击自己身上死穴，霎时间，她周身血脉尽数倒流，四肢登时麻木，毫无知觉。

而这样的"以毒攻毒"让她短暂缓解了身体里难以承受的剧痛。

纪云禾心中清楚，用了这缓解疼痛的法子，若是在三招之内杀不死卿舒，那不用别人杀她，她也会经脉逆行，暴毙而亡。

不再耽误，纪云禾五指将长剑握紧，在林昊青避让卿舒的招式时，纵身一跃，自卿舒身后杀去，一招取其项背。

卿舒察觉到身后杀气，凌空一个翻转，躲过纪云禾的杀招，纪云禾当即招式一变，落地之后，脚尖点地，宛如马踏飞燕，踏空而上，再取卿舒下路。

卿舒目光一凛，背过身去，以后背接下了纪云禾冲她腰腹而来的杀招。

纪云禾的剑气将卿舒击飞出去，卿舒后背鲜血直涌，却并没有影响她回身反杀纪云禾的剑招。妖力带着卿舒的身体凌空一转，她的身体与长刃宛似拉满弓射出来的箭，径直向纪云禾杀来。

纪云禾眼看避无可避，而方才被纪云禾救下的林昊青倏尔将纪云禾膝弯一踢。

第九章 同谋

纪云禾直接跪倒在地,后背往后一仰,整个人躺在地上,她反手拿着长剑,撑在自己额头之上。

卿舒杀过来的时候,整个人直接从纪云禾的剑刃上滚过。

鲜血洒了纪云禾满脸。

纪云禾甚至无暇去管卿舒死活,在卿舒自她身前飞过后,纪云禾立即抬手,再次重重击打在自己身体死穴之上。

经脉逆行霎时间停止,血液恢复运转,剧痛再次席卷全身。

及至此时,纪云禾方才忍痛咬牙,转身一看。

威风了一世的妖仆卿舒一身是血地摔在房间角落。

她衣服与脸上都是剑刃划过的血痕,看起来很可怕。她还想撑起身子,但浑身的血都在往外涌,她已经没有力气再站起来。她面上泛出死灰色,此时却不再看纪云禾,也不再看林昊青,她目光越过两人,直直落在后面的林沧澜身上。

"你不该这么做。"卿舒说,"你若是知道你父亲做了什么,你就该知道他会走到如此地步,一半是为了大业,一半是为了你。你不该毁你父亲大业。"

大业?

纪云禾捂住心口,望着卿舒。她无力接话,但林昊青还可以。他冷冷地望着卿舒。

"而他的大业,已经毁了我的半生。"

"狭隘……"

卿舒的目光没有再从林沧澜身上挪开,她再没有说别的话,直至气息完全停止,她躺在地上,身体登时化作一抔尘土。

妖怪死后,便是如此,越是纯粹,越是化于无形。卿舒如此,让纪云禾看得有些心惊。

她死后这般形态,其妖力与离殊约莫不相上下。

离殊死前,以一人之力,破了十方阵,这狐妖卿舒……妖力远不该只是今日之战所表现出的这般……

她所说的林沧澜的大业……又是什么?

没有得到回答,心口的疼痛让纪云禾忍不住闷哼出声,她跪在地上,压住心口,只道林沧澜已死,卿舒也已死,这世上再无人知晓解药下落。

她先前还与长意说以后要去海底看看，却没有想到……今日，竟然是她的最后一日，以后……再没有以后了……

纪云禾绝望地跪在地上，忍受着身体中的剧痛。

此时此刻，她恍惚想到了许多事，她想到在来驭妖谷之前，她作为一个有隐脉的孩子，一直被父母带着到处躲避朝廷的追捕。但到底没有躲过，她的父母被追捕的士兵抓住，当场杀掉，她也被抓到了这驭妖谷来。

一直到现在，这么多年了，幼时失去双亲的悲痛早已被这么多年的折磨抹平，此后她一直活在被林沧澜操控的阴影之下。

她一直想着，谋划着，有朝一日她能不再被林沧澜操控，她可以踏出驭妖谷，在外面的大千世界里走着，笑着，自由自在，无拘无束。

但很可惜，她现在终于达成了第一个愿望，她不再被林沧澜操控了，但她永远也没办法离开驭妖谷了……

真想……嗅一嗅外面世界的花香。

纪云禾忍受着剧痛，同时也无比希望自己能直接痛得晕死过去，然后平静地去迎接死亡。

但老天爷似乎并不想让她死得轻松，在纪云禾以为自己要撑不下去的时候，旁边忽然有人将她扶了起来。

唇齿被人捏开，一颗药丸被塞进了她的嘴里。

这药丸的味道如此熟悉，以至当药丸入口的那一刻，纪云禾被痛得离开大脑的神志，霎时间又被拉了回来。

解药！

求生的欲望再次燃起，纪云禾拼着最后一点力气，费力地将药丸吞了进去。

纪云禾那么清晰地感觉到药丸滚过自己的喉头，滑入肠胃之中，剧痛在药丸入腹片刻后，终于慢慢减轻，最终消散。而这次的药丸又好似与之前纪云禾吃过的解药都不一样。

在药丸入腹之后，她不仅感觉疼痛在消失，更感觉药丸中有一股热气，从肠胃里不停地往外涌，行遍她的四肢百骸，最终聚在她的丹田处，像是一层一层要凝出一颗丹来。

待得疼痛完全消失，那热气也随之不见。

纪云禾终于重新找回神志。她抬头一看，只见纸窗外，初来时刚黑

第九章 同谋

的天,现在竟然已经微微透了点亮进来。

原来这一夜已经过去了。

她浑身被汗湿透,抬起头来的时候,像是被从水中捞出来的一样,发丝都在往下滴水。

纪云禾忍过片刻的眩晕,终于将周围的事物都看进眼里。

她已经没有再躺在地上,她被抱到了床榻上——林沧澜的床榻。林昊青此时坐在纪云禾身边,他看着纪云禾,目光沉凝。他们两人身上都是干涸的血迹,而此时,屋中还有林沧澜已经发青的尸体。混着外面清晨的鸟啼,场面安静且诡异。

"这生活,可真像一出戏。"纪云禾沙哑着声音,开口打破雾霭朦胧的清晨诡异的宁静,"你说是不是,少谷主?哦……"她顿了顿,"该叫谷主了。"

林昊青沉默片刻,竟是没有顺着纪云禾这个话题聊下去,他看着纪云禾,开口道:"你身上的毒,如此可怕,你是如何熬过这么多年的?"

纪云禾看了林昊青一眼:"所以我很听话。"她看了旁边林沧澜的尸体一眼,转而问林昊青,"解药,你是从哪里找到的?还有多少颗?"

"只找到这一颗。"

纪云禾微微眯起了眼睛,打量着林昊青。

两人相识这么多年,林昊青岂会不明白纪云禾这个眼神代表着什么,他直言:"昨日夜里,你来此处时,尚在竹帘外,卿舒手中弹出来的那黑色物什震落了我手中长剑,你可记得?"

纪云禾点头:"我还没有痛得失忆。"

"那便是我喂你服下的药丸。"林昊青道,"昨日我来找林沧澜时,恰逢卿舒即将离去,想来,是你之前说的,要去给你送解药了。只是被我耽误……"

如此一想,倒也说得过去。

纪云禾暂且选择了相信林昊青。她叹了一口气:"别的药能找到吗?"

"喂你服药之后我已在屋中找了一圈,未曾寻到暗格或者密室,暂且无所获。"

这意思便是,下个月,她还要再忍受一次这样的痛苦,直至痛到死去……

纪云禾沉默下来。

"纪云禾。"林昊青忽然唤了一声她的名字。

纪云禾转头看他。她听过小时候林昊青温柔地叫她"云禾",也听过长大后,他冷漠地称她为"护法",又或者带着几分嘲笑地叫她"云禾",但像这般克制又疏离地连名带姓地叫她,还是第一次。

"多谢你昨晚冒死相救。"

纪云禾闻言,微微有些诧异地挑了下眉毛。很快,她便收敛了情绪:"没什么好谢的,你要不是踢了我膝弯一脚,让我躺在地上,我也没办法顺势杀了卿舒。"

林昊青沉默片刻,又道:"我若没有阴错阳差地捡到这颗解药,你待如何?"

"能如何?"纪云禾勾起嘴角,嘲讽一笑,"认命。"

林昊青看了纪云禾一会儿,站起身来:"先前花海蛇窟边,我说了,你与我联手杀了林沧澜,我便许你自由,如今我信守承诺,待我坐上谷主之位,驭妖谷便不再是你的囚牢。至于解药,我无法研制,但挖地三尺,我也要把林沧澜藏的解药给你找出来。"

纪云禾仰头看着林昊青,很奇怪,在林沧澜身死之后,纪云禾竟然感觉以前的林昊青好像忽然回来了些许……

"解药若能找到,我自是欣喜,但是若找不到,我便也忍了。这么多年,在这驭妖谷中,我早看明白了,我可以和你斗,和林沧澜斗,但我唯独不能与天斗。天意若是如此,那我就顺应天意,只是……"

纪云禾直勾勾地盯着林昊青:"我还有一个要求。"

"你说。"

"我要离开驭妖谷,并且,我还要带走驭妖谷囚牢中关押的鲛人。"

此言一出,房间里再次陷入了极致的静默当中。

两人的眼神中,纪云禾的写着志在必得,林昊青的写着无法退让,胶着许久,林昊青终于开了口:"你知道鲛人对驭妖谷来说意味着什么。"他沉着脸道,"驭妖谷走失一个驭妖师,朝廷未必在意,但鲛人,谁也不能带走。"

"我若一定要呢?"

"那你便又将与我为敌。"

第十章 顺德公主

"本官就爱采盛放之花,偏要将天下九分艳丽都踩在脚下,还有一分,穿在身上便罢。"

林沧澜的尸体在旁边已经凉透。

而此时房间沉寂得犹如还站在这房间里的两个活人,也已经死去了一般。

终于,纪云禾从床榻上走了下来,站到了林昊青面前,她比林昊青矮了大半个头,气势却也并不输他。

"林昊青。"她也直呼他的名字,没有任何拐弯抹角,"事到如今,若我依旧与你为敌,我会感到很可惜,但我也并不畏惧。"

"呵。"林昊青一声冷笑,随即阴沉地盯着纪云禾,"我看你是没有想清楚,你带走鲛人,不仅是与我为敌,也是与整个驭妖谷为敌,更甚者,是与顺德公主,与整个朝廷为敌!"林昊青迈向前一步,逼近纪云禾,"且不说你能不能将鲛人从驭妖谷中带走,便是你将他带走了,你以为事情就结束了?你和他便能逍遥自在了?"

林昊青丢给纪云禾两个字:"天真。"

"天不天真我不知道。"纪云禾道,"我只知道,他属于大海,不属于这儿。"

"他已经开了尾,你以为他还属于大海?"

林昊青提到此事,纪云禾拳心一紧,她沉默了片刻。最终还是仰头直视林昊青,执着地告诉他:"他属于。"

不管他是开了尾,抑或变成了其他不同的模样,他那漂亮的大尾巴,出现过,便不会消失。

在纪云禾看来,长意永远属于那澄澈且壮阔的碧海,不管是过去、现在,还是谁也看不穿的未来。并且她坚信,长意也终将回到大海之中。

林昊青看着纪云禾坚定的眼神,沉默了片刻。"你想清楚,我只给你这一次机会。你求了那么多年的自由,要为这鲛人放弃吗?"

纪云禾听罢林昊青的话,歪着脑袋思索了片刻:"林昊青,你要杀林沧澜,我碰巧前来,助你一把,所以,这个机会不是你给我的,是上天给我的。而自由,也不是你给我的。它本来就该是我的。"

纪云禾说罢,在经过方才的思考之后,她心中也已有了数,今日算是与林昊青谈崩了。

没了林沧澜,她与林昊青短暂的和解之后,该怎么争,还得怎么争。

纪云禾迈步要离开,林昊青侧身问她:"解药你不要了?"

"我想要,你现在也给不了我。"纪云禾指了指椅子上林沧澜的尸体,"你先想好怎么安葬他吧。谷中的老人、朝廷的眼线、大国师的意志,都不会允许一个弑父的叛逆之人登上谷主之位。他们要的是一个绝对听话的驭妖谷谷主。"

纪云禾出了里间,往屋外走去。可像是要和她刚才的话来个呼应一样,在纪云禾即将推门而出的时候,外面传来了急促的脚步声。

"谷主!谷主!"

门外,有一名驭妖师慌张地呼喊着,他停在门边,着急地敲了两下门。

在外面初升的朝阳中,驭妖师的身影投射在门上,与纪云禾只有一门之隔。

纪云禾推门而出的手停住了。

其实,在她与林昊青谈崩了之后,纪云禾最好是能真的扳倒林昊青,自己坐上谷主之位。让众人知道是林昊青杀了林沧澜,这是再好不过的办法。林昊青会被驭妖谷中的人摒弃,会被朝廷流放,彼时,纪云禾便是驭妖谷谷主的最佳人选。手握权力,而身侧再无干扰之人,她便能更方便地将长意带出这囚牢。

但是……

驭妖师在门外，她如今和林昊青都在这屋中，二人身上皆有鲜血。

林沧澜是谁杀的，这事情根本说不清楚。

纪云禾转头，看向屋内的林昊青。

林昊青随即走了出来，与纪云禾对视一眼，两人都没有说话，直到外面的人再次敲响房门："谷主！"驭妖师很着急，仿佛下一瞬便要推门进来。

"谷主身体不适，正在休息。"林昊青终于开了口，"何事喧闹？"

听见林昊青的声音，外面的驭妖师仿佛终于找到了一个主心骨："回少谷主！前山外传来消息，顺德公主摆驾驭妖谷，现在已到山门前了！"

纪云禾一愣，随即心头猛地一跳。

"你说什么？"林昊青也是一脸不敢置信。

"少谷主，顺德公主的仪仗已经到山门前了！还请少谷主快快告知谷主，率我驭妖谷众驭妖师，前去接驾呀！"

顺德公主……

那个高高在上，仿佛只存在于传言中的"二圣"，竟然……亲临驭妖谷了……

纪云禾与林昊青对视一眼，两人不约而同地望向里屋已然凉了尸身的林沧澜。

纪云禾微微握紧拳头。

林沧澜死得太不巧了。若叫顺德公主知道是他们二人杀了林沧澜，他们两人都会被打上不忠不孝、以下犯上的烙印，朝廷不喜欢叛逆的人，顺德公主尤其如此。

"少谷主！"

外面的驭妖师声声急催。

纪云禾用手肘碰了微微失神的林昊青一下。林昊青回过神来，定了定心神，说："知道了，你先带众驭妖师去山门前，待我叫醒谷主，便立即前去迎接。"

"是。"

外面的驭妖师急急退去。

也亏他来得急去得也急，并未发现这谷主的住处经过昨夜的打斗有什么不对。

待人走后，林昊青与纪云禾一言未发，但都回到了里屋。

两人看着轮椅上断气的林沧澜，他仍旧睁着眼睛，宛如还有许多的欲望和不甘，而他脖子上的伤口却让人看得触目惊心。

林昊青沉默地抬手，将林沧澜的双眼合上。

"老头子活着，活得不是时候，死了，却也给人添乱。"他说得薄凉。

纪云禾看了林昊青一眼："他活着该恨他，死了便没他的事了。"纪云禾往四周看了一眼，"现在抬他出去埋了太惹人注目，也没时间做这些事了。"

"你待如何？"

纪云禾抬手，往床榻上一指："你把他放上床去，盖好被子，挡住脖子上的伤口。"

"然后呢？"林昊青冷笑，"等他活过来吗？"

"他活过来，你我都得死。"纪云禾看着林昊青，"收起你说风凉话的态度，你我之间，该争的争，该抢的抢，但在顺德公主面前，你我就是一根绳上的蚂蚱。你杀了林沧澜，我的手也不干净，现在，你和我就好好地联手演一出戏，将那尊不请自来的神赶紧送走。"

纪云禾说这话时不卑不亢，模样淡然自若，林昊青看着她，脸上的讽笑到底是收了起来。

"你去放林沧澜，给他布置好，他平日里是怎么躺着的，轮椅放在什么位置，我要你丝毫无差错地复原。我先把地上的血擦干净。"

纪云禾一边说，一边脱下了自己的衣服，蘸了桌上的茶水。"等做完这些，你我各自回去，换身干净的衣服，把脸擦干净了，我们去见顺德公主。"

"我们去见？"

"对，我们去见。"纪云禾跪在地上，擦着地上的血，"我们去告诉顺德公主，谷主昨日夜里忽然病重，卧床不起，气息极为微弱。"

纪云禾说着这些的时候，正好擦到了墙角，在墙角里，卿舒化成的那抔土还静静地堆在那里，纪云禾将擦了血的衣服放到旁边，将那抔土捧了起来，撒在了林沧澜房间的花盆之中。

"动作快点吧。"她转头看林昊青，"我们也没什么时间可耽搁了。"

第十章 顺德公主

纪云禾与林昊青两人收拾完了林沧澜的住所，避开他人，快速回去换罢衣裳，再见面时，已是在驭妖谷的山门前。

驭妖谷外春花已经谢幕，满目青翠。

纪云禾与林昊青往山门前左右一站，不言不语，好似还是往常一样不太对付的少谷主与护法。

二人相视一眼，并不言语，只望着山门前的那条小道，静静等待着暮春的风将传说中的顺德公主吹来。

没过多久，山路那边远远传来了阵阵脚步声，人马很多，排场很大，不用见，光听就能听出来一二。

驭妖谷地处西南，远离城镇，偏僻得很，少有这些大阵仗，驭妖师大多数都是自幼被关在驭妖谷的，除非像雪三月这般能力过人的驭妖师，鲜少有人外出。

是以仅远远听见这些动静，驭妖师们便有些嘈杂起来，惴惴不安，惊疑不定，还带着许多对站在权力顶峰的上位者的好奇。

山路那方，脚步声渐近，率先出现在众人眼前的，却是一面赤红的旗帜，旗帜上赫然绣着一条五爪巨龙。

皇帝以明黄色绣龙纹，代表着皇帝至高无上的权力。而顺德公主素来喜爱红色，越是炙热鲜艳的红，她越是喜欢。所以代表着她的旗帜，便是赤红底的金丝五爪龙纹旗。

历朝历代，公主皇后，为女子者，皆用凤纹，唯独顺德公主弃凤纹不用，偏用龙纹。

其野心，可谓是连掩饰也懒得掩饰一番了。偏偏她那身为皇帝的弟弟丝毫不在意，任由这个姐姐参与朝政，甚至将势力渗入军队与国师府。

在这五爪龙纹旗飘近之时，纪云禾垂首看着地面，无聊地瞎想着这些事情，待得龙纹旗停下，后面所有的车马之声也都停了下来。

纪云禾此时才仰头往长长的队伍里一望。

鲜红的轿子艳丽得浮夸，抬轿子的人多得让人数不过来。

轿子上层层叠叠地搭着纱幔，纱幔的线约莫掺入了金银，反射着天光，耀目得逼人，令人不敢直视。

而在那光芒汇聚之处，层层纱幔之间，懒懒地躺着一个赤衣女子，她身影慵懒，微微抬起了手，似躺在那纱幔之中饮酒。

不一会儿，一个太监从队伍里走了出来，看了林昊青一眼，复而瞥了一眼纪云禾，倏尔冷笑了一声。

纪云禾也打量了他一眼，只觉这太监五官看起来有些熟悉。

"驭妖谷谷主何在？公主亲临，何以未见谷主迎接？尔等驭妖谷驭妖师，简直怠慢至极。"

太监盯着纪云禾说着这些话。

当尖厉的声音刺入耳朵，纪云禾霎时间想了起来，一个月前，便是这个太监押送着关押长意的箱子到了驭妖谷。她当时还给他脖子上贴了个禁言的符纸，想来，是回去找国师府的人拿了……

现在观他语气神色，似乎并没有忘记纪云禾，且将这笔账记得清楚。而今他又是跟着顺德公主一同前来的，想来有些难对付。

纪云禾垂头，不言不语。全当自己什么都不知道。左右这里还有个少谷主顶着。

"望公主恕罪。"林昊青躬身行礼，"谷主昨日忽发重病，人未清醒，实在难以前来迎接公主。"

"重病？"张公公疑惑，"驭妖谷谷主重病，何以未见上报？"

"此病实属突然……"

"病了？"

远远地，纱幔之中传来一声轻问。

方才傲慢的太监，瞬间像是被打了一拳一样，整个人躬了起来，立即走到后面，毕恭毕敬地站在轿子旁边："公主息怒。"

"生个病而已，本宫怒什么？"纱幔里面动了动，赤红的身影坐起身来，"本宫本想好好赏赏林谷主，毕竟驭妖谷接连满足我两个心愿，功不可没，却没想到竟是病了。"

纱幔被一双白得过分的手从里面轻轻撩开。

她一根根手指宛如葱白，指甲上皆有金丝小花点缀。

她一撩开纱幔，前面抬轿子的轿夫立即训练有素地齐齐跪下，轿子倾斜出一个正好的角度，让她从纱幔之中踏了出来。

玉足未穿鞋袜，赤脚踩在地上，而未等那脚尖落地，一旁早有侍女备上了一篮一篮的鲜花花瓣，在顺德公主的脚落地之前，花瓣便铺了厚厚一层，将地上的泥石遮掩。以至她赤脚踩在上面，也毫无感觉。

顺德公主丝毫未看身边伺候的人一眼，自顾自地走着，迈向林昊青

第十章 顺德公主

与纪云禾,而身边忙碌的侍女不过一会儿时间,便将地上铺出了一条鲜花之道。

百花的香气溢满山门前,纪云禾看着那地上被踏过的花瓣,一时间只觉得可惜。

可惜这暮春的花,用了一个冬天发芽,用了一个春天成长,最后却只落得这样的下场。

"谷中山道便不让仪仗入内了。"顺德公主摆摆手,身侧立即有侍女为她披上了一件披肩,"本宫去看看林谷主。"顺德公主瞥了林昊青一眼,未曾问过任何人,便直接道:"少谷主,带路吧。"

纪云禾垂头看着地,面上毫无波动,心里只道,这顺德公主,怕是不好应付。

纪云禾与林昊青陪着顺德公主一路从山门前行到山谷之中。

顺德公主脚下鲜花不断,厚厚地铺了一路。而前方到厉风堂林沧澜的住所还有多远,纪云禾心里是有数的。

她看着顺德公主脚下的花瓣,听着身后婢女们忙碌的声音,忽然停住了脚步。

"公主。"她开了口。

顺德公主停了下来,铺撒花瓣的婢女却没停,一路向前忙碌着,似要用花瓣将整个驭妖谷掩埋。

林昊青也转头看她,神色间有几分不悦,似不想她自作主张地说任何无关的话语。

但纪云禾忍不住了,她行了个礼,道:"驭妖谷中,先经历了青羽鸾鸟之乱,乱石散布,这些时日以来,也没来得及叫人好好打理,公主赤脚而行,便是有百花铺路,草民也忧心乱石伤了公主凤体,还请公主穿上鞋袜吧。"

顺德公主闻言,微微一挑眉,她打量纪云禾许久,没有开口,让旁人捉摸不透她在想些什么。

"你是惜花之人。"片刻后,顺德公主忽然笑道,"心善。"

纪云禾垂首不言。

在大家都以为顺德公主是夸纪云禾时,顺德公主唇边弧度倏尔一收。"可本宫不是。"点着赤红花钿的眉宇间霎时间写上了肃杀,"本宫

145

是采花的人。"她道,"本官就爱采盛放之花,偏要将天下九分艳丽都踩在脚下,还有一分,穿在身上便罢。"

她一伸手,纤细的手指,尖利的指甲,挑起了纪云禾的下巴。

她让纪云禾抬头看她。

"天下山河,有一半是我的,这百花,也是我的。你这惜花人,还是我的。"顺德公主的指甲在纪云禾脸上轻轻划过,"我不喜欢不开的花,也不喜欢多话的人。"

顺德公主的手放在纪云禾的脸颊边,顺德公主极致艳丽,如她自己所说,天下十分艳丽,九分被她踩在脚下,还有一分被她穿在了身上。而纪云禾,一袭布衣,未施脂粉,唇色还有几分泛白,整个人寡淡得紧。

一个天上的人和一个地上的人,在顺德公主抬手的这一瞬,被诡异地框进了一幅画里。

纪云禾却没有闪避目光,她直勾勾地盯着顺德公主的眼睛,不卑不亢地问:"那公主还穿鞋袜吗?"

此言一出,顺德公主眸中颜色更冷了几分,而旁边的林昊青则皱了皱眉头,身后跟着的仆从和驭妖师们皆噤若寒蝉,连喘息都害怕自己喘得太大声。

唯有纪云禾好似感觉不到这样的压力一般。她对顺德公主说:"驭妖谷中的路,崎岖难行,不好走。"

听罢纪云禾的话,林昊青眉头紧紧皱起,终于忍不住站了出来,抱拳行礼:"公主,驭妖谷偏僻,谷中驭妖师粗鄙,不识礼数,还望公主恕罪。"

顺德公主瞥了林昊青一眼:"她很有趣。"

出人意料地,顺德公主开口,却是这样一句评价,不杀也不剐,竟说纪云禾……有趣。

林昊青有点愣神。

顺德公主往旁边看了一眼,张公公会意,立即跑到长长的队伍里,不一会儿便给顺德公主取来了一套鞋袜,随即另一个太监立即跪在了地上,匍匐着,弓着背,纹丝不动。顺德公主看也没看那太监一眼,径直坐在他的背上。太监手撑在地上,稳稳妥妥,没有半分摇晃。

婢女们接过鞋袜,伺候顺德公主穿了起来。

赤红色的鞋袜,与她的衣裳正好配成一套。

第十章 顺德公主

谁也没承想，在纪云禾"冒犯"之后，顺德公主非但没生气，反而还听了她的话。众人摸不着头脑。而纪云禾心里却琢磨着，这个顺德公主从某种意义上来说，与林沧澜也很是相似。

居于上位，怒而非怒，笑而非笑，除了顺德公主自己，大概旁人永远也看不出她内心到底在想什么。

穿罢鞋袜，顺德公主站起身来，瞥了纪云禾一眼，复而继续往前走着。

一路再也无言，直至到了林沧澜的房间外。

林昊青走上台阶，敲响了林沧澜的房门，口中一丝犹疑都没有地唤着："谷主。"

纵使他和纪云禾心里都清楚，里面永远不会有人搭话。

等了片刻，林昊青面上露出为难的神色，看看顺德公主，又急切地敲了两下门："谷主，公主来看您了。"

纪云禾站在屋外阶梯下，看着林昊青表演，一言不发。

没有等到回应。林昊青道："公主，家父着实病重……"

"林谷主怎生忽然病得如此严重？上月与朝廷的信中，也并未提及此事。"顺德公主说着，迈步踏上了阶梯。眼看着便是要直接往屋内去了。

纪云禾依旧垂首站在阶梯下，面上毫无表情，而手却在身侧衣袖中微微握紧。

顺德公主走到门边，林昊青站在一旁，他神色尚且沉着，不见丝毫惊乱："公主可是要入内？"

未等他话说完，顺德公主一把推开了房门。

纪云禾微微屏气。

顺德公主站在门边，往屋内一望。

纪云禾大概知道，从她的视角看进去会看见什么。

门口的屏风昨日染了血，纪云禾让林昊青将它挪走了，里屋与外间之间的竹帘昨日被纪云禾刺破，今早他们也处理掉了。所以顺德公主的目光不会有任何遮挡，她会直接看见"躺"在床上的林沧澜。

林沧澜盖着被子，只露出半张闭着眼睛的脸。

他将与重病无异，唯一不一样的是他没有呼吸，只要顺德公主不走近，不拉开那床被子，她便看不到林沧澜脖子上那血肉翻飞的恐怖伤口……

顺德公主在门边打量着屋内，此时，一直在旁边的张公公却倏尔开口："公主，公主。"他谄媚至极，所以此时也显得有些心急，"公主舟车劳顿，且小心，莫要染了病气！"

　　顺德公主转头看了张公公一眼："嗯。"她应了一声，又往屋里扫了一眼，复而转身离开了门边。

　　林昊青没有急着将房门关上，一直敞着门扉，任由外面的人探看打量。

　　纪云禾缓缓呼出了刚才一直憋着的气息。她也看向一旁谄笑着去搀扶顺德公主的张公公。

　　纪云禾此时只想和张公公道歉，想和他说，张公公，您真是一个好公公，一个月前给您贴了一张哑巴符，真是我的过错，抱歉了。

　　"好了。"顺德公主走下了阶梯，道，"林谷主既然病重，便也不打扰他了，我此次前来，是为了看看鲛人。"

　　顺德公主此言一出，纪云禾方才放下的心倏尔又提了起来。

　　顺德公主转头问林昊青："鲛人，在哪儿？"

　　林昊青关上了林沧澜房间的房门，听得顺德公主问及鲛人，直言道："先前青羽鸾鸟扰乱我驭妖谷，致使关押鲛人的地牢陷落，而今他已被转移到我驭妖谷关押妖怪的另一个牢中，只是那囚牢未必有先前的地牢安全……"

　　顺德公主笑着打断林昊青："本官只问，鲛人在哪儿？"

　　林昊青默了一瞬，随即垂头领路："公主，请随草民来。"

　　一行人从厉风堂又浩浩荡荡地行到关押长意的囚牢外。

　　纪云禾走到牢外时，脚步忍不住顿了一下，直到身后的人撞过她的肩头，她才深吸一口气，迈步上前。

　　她从未觉得，来见长意有今日这般沉重忐忑的心境。

　　但她必须去，因为，她是在场唯一能为长意想办法的人。

　　纪云禾跟着人群，入了囚牢。

　　牢中，侍从们已经给顺德公主摆好了座椅。她坐在囚牢前，看着牢中已经被开尾的长意，露出了满意的微笑。

　　而长意看着顺德公主，眼神之中写满了疏离与敌意。他站在牢笼之中，一言不发，宛如刚被送到驭妖谷来的那一日。他是牢中的妖，而他们是牢外的人，他们之间隔着栅栏，便是隔着水火不容的深仇大恨。

第十章 顺德公主

他厌恶顺德公主。

纪云禾那么清晰地感觉到,长意对于人类的鄙夷与憎恶,都来自面前这个践踏了天下九分艳丽的女子。

他与她是本质的不同,顺德公主认为天下河山是属于她的。而长意则认为,他是属于这渺茫天地的,没有任何人有资格和能力,拥有这苍茫山河。

而当纪云禾踏入囚牢的一瞬,长意的目光便从顺德公主身上挪开了。

他看了眼纪云禾,眉头微微一皱,目中带着清晰可见的担忧。

是了,昨夜仓皇,她毒发而去,根本没有来得及和长意解释她到底怎么了。这条大尾巴鱼……在牢中一定担心了很久吧。

思及此,纪云禾只觉心头一暖,但看着他面前的牢笼,又觉得心尖一酸。

"少谷主,你给这鲛人开的尾,委实不错。"顺德公主的话打断了纪云禾的思绪,再次将所有人的目光都揽到了她身上,"只可惜这世间并无双全法,本宫要了他的腿,便再也看不到那条漂亮的鱼尾巴。"她叹了口气,她打量着长意,宛如在欣赏一件心爱的玩物,"不过,少谷主还是该赏。本宫喜欢他的腿,胜过鱼尾。"

纪云禾闻言,倏尔想到那日夜里,这牢中的遍地鲜血和长意惨白到几无人色的脸。

那些痛不欲生,那些生死一线,在顺德公主口中,却只成了这么轻飘飘的一句——她喜欢。

她的喜欢,可真是好生金贵。

纪云禾的拳头忍不住紧紧地攥了起来。

而林昊青并无纪云禾这般的想法,他毫无负担地行礼叩谢:"谢公主。"

"来,让鲛人开口给本宫说一句讨喜的话。"顺德公主又下了令。

而这次,牢中却陷入了一片诡异的死寂之中。林昊青瞥了纪云禾一眼,但见纪云禾站在一旁,并无动作,林昊青便走到囚牢边,盯着长意道:"鲛人,开口。"

长意连看也未看林昊青一眼。

牢中沉寂。顺德公主没有着急,她勾了勾手指,旁边立即有人给她奉上了一个小玉壶,她仰头就着玉壶的壶嘴饮了一口酒。

方才顺德公主开心时那愉悦的气氛,霎时间便凝固了。

149

给顺德公主奉酒的小太监眼珠子都不敢乱转一下，连谄媚的张公公也乖乖地站在一边，看着面前的一寸地，宛如一尊入定的佛。

过了许久，顺德公主终于饮完了小玉壶中的酒，她没有把玉壶递给奉酒的小太监，而是随手一扔，玉壶摔在牢中石子上，立即被磕裂开来。

奉酒的小太监立即跪了下去，额头贴着地，浑身微微颤抖着。

"驭妖谷中哪位驭妖师教会鲛人说话的？"顺德公主终于开了口，她看似温和地笑着，轻声问着林昊青，"本官隐约记得报上来的名字，不是少谷主。"

场面一时静默。

纪云禾从人群中走了出去。

她背脊挺直，站到了顺德公主面前。

长意的目光霎时间便凝在了纪云禾的后背上。

"是我。"

顺德公主看着纪云禾，一字一句地开口道："本官要鲛人，口吐人言。"

纪云禾没有回头看长意，只对顺德公主道："公主，我不强迫他。"

此言一出，众人静默着，却都不由得看了纪云禾一眼。有人惊讶，有人惊惧，有人困惑不解。

而长意则有几分愣怔。

顺德公主微微眯起了眼睛，她歪着脑袋，左右打量了纪云禾两遍。"好。"顺德公主望了旁边的张公公一眼，"他们驭妖谷不是有条赤尾鞭吗？拿来。"

"备着了。"

张公公话音一落，旁边另有一个婢女奉上了一条赤红色的鞭子。

顺德公主接过赤尾鞭，看了看，随即像扔那玉壶一样，随手将赤尾鞭往地上一扔。

"少谷主。"顺德公主指了指赤尾鞭。

林昊青便只好上前，将赤尾鞭捡了起来。

"此前，本官给你们驭妖谷的信件中是如何写的，少谷主可还记得？"

"记得。"

"那你便一条一条地告诉这位……护法。"顺德公主盯着纪云禾，"本官的愿望是什么？说一条，鞭一次，本官怕护法又忘了。"

第十章 顺德公主

林昊青握着鞭子,走到了纪云禾身后。

他看着还站得笔直的纪云禾,微微一咬牙。他一脚踹在纪云禾的膝弯上。

纪云禾被迫跪下。

昨日夜里,他这般救了她一命,今日,同样的动作,却已经是全然不同的情况。

林昊青握住赤尾鞭,他心中对纪云禾是全然不理解的。

这种时候,她到底是为什么坚持。

让鲛人说一句话,难道会痛过让她再挨上几道赤尾鞭吗?她背上的伤口,痂都还没掉吧。

"顺德公主,其愿有三。"林昊青压住自己所有的情绪,看着纪云禾的后背,说道,"一愿鲛人,口吐人言。"

"啪"的一声,伴随着林昊青的话音落下,赤尾鞭也落在纪云禾的后背之上。

一鞭下去,连皮带肉撕了一块下来,后背衣服被赤尾鞭抽开。纪云禾背上狰狞的伤口,在长意面前陡然出现。

长意双目微瞪。

"二愿鲛人,化尾为腿!"

"啪!"又是一鞭,狠狠抽下。

林昊青紧紧地握住鞭子,而纪云禾则紧紧握住拳头,她和之前一样,咬牙忍住所有的血与痛,通通咽进肚子里。

林昊青看着这样的纪云禾,心头却不知为何竟然倏尔起了一股怒火。

她总是在不该坚持的时候坚持,平日里妥协也做,算计也有,但总是在这种时刻,明明有更轻松的方式,她却总要逞强,将所有的血都咬牙吞下。

而这样的纪云禾越是坚持,便越是让林昊青……

嫉妒。

他嫉妒纪云禾的坚持,嫉妒她的逞强,嫉妒她总是在这种时候,衬得他的内心……事到如今,已经肮脏得那么不堪。

她的坚持,让林昊青,自我厌恶。

"三愿鲛人,永无叛逆!"

第三鞭抽下。

151

林昊青握住赤尾鞭的手指关节用力到惨白。

而长意的脸色比林昊青的更难看。那素来澄澈温柔的双眼，此时宛如将要来一场暴风雨，显得混浊而阴暗。

他盯着坐在囚牢正中的顺德公主，听顺德公主对纪云禾说："现在，你能不能强迫他？"

"不能。"

还是这个回答，简单、利落，又无比坚定。

顺德公主笑了笑："好，他不说本宫想听的话，你也不说。依本宫看你这舌头留着也无甚用处。"顺德公主神色陡然一冷，"给她割了。"

"你要听什么？"

长意终于……开了口。

清冷的声音并未高声，但传入了每个人的耳朵。

黑暗的囚牢中，再次安静下来。

顺德公主的目光终于从纪云禾身上挪开，望向囚牢中的鲛人。

纪云禾也听到了这个声音，她没有回头去看长意，她只是微微地垂下了头，在挨赤尾鞭时毫不示弱的纪云禾，此时肩膀却微微颤抖了起来。

别人看不见，而林昊青站在纪云禾背后却看得很清楚。

也是在纪云禾这微微颤抖的肩膀上，林昊青时隔多年才恍然发现，她的肩膀其实很单薄，如同寻常女子一样，纤细、瘦弱，宛如一对蝴蝶的翅膀……

可这只蝴蝶总是昂首告诉他，她要飞过沧海，于是他便将她当作扶摇而上的大鹏，却忘了她本来的纤弱，她的无能为力，她的无可奈何。

而这些这么多年未曾在纪云禾身上见过的情绪，此时却因为一个鲛人，终于显露了分毫。

仅仅是怜惜鲛人那微不足道的尊严吗？

思及纪云禾这段时日对鲛人的所作所为，林昊青不由得握紧了手上的赤尾鞭，转头去看牢中的长意。

纪云禾对这鲛人……

"放她走，你要听我说什么，"长意看着顺德公主，再次开了口，"我说。"

"嗯，声音悦耳。"顺德公主眯眼看着长意，像是十分享受，"都道鲛人歌声乃是天下一绝。"顺德公主道，"便为本宫，唱首歌吧。"

第十章 顺德公主

此言一出，跪在地上的纪云禾倏尔五指收紧。

玩物。

顺德公主的言语，便是这样告诉纪云禾的。

长意是她的玩物，而其他人，便都是她的奴仆。

可打，可杀，可割舌，可剜目。

万里山河是她的，天下苍生也是她的。

牢中，在短暂的沉寂之后，鲛人的歌声倏尔传了出来。歌声悠扬，醉人醉心。

纪云禾在听到这歌时，却倏尔愣住了。

这首歌……她听过。

只听过一次，便难以忘怀。且怎么可能忘怀，这样的曲调与歌声，本就不该属于这个人世。

这歌声霎时间便将纪云禾带回了过去。在那残破的十方阵中，纪云禾假扮无常圣者，度化了青羽鸾鸟的附妖，在附妖翩翩起舞，化成九重天上的飞灰之时，长意和着她的舞，唱了这首歌。

在纪云禾拉着长意一同跳入那水潭中后，纪云禾问过长意，她问他唱的是什么，长意告诉过她，这是他们鲛人的歌，是在……赞颂自由。

当时的纪云禾满心以为，她渴求的自由近在眼前了，那时曲调在她心中回响时，只觉畅快。

而此时，曲调在耳边回荡，纪云禾听着，却莫名觉得悲壮。

他失去了尾巴，被囚在牢中，但他依旧在赞颂自由。

顺德公主让他唱歌给她听，纪云禾却知道，长意不是唱给顺德公主听，他在唱给纪云禾听。

纪云禾闭上了眼睛，不看这满室难堪，不理这心头野草般疯长的苍凉与悲愤。她只是安静地，好好地将这首歌听完。

歌唱罢，满室沉寂。

似乎连人的呼吸都已经消失了。地牢之中的污浊、杀伐，好像尽数被洗涤干净了。

时间仿佛在这瞬间静止了，连顺德公主也没有打破。

直到长意向前迈了一步，走到了牢笼边，说："放了她。"

所有人在这一瞬间才被惊醒，所有人第一时间便先换了一口气，顺德公主看着牢中的鲛人，艳丽妆容下的目光盯着长意，写满了志在必得:"本官也没囚禁她。"

顺德公主往旁边看了一眼。张公公立即上前将林昊青手中的赤尾鞭收了回来。

"本官的愿望,驭妖谷完成得不错。本官很满意。"顺德公主站了起来,她一动,背后的仆从们便立即像活过来了一样,鞍前马后地伺候起来,"不过本官也不想等太久了。"顺德公主转头,看了纪云禾与林昊青一眼。

"给你们最后十日。本官不想还要到这儿,才能看到听话的他。"

留下最后一句话,顺德公主迈步离开,再无任何停留。

所有的人都跟着她鱼贯而出,林昊青看了纪云禾一眼,又望了望牢中的鲛人,到底是什么也没说,转身离开了。

不一会儿,牢中又只剩下了纪云禾与长意两人,与往日一样地安静,却是与往日全然不一样的气氛。

纪云禾自始至终都跪在地上,没有起身。

过了许久,直到长意唤了她的名字:"云禾。"

纪云禾依旧没有回头。

可她抬起了手,她背对着长意,只手捂着脸。

纪云禾的呼吸声急促了些许,她在控制自己的情绪,拼命地压抑那些愤怒、不甘和对这人间的憎恶以及埋怨。

长意静静地看着她的背影,等了片刻,纪云禾终于放下了手,像是下了某种决心,她没有在地上多待片刻,立即站了起来,将脸一抹,回头看向长意。

她眼眶微红,但表情却已经彻底控制住了。

她几步迈向牢笼边,隔着牢笼,坚定地看着长意,再不提方才任何事,径直开门见山地问:"长意,你虽被开尾,但你的妖力并未消失,对不对?"

长意沉默。

"十日,我会给你带来一些丹药,你努力恢复身体,这牢中黄符困不住你。"

"你想做什么?"长意也沉静地看着她,清晰地问她。

纪云禾敞亮地回答:"我想让你走。"

这个牢笼不比之前的地牢,这里远没有那么坚固。

长意之前刚从大国师那边被运来驭妖谷时,尚且能撼动原来的地牢

第十章 顺德公主

一二,更何况这里。而且,驭妖谷的十方阵已破,林沧澜已死,长意妖力仍在,他要逃不是问题。

或者,对长意来说,他现在就可以离开。

他只是……

"我走了,你怎么办?"

长意问她,而这个问题,纪云禾想的一模一样。

他只是在顾虑她。

在离开十方阵,落到厉风堂后面的池塘的时候,他或许就可以走。但他没有走,因为他在"拼死护她"。

被关到这个地牢里,林昊青让他开尾,他心甘情愿地开了。因为他也在"拼死护她"。

及至今日,顺德公主让他说话,他可以不说,但他还是放下了骄傲,说了。

因为他也在"拼死护她"。

他不走,不是不能走,而是因为他想带她一起走。

纪云禾闭眼,忍住眼中酸涩。

将心头那些感性的情绪抹去,她直视长意澄澈的双眼,告诉他:

"长意,我很久之前就一直过着这样的生活,所以我总是期待着,之后过不一样的生活。我反抗、不屈、争夺,我要对得起我闻过的每一朵花,对得起吃过的每一口饭!我想活下去,想更痛快地活下去!但如果最后我也得不到我想要的,那这就是我的命。你明白吗,长意,这是我的命!"

她顿了顿,道:"但这不是你的命。"

她认识了长意。长意让她见到了世间最纯粹的灵魂,而她不想耽误或拖累这样的灵魂。她不想让这样的灵魂搁浅,沉没。

"你得离开。"

听了纪云禾这段有些歇斯底里的话,长意的回答依旧很温柔。

他说:"我不会离开。"

一如他此时的目光,温柔而固执。让纪云禾裹了一层又一层坚冰的心,再次为之颤抖,消融。

第十一章

谋划

你不愿我再受人世折磨。
而我更不愿你，再在人世浮沉。

顺德公主走了。

那来时铺了一路的百花花瓣没过半天，便枯萎腐坏，花香变成了腐朽的臭味。暮春的天气，一场暖雨一下，整个驭妖谷蚊虫肆虐，弄得众人苦不堪言。

林沧澜的尸体再也藏不住了，林昊青没过多久，便宣布了林沧澜的死讯。

消息一出，整个驭妖谷都震惊了，所有人都猝不及防，对驭妖谷的很多驭妖师来说，林沧澜不是一个目光阴鸷的老狐狸，而是一个为驭妖谷付出一生心血的老者。

他们视林沧澜为驭妖谷的象征。所以即便林沧澜老了，身体虚弱了，也开始给自己寻找下一任继承者了，但大家还是尊敬他，并且相信他会一直都在。

甚至连纪云禾都认为，这个老狐狸不会那么容易就死掉。

但他就是死了。

林昊青说他病故，但拒绝所有人探看林沧澜的尸身，直接在深夜里

第十一章 谋划

一把火将林沧澜的尸身烧了。

纪云禾认为这不是一个聪明的做法,但她也想不到更好的办法了。

林沧澜脖子上的伤口那么明显地诉说着他的死因,只有一把火烧了,将真相都烧成灰烬,剩下的,就只能任由活人评说了。

许多人都不相信林昊青。

驭妖谷的长老们开始寻找卿舒,谷主的妖仆此生只忠于谷主一人,他们在此时相信一个毕生嫌弃的妖怪,更胜过相信谷主的血脉。

但怎么可能找到卿舒?

谷主突然病故,妖仆消失无踪,就算林昊青再如何强辩,也压不住谷内流言滚滚。

而这些都是林昊青的麻烦,纪云禾并没有过多地关心。她本来对谷主之位就不感兴趣,林昊青想要的和她想要的,在没有外力压迫的情况下,本就大相径庭。

她待在自己的小院里,每天只为一件事情发愁。

不是愁下月的解药,也不是愁顺德公主关于驯服鲛人的最后期限。

她只愁没办法说服长意,让他自己离开。

打顺德公主走的那天起,纪云禾便没再去过牢里,她不再去刻意加深两人之间的联系,她想让长意渐渐淡忘她。纪云禾这个心愿强烈到甚至有时候做梦都梦到长意从牢里逃了出来。

他推开她的房门,告诉她:"纪云禾,我想明白了,你过你的生活,我过我的生活,我要回大海了,我不在这里待了。"

然后纪云禾便欣喜若狂地给他鼓掌,一路欢送,陪他到山门,挥挥手送他离开。

她看着长意渐行渐远的背影无半分留恋,甚至带着满心的雀跃。

但早上太阳照入房间里,纪云禾从床上醒来时,长意还是没有来找她。

"我不会离开。"

他说得那么坚定,不打算被任何人左右。

到底要怎么做,才能赶他走呢……

纪云禾全心全意地思考着这个问题,直到驭妖谷的长老们来找她。

驭妖谷两个资历最老的长老。

年迈的他们不是驭妖谷中能力最强的,甚至或许还没有瞿晓星厉害,但他们是驭妖谷中年纪最长的。在林沧澜突然去世之后,依照驭妖谷的规矩,应该由长老们来主持新谷主的上任仪式。但他们丝毫没有做这件事情的打算。

大长老见了纪云禾,开门见山便道:"我们怀疑,是少谷主对谷主动的手。"

纪云禾心道:对,你们的怀疑丝毫没错。

但她什么都没说,只不动声色地喝着茶。

"顺德公主来我驭妖谷那日,有驭妖师前去请谷主,据那驭妖师说,在谷主房间里应话的便是少谷主。"

是的,房间里还有她。

纪云禾继续喝着茶。

"而后,顺德公主一走,少谷主便宣布谷主重病身亡。"二长老接了话,"他甚至不许任何人探看尸身,直接将尸身烧掉。其所作所为,委实诡异。"

"所以,二位长老来找我,是想让我代表大家站出来指责少谷主?"

两位长老相视一眼,道:"我们想让你当谷主。"

纪云禾放下茶杯,手指在杯沿滑了一圈。"何必呢?"纪云禾终于转头,看向两位长老,"驭妖谷只有这般大小,都是困兽,谁做兽王,有什么不一样吗?"

她和林昊青,一个杀了林沧澜,一个杀了卿舒,是一丘之貉。

纪云禾笑道:"你们怀疑林昊青大逆不道,万一我也差不多呢?"

似乎万万没想到纪云禾竟然会这般回答,两位长老皆是一愣。

"虽然我等如今被困于这一隅,但我等绝不奉弑父之人为主。护法,谷主在世之时便说过,谁有能力满足顺德公主的三个愿望,谁便是驭妖谷谷主,而今,谷中之人皆知鲛人待你如何,你若悉心对待,让鲛人心甘情愿地去侍奉顺德公主,并非不可……"

"好了。"听罢长老的话,纪云禾猛地站起身来,"长老们安排自己的事就可以了,我的事,不劳大家费心。"

纪云禾神色陡然冷了下来,两个长老见状,皆是皱眉不悦:"纪云禾,我等念在你这些年为驭妖谷贡献不少,方才如此规劝于你,这机会,他人便是求也求不来。你如今却是什么意思?"

纪云禾默了片刻,眸中带着几分薄凉看着长老:"没什么意思,不

第十一章 谋划

想陪你们玩了而已。"

纪云禾觉得累了。

争得累了，斗得累了，顺德公主走了，她除了想让长意离开，便也没有其他的愿望了。

或许她的命真的就是如此吧，离不开这驭妖谷，也逃不掉宿命的枷锁。

她不争了，不抢了，也不去斗了，送走长意，她这还剩一个月的命，该如何就如何吧。

见纪云禾如此，两位长老气愤又无可奈何，只气冲冲地留下一句："谷主这些年，真是白白栽培了你。"便起身离开。

纪云禾唇角微微勾出一个讽刺的微笑："可真是多谢谷主栽培了。"

目送两位长老离去，纪云禾又坐了下来，继续喝着自己的茶，思考着如何将长意送走。

忽然间，纪云禾身边清风微微一动，她一抬头，洛锦桑已经坐在了她的对面，身影从透明慢慢变为实质，她气喘吁吁地坐下，也不跟纪云禾客气，猛地仰头灌了一壶茶，道："哎，急着赶回来，可累死我了。"

纪云禾瞥了她一眼："还知道回来啊？空明和尚没事了？"

"哼！别提那个死秃子，我急匆匆地赶去救他，他还嫌弃我，说我碍手碍脚，不管他了，让他自己蹦跶去。"洛锦桑对着纪云禾扬起了一个大大的微笑，"我回来帮你偷药，不过，听说林沧澜死了，我走的这段时间到底发生了啥？刚才那两个老头来找你做什么？"

想想洛锦桑不在的这几天，纪云禾笑了笑："找我去当新的谷主。"

"啊？好事啊！你答应了吗？"

"没有。"

"为什么？"

"不想再掺和了。"

"可是你不是想救那个鲛人吗？你当了谷主，不正好可以正大光明地放了那个鲛人吗？"

洛锦桑想事情想得简单，她这话却提点到了纪云禾。就算做了谷主，也没有办法正大光明地放走鲛人，但是想要把鲛人带出驭妖谷，现下却是可以正大光明地去做的。

纪云禾戳了一下洛锦桑的眉心："你也不算毫无用处。"

她站起来便要走,洛锦桑连忙喊她:"茶还没喝完呢,你去哪儿啊?"

"找林昊青。"

纪云禾赶到林昊青房间外时,外面正巧围了一圈长老。

众人面色凝重,大家均看着屋中,而屋中也传来了阵阵质问之声。

"为何不顾我等请求!私自烧了谷主尸身!"

"少谷主可是想隐瞒什么!"

纪云禾听罢,眉梢一挑,原来这些长老一拨去她院里想要说服她当谷主,一拨却是到这里来找林昊青了……

纪云禾拨开身前挡着的长老们,迈步踏进了林昊青的房间,众人但见她来,心里各自盘算着,让开了一条道来,让纪云禾顺畅地走到了里屋。

她一来,屋中霎时间便安静了些许。

林昊青转头看了纪云禾一眼,在众人的逼问下,他神色并不好,放在桌上的手紧握着笔,而笔尖的墨已经在宣纸上晕染了一大片墨痕。

他看纪云禾的眼神带着些许嘲讽,那眼中仿佛挂着一句话——你也是来逼宫的吗?

纪云禾没有回避他的眼神,也没有多余的废话,径直抱拳行了个礼:"谷主。"

林昊青一愣。

周围所有的人都是一愣。

纪云禾行礼叫的是"谷主",而非"少谷主"。

她竟是直接在众人面前表明了态度,要臣服于林昊青!

有长老立即斥道:"而今谷主继位仪式尚且未成,护法如此称呼,不合礼数!"

"那怎么才合礼数?"纪云禾转头,径直盯着那发问的长老,"称您为谷主,可合礼数?"长老面色微微一变,纪云禾接着笑道:"谷主病重,顺德公主到来之际,少谷主带我等面见公主,便是代了谷主行事。公主离去,谷主离世,少谷主身份在此,继位何须那仪式?这不是顺理成章之事?我称他一句谷主,有何过错?"

"这……"这个长老闭口不言,另一位又开了口道:"谷主离奇身死,真相未明,岂可如此草率立新主?"

第十一章 谋划

"真相既然未明,不正应该赶紧册立新主,彻查此事吗?先谷主身死,谷主身为人子,岂会不悲痛?还有谁比他更想查明真相?你们如此阻碍他,可是另有图谋?"

纪云禾此话一出,众人皆惊,长老们面面相觑,再无人多言。

且见纪云禾都如此,他们一时间也没了主意,默了片刻,皆是拂袖而去。

不一会儿,林昊青的房间便只剩下他们二人。

纪云禾将林昊青的房门关上,再次入了里屋,搬了把椅子,坐到了林昊青书桌对面,一笑:"这么多年,这口舌倒也没有白练,还算有点用处,对吧?"

林昊青看着她,纪云禾如今这神情,让他恍惚间想起了那个在驭妖谷花海之中畅快大笑的少女。

她会戴着他送她的花环,问他:"昊青哥哥,你看我好不好看?"

林昊青思及过去,神色微微柔和了些许,他应道:"对,这副口舌甚是厉害。不过……"他顿了顿,"护法今日怎生这般好心?"

"不,我并不好心,我帮了你,是想让你帮我。"她直接开口,"谷主。"

林昊青放下了手中的笔,将桌上被墨染开的宣纸揉作一团:"我不可能放了鲛人。你见过顺德公主看鲛人的眼神。"

提到此事,纪云禾脸上的笑容敛了起来。

"放了他,整个驭妖谷都要陪葬。"林昊青抬头看纪云禾,"这些人和我虽算不得什么好人,但我不想死,他们也不该就这般死掉。"

"我没有让你直接放了鲛人。"纪云禾道,"我只是想让你帮我一个忙。"

"什么忙?"

"我要你以谷主的名义,命令我送鲛人去京师。"

林昊青眉梢一挑:"你想做什么?"

"鲛人固执,他把我当朋友,所以现在便是你放他走,他也不会走。"

"哦?"

"你不信?你见过他初来驭妖谷时的力量。他虽是被你开了尾,妖力有损,但若他拼死一搏,你当真以为他走不掉?"

林昊青沉默。

纪云禾无奈一笑,摇了摇头:"这个鲛人,是不是很蠢?"

"所以，你又想为这个鲛人做什么蠢事？"

"我要骗他。"纪云禾道，"我要骗他说，碍于顺德公主的命令，我必须带他去京师，他不会拒绝。我要带着他离开驭妖谷。"

林昊青眉梢一挑："你带着他离开驭妖谷，然后想要跑掉？你以为这样，就不会牵连驭妖谷？"

"不。我要你上报朝廷，让朝廷派人来接鲛人，同时任命我为此次护送鲛人入京的长官，从驭妖谷到京师，约莫有一日半的路程。我带着鲛人离开驭妖谷一日后，入了夜，会把鲛人单独关在一个营帐里，到时候我要你出谷来，告诉鲛人一些事。"

"什么事？"

"我要你和他说，我纪云禾，从遇到他的那一刻开始，所作所为，所行所言，皆有图谋。我对他好是假，许真心待他是假，我做的所有事，都是为了此刻将他送上京师。我还要你告诉他，就算是前日顺德公主在牢中的那些举动，也不过是我在他面前表演的苦肉计。我要你，真真切切地骗他。"

纪云禾越说，神情越是轻松。她好像非常得意，她终于想到了一个完美的放走鲛人的办法。

"这条鱼，最讨厌别人骗他。到时候你打开牢笼，让他走。然后回到驭妖谷，等顺德公主责难，朝廷追责，你就把我供出去，我是护送鲛人入京的人，而陪伴我的是朝廷的人，她的怒火，或许会殃及驭妖谷，但该死的人只会是我。"

纪云禾说完，扬起了一个得意的笑："怎么样？"

林昊青听罢，脸色却比方才更加难看。

"你不要命了？"

"林昊青，你找到解药了吗？"纪云禾反问他。

林昊青沉默。

"所以，我的命本来就只有这一个月了。"她往椅背上一靠，显得轻松自然，甚至有几分慵懒，她好像不是在说自己只有一个月的生命了，她好像是在说：你看，我马上就要获得永远的自由了。

她也确实是这样和林昊青说的。

"与其在这驭妖谷中空耗，碍着你的眼，碍着长老们的眼，不如让我去外面走上一日，得一日自由。到时候便是被挫骨扬灰，我这一生，

第十一章 谋划

也不算白白来过。"

到时候,林昊青得到了他想要的,长意也可重回大海。

而她……

终于能坦然面对自己的宿命。

面对纪云禾的这一番话,林昊青久久未能言语。

他沉默地看着纪云禾,这时屋外阳光正好,照进屋里的时候,让时光变得有些偏差,他好似又看到面前这个女子长出了蝴蝶翅膀,她又在和他说,我又要出发啦,我这次一定会飞过那片沧海。

固执得让人发笑,又真挚得让人热泪盈眶。

"为什么?"过了良久,林昊青终于开了口,这三个字好似没有由头,让人无从作答,但纪云禾很快便回答了他。

"我心疼他。"阳光斜照在纪云禾身上,将她的眸光照得有些迷离,她身上好似同时拥有了尖锐和温柔,她说,"我最终也未获得的自由,我希望他能失而复得。如果我的生命还有价值,那我希望用在他身上。"

林昊青微微有些失神地望着纪云禾。

时隔多年,走到现在,林昊青终于变成了那个只在乎自己的人。

而纪云禾却想要用自己的生命,去换取另一个人的自由。

时光翩跹,命运轮转,他们到底是在各自的选择中,变成了不一样的两种人。

谈不上对错,论不清是非,只是回首一望,徒留一地狼藉,满目荒凉。

纪云禾从椅子上站了起来,惊醒了恍惚梦一场的林昊青。

"怎么样,谷主?"她微微笑着问他,"就当是我的遗愿,看在这么多年纠葛的分儿上,送我一程呗。"

林昊青沉默了很久,在驭妖谷暮春的暖阳中,他看着纪云禾的笑脸,也勾了勾唇角。

"好。"

"多谢。"

没有再多的言语,纪云禾利落地转身。

"纪云禾。"

纪云禾微微侧过头。

"你打算什么时候走?"

纪云禾沉思了片刻,"今日你便写信给朝廷吧,让他们派人来接我们,算算时间,三日后就该启程了。"纪云禾笑道,"正好,还可以看你坐上驭妖谷谷主之位。"

林昊青垂下了头:"走吧,我现在便帮你写信。"

纪云禾摆摆手,走入了屋外的阳光之中。

她回了小院,洛锦桑还在院子里坐着喝茶,纪云禾告诉她:"锦桑,你这次回来,真是给我出了一个好主意。"

"什么?林昊青答应把谷主之位让给你啦?你可以放鲛人走了?"

纪云禾笑笑:"对,三天后,我就可以带鲛人走了,你先出谷,到外面去找你的空明和尚,如果能打听到雪三月的消息就更好了。你和他们会合,然后在外面等等我。"

"哎?你拿到谷主之位,不做谷主,是要带着鲛人跑路啊?"

"对。"纪云禾把茶杯和茶壶递给她,"这套茶具用了这么多年,我还挺喜欢的,你先帮我带出去,自己用着,回头我去找你拿。"

洛锦桑一听,立即应了:"好嘞。终于大业有望了!"

纪云禾笑着看她:"你快出谷吧。"

"嗯,好。那我先走了,你大概什么时候能成事?"

"大概……十天之后吧。"

洛锦桑隐了身,带着纪云禾的茶具叮叮当当地走了。目送洛锦桑走远,纪云禾看了眼已经开始往下沉的夕阳,她深吸一口气,转身往囚禁长意的牢中而去。

纪云禾走入牢中时,长意正在自己和自己下棋。

棋盘是她之前和他一起在地牢里画的,棋子是她拿来的,她教长意玩了几局,长意没有心计,总是下不过她,却也不生气。他很有耐心,一遍又一遍地吸取失败的教训,是一个再乖不过的好学生。

纪云禾走进地牢,长意转头看她,眸光沉静,没有半分怨气,似乎这几日纪云禾的避而不见根本不存在一样。

他对纪云禾道:"我自己与自己对弈了几局,我进步很大。"

这个学生,丝毫不吝惜夸奖自己。

纪云禾笑着打开了牢门,走了进去:"是吗,那我们下一局。"

长意将棋子收回棋盒,将白色的棋盒递给了纪云禾,纪云禾接过。两人心照不宣地都没有再提那日顺德公主之事,也没有提纪云禾的狼狈

第十一章 谋划

以及她情绪的崩溃。

他们安安静静地对弈了一局。这一局棋下完，已是半夜。

长意还是输了，可他"存活"的时间，却比之前每一次都要久。

"确实进步了。"纪云禾承认他的实力。

长意看着棋盘，尚且在沉思："这一步走错了，之后便是步步错，无力回天。"

纪云禾静静等着他将败局研究透彻了，总结出自己失败的原因，然后才看着他，开口道："长意，我想……让你帮个忙。"

长意抬头看她，清澈的蓝色眼瞳清晰地映着纪云禾的身影。

而在这样的目光注视下，纵使纪云禾来之前已经给自己做了无数的暗示和心理准备，到了这一刻，她还是迟疑了。

她迟疑着，要不要欺骗他，也犹豫着，自己接下来要说的话，会不会伤害他。

但世间总是如此，难有双全之法。

"长意，"纪云禾平静地看着他的眼睛，神色沉稳道，"你愿意……去京师，侍奉顺德公主左右吗？"

长意静静地看着纪云禾，眼神毫不躲避："你希望我去？"

"对，我希望你去。"

长意垂了眼眸，看着地上惨败的棋局。

地牢石板上刻着的简陋棋盘上，棋子遍布，他颇有耐心地一颗一颗将它们捡回去，白的归白，黑的归黑。一边有条有理地捡着，一边丝毫不乱地答着。

"你希望，我便去。"

纪云禾早就猜到长意会怎么回答，而坐在这幽暗牢笼间，听着这平淡如水的回答，在棋子清脆的撞击声中，纪云禾还是忍不住心尖震颤。

她看着沉默的长意，只觉心间五味杂陈，而所有汹涌的情绪，最终都止于眼中。

"长意，"她嘴角勾了起来，"你真的太温柔了。"

长意捡了所有的棋子，抬眼看纪云禾。

"我不愿你再受这人世折磨。"

"多谢你。"

纪云禾站起身来，她背过身去，说："明日，我再来看你。"

她快步走出牢中,脚步一刻也未敢停歇,她一直走,一直走,一直走到了荒凉的花海深处,再无人声,才停了下来。

此时此刻星河漫天,她仰头望着浩渺星空,紧紧咬着牙关,最后抬手狠狠地在自己心口捶了两拳,用力打得自己弓起了背。

你不愿我再受人世折磨。

而我更不愿你,再在人世浮沉。

所以,抱歉,长意。

同时,也那么感谢,三生有幸得见你……

第十二章 离谷

"人间真的很荒唐。"

接下来的两天,纪云禾在驭妖谷过得还算平静。

她看着林昊青坐上了驭妖谷谷主的位置。

是日天气正好,阳光遍洒整个驭妖谷,暮春初夏的暖风徐徐,吹得人有几分迷醉。

林昊青在尚未修葺完成的厉风堂里,身着一袭黑袍,一步一步走向那厉风堂最高之处的座位。厉风堂外的微风吹进殿来,撩动他的衣袍以及额前的头发。

他走到了主位前,却并没有立即转过身来。他在那椅子前站着,静默了片刻。

一路坎坷,仓皇难堪,叛逆弑父,他终于走到了这一步。此时此刻,纪云禾很难去揣度林昊青心中的念头与情绪。她只是静静地站在她平日里该站的位置,看着他。

直到身后传来其他驭妖师细碎的议论声,林昊青才转过身来,衣袍转动间,他坐了下去。

落座那一刻,纪云禾率先单膝跪地,颔首行礼:"谷主万安。"

身后驭妖师们的声音便也慢慢地消失了,他们陆陆续续地跪了下去。

"谷主万安。"

声声行礼之声,再把一人奉为新主。

"大家不必多礼了。"林昊青抬手,让众人起身。

纪云禾站起来的一瞬,恍惚之间,高堂座上的新主仿佛与旧主身影重合。

一样的位置,一般的血脉,如此相似的目光,看得纪云禾陡然一个心惊。再回过神来,一时间也不知道自己先前做的事到底是对是错。而在林昊青目光挪过来的时候,她只对林昊青报以一个浅浅的微笑。

此后驭妖谷的纷争,甚至偌大人世里的角斗,都再也与纪云禾无关。

看罢林昊青的继位仪式,纪云禾在驭妖谷里便彻底没事了。

纪云禾闲逛着把驭妖谷转了一圈,这些熟悉到厌倦的场景,在知道此后再也看不到的时候,似乎都变得不那么讨厌,甚至有些珍贵起来。

离开驭妖谷的前一夜,纪云禾躺在自己的房顶看了一宿的星星,第二天醒来,她觉得昨日的自己似乎思考了很多事情,然而又好似什么都没来得及想一般。

有些迷茫,有些匆匆。

而时间还是照常地流逝,没有给纪云禾更多感慨的机会。朝廷来迎接鲛人的将士一大早便等在了驭妖谷的山门外。

纪云禾去了囚禁长意的牢中,而早早便有驭妖师推着一个铁笼子候在里面了。

纪云禾到的时候,驭妖师们正打算给长意戴上粗重的铁链枷锁,将他关进笼子里。

"不用做这些多余的事。"纪云禾一边说着,一边走进了牢里,将驭妖师手中的铁链拿过来,扔在地上,"笼子也撤了吧,用不着。"

"可是……"驭妖师们很不放心。

纪云禾笑笑:"若是现在他就要跑,那我们还能把他送给顺德公主吗?"

她这般一说,驭妖师们相视一眼,不再相劝。

纪云禾转头对长意伸出了手:"走吧。"

长意看了一眼纪云禾的手,即便在此时,也还是开口道:"不合

第十二章 离谷

礼数。"

是了,他们鲛人一生仅伴一人,他们要对未来的伴侣,表示绝对的忠诚。而此时的长意不会认可即将要见的顺德公主为伴侣,他以为,此后的人生不会再有自由,所以他也不会将纪云禾当成伴侣。

纪云禾洞悉他内心的想法,便也没有强求:"好,走吧。"

她转身,带着长意离开了地牢。

这应该是长意拥有双腿之后,第一次用自己的双腿走很远的路。他走得不快,纪云禾便也陪他慢慢走着。

到了驭妖谷山门口,朝廷来的将士们已经等得极不耐烦。

铁甲将军骑在马上,戴着黑铁面具,不停地拉着马缰,在驭妖谷门口来回踱步。得见纪云禾带着长意出来,他便斥道:"尔等戏妖贱奴,甚是傲慢,误了押送鲛人的时辰,该当何罪?"

林昊青送纪云禾来此,闻言,他眉头一皱。

朝廷之中对大国师府外的驭妖师甚是瞧不上眼,达官贵人们还给驭妖师取了个极为轻视的名字,叫戏妖奴,道他们是戏弄妖怪,供贵人们享乐的奴仆。

此言甚是刺耳,林昊青待要开口,纪云禾却先笑出声来:"而今离约定的时间尚有一炷香时间,将军如此急躁,心性不稳,日后上了战场,怕是要吃大亏啊。"

铁甲将军闻言,大怒,拔出腰间长剑,一提马缰,踏到纪云禾面前,劈手便是一剑砍下。

而剑刚至纪云禾头顶三寸,整个剑身倏尔被一道无形的力量架住。

纪云禾身侧的长意蓝色的眼瞳盯着铁甲将军,眼瞳之中蓝光流转,光华一闪,铁甲将军手中长剑便登时化为一堆齑粉,被山门前的风裹挟着瞬间飘远。

场面一静,众人皆有些猝不及防。

妖力隔空碎物,彰显着长意妖力的雄厚。

将军座下的马倏尔摆着脑袋,往后退去,无论将军如何提拉缰绳,也控制不了战马。他越是想驱马上前,马越是激烈反抗。

将军复而大怒,翻身下马,直接抽了身后另一个将士手中的大刀,一刀挥过,径直将马头砍下。马头落地,鲜血喷溅,驭妖谷外霎时间变得腥气四溢。

铁甲将军将脸上的黑铁面具摘下，转头怒斥："谁养的战马！给本将查出来，腰斩！"

待得他将面具摘下，纪云禾才看见，这铁甲将军不过一个十六七岁的少年，而一身傲气与戾气却厉害得很。

他冲身后的人发完脾气，一转头，盯住长意："你这鲛人，不要以为要去伺候公主便可放肆！本将要不了你的脑袋，也可断你手脚。"

他的话让纪云禾听得笑了出来："这位小将军，断他手脚这事，不是你可不可以做，而是你根本做不到。"

小将军看向纪云禾，目光狠厉，还待要上前，却倏尔被身后走上前来的一人抓住："少将军，公主与国师反复叮嘱，路上平安最重要。莫要与这驭妖师置气了。"

来者穿着一袭浅白的衣裳，头上系着白色的丝带，面如冠玉，竟是……国师府的弟子。

纪云禾看着面前的国师府弟子忽然想到，大国师最喜白色，传说整个国师府的装饰以及其门下弟子的装束，皆以白色为主。

曾有贵人在官宴中欲讨好大国师。

贵人道："世外飘逸之人才着白色衣袍。"

大国师却冷冷地回道："我着白衣，乃是为天下办丧。"

贵人当即色变，全场静默无言。

官宴之中胆敢有此言论的，世间再无二人。

这事传到民间，更将大国师的地位、能力传得神乎其神。

纪云禾此前没有见过国师府的人，而今见这弟子白衣白裳，额间还有一抹白色丝带，看起来确实像在披麻戴孝，给天下办丧……不过这少年的面容却比那黑甲小将军看起来和善许多。

他拦住了小将军，又转头看了看纪云禾和长意，道："顺德公主要鲛人永无叛逆，此鲛人心性看来并未完全驯服，如此交给顺德公主，若是之后不小心伤了公主，驭妖谷恐怕难辞其咎。"

"我不会伤害人类的公主。"在纪云禾开口之前，长意便看着国师府弟子道，"但也没有人可以伤云禾。"

长意的话说得在场之人皆是一愣。

纪云禾没想到及至此时，长意还会这般护她，明明……她要把他送去京师，交给那个顺德公主了呀。

第十二章 离谷

"是少将军唐突了,在下姬成羽,代少将军道个歉。"国师府弟子向纪云禾与长意抱拳鞠了一躬。

这倒是出乎纪云禾与林昊青的意料。

都说大国师历经几代帝王,威名甚高,国师府弟子乃是天下双脉最强的驭妖师,纪云禾本以为,这样的国师带出来的弟子必定嚣张跋扈,宛似那少将军一般,却没料到竟还这般讲礼数。

"你给这戏妖奴和妖怪道什么歉!"少将军在旁边急着拉他,"本将不许你替我!我才不道歉!"

纪云禾看着他,转而露出了一个微笑……

原来这少将军,还是个小屁孩呢。

姬成羽皱眉:"朱凌。"他语气微重,少将军便浑身一颤,姬成羽转头将那少将军拉到了一边,似斥了他两句,再过来时,少将军朱凌已经戴上了黑铁面具,也不知道在与谁置气,"哼"了一声,别过头,不再言语。

"二位,"姬成羽笑道,"前面分别为两位备了马车,请吧。"

纪云禾道:"我与他坐一辆便好。"

姬成羽打量了纪云禾一眼:"可。"

而他话音未落,长意也开了口:"还是分开坐吧。"

纪云禾心底觉得有些好笑,她知道他在想什么,无非还是授受不亲不合礼数这般的缘由……

姬成羽也点头:"也可。"

"怎生这般麻烦。"朱凌转身离去,"本将的马没了头,跑不了了,来辆马车,本将要坐。你们坐一辆。"

没再听任何人的话,小将军转身离去,姬成羽无奈一笑:"那……"

"便这样吧。"纪云禾接了话。

纪云禾与长意一同坐上了马车,到底是皇家派来的马车,虽没有顺德公主那日来时的车辇浮夸,但这车厢内也可谓是金碧辉煌了。

垂帘绣着金丝,车厢四壁、坐垫皆铺有狐裘,狐裘下似还垫了不少细棉,坐在马车里根本感受不到路途的颠簸。而因夏日将近,这车厢内有些闷热,车顶还做了勾缝,缝中贴着国师府的符咒,却并非为擒妖,而是散着阵阵凉风,做纳凉用。

纪云禾打量着那勾缝中的符咒。

洒金的黄纸与云来山的紫光朱砂,此等朱砂,一两价比百两金。

这要是在驭妖谷,除非为了降服大妖,这等规格的符咒素日都是不轻易拿出来的,更遑论用来纳凉了。

纪云禾坐到长意对面,笑了笑。

"怎么了?"虽然不愿意与她共坐一辆马车,但长意还是关注着她的。

纪云禾摇了摇头,还是笑着:"只是觉得这人世间,好多荒唐事。"

好在,这样的荒唐对她来说,也快要结束了。

车队出发,纪云禾将马车的垂帘拉了起来,看着外面的景物。走了半日,纪云禾便静静地看了半日,长意也没有打扰她。到了晌午,车队停下,寻了官道边的一处驿站。

纪云禾与长意下了马车,为免楼下车马来往打扰了他们,姬成羽让他们上驿站二楼用膳。

纪云禾没有答应,就在一楼拣了个角落坐着,看着来来往往的人在驿站茶座坐下又离开,每人神情各不相同,打扮也有异有同。纪云禾什么都不说,就静静看着,连眼睛也没舍得多眨一下。

"长意。"她看罢了人群,又看着桌上的茶,似呢喃自语般说着,"人间真的很荒唐。"

这来来往往的人,都那么习以为常地在过活,而这对纪云禾来说,却是从未体验过的热闹与不平凡。

他们或许也不知道,这人世间,还有驭妖谷中那般的荒唐事吧。

"你之前见过这样的人世吗?"

长意摇头。

"好奇吗?"

长意看着纪云禾,见她眼底似有光芒斑驳闪烁,一时间,长意竟然对纪云禾的眼睛起了几分好奇。

他点头,却并不是对这人世感兴趣,他对纪云禾感兴趣。

长意也不明白纪云禾身上到底有什么东西在吸引着他,总是让他好奇,在意,无法不关注。

"来。"纪云禾站起来,拉了拉长意的衣袖,长意便也跟着站了起来。

纪云禾和姬成羽打了个招呼:"坐了一天有点闷,我带他去透透气。"

姬成羽点点头:"好的。"

第十二章 离谷

纪云禾倒是有点好奇了："你不怕我带着他跑了？"

姬成羽还未答话，旁边的朱凌灌了一口茶，将茶杯放到桌上，道："大成的国土长满了大国师的眼睛，谁都跑不了。"

纪云禾勾唇笑了笑："青羽鸾鸟和雪三月就跑了。"

朱凌脸色一变："你少和我抬杠！这叛徒与妖怪，迟早有抓到的一天！"

那便是还没有抓到。

纪云禾没有再多言，牵着长意的袖子，带他从驿站后门出去了。

这驿站前方是官道，后院接着一个小院子，院中插着一排篱笆，时间已久，篱笆上长满青苔，而篱笆外便是葱葱郁郁的林间。

时值春末，树上早没了花，但嫩芽新绿依旧看得人心情畅快。

纪云禾迈过篱笆走向林间。

脚步踏上野草丛生处，每行一步，便带起一股泥土与青草的芬芳，阳光斑驳间，暖风徐徐时，纪云禾张开双手，将春末夏初的暖意揽入怀中。

恍惚间，长风忽起，拉动她的发丝与衣袍，卷带着树上的新芽，飘过她的眼前眉间，随后落到长意的脸颊边。

长意抬手，拿掉脸上的嫩叶。他打量了一下手中的嫩叶，似乎为这鲜活跳跃的绿色感到稀奇。再一抬头，纪云禾已然走远，她快步跑到目所能及的林间尽头。

好似就要这样向未知的远处跑去，融入翠绿的颜色中，然后永远消失在阳光斑驳的雾气林间。

而就在她身影似隐未隐之时，她忽然停住了脚步，一转身，回过头，冲他张开双手，挥舞着。"长意！"她唤他，"快过来！这里有座小山！"

她的声音像是他们海中传说里的深渊精灵一般，诱惑着他，往未知处而去。

长意便不可抑地迈过了脚边的篱笆，向她而去。

穿过林间，纪云禾站在一个小山坡上，阳光洒遍她全身，她呆呆地看着远方，随后转过头来，望着山坡下的长意，兴奋得像个小孩一样对着他喊："长意长意！快来！"

长意从未见过这般"生机勃勃"的纪云禾。

在驭妖谷中，或者说在十方阵里，长意看到的纪云禾是沉稳的，或许时不时透露一些任性，但她永远没有将自己放开。

不似现在，她已经在山坡上蹦了起来。

"你看你看！"她指着远方。

长意迈上山坡，放眼一望，眼前是一望无际的低矮山丘，绵延起伏，不知几千里，到极远处，更有巍峨大山，切割长天，耸立云间，此情此景，让长意也忍不住微微失神。

山河壮阔，处于这山河长天之下，一切的得失算计，仿佛都已经不再重要。

纪云禾失神地望着辽阔天地，唇角微微颤抖着，开口道："这天地山河，是不是很美？"也不知是在问他还是在问自己。

长意转过头，看着纪云禾的侧脸，她人静了下来，眼瞳却看着远方，她的眼瞳与唇角都在微微颤抖，诉说着她内心近乎失控的激动。

她似乎想用这双眼睛，将天地山河都刻进脑中。

长意还是看着她道："很美。"

"是啊。"纪云禾道，"我不喜欢这人世，但好像……格外喜欢这广袤山川。"

言罢，纪云禾像是想起了什么，她侧过头，对上了长意的目光，随即她退开了两步。与长意之间隔着一段距离站着，她打量着他。

长意不解："怎么了？"

"你也是。"

"也是什么？"

"好像和这山川一样，都很让人喜欢。"

长意一怔，看着纪云禾笑得微微眯起来的眼睛，却是不知为何，忽然间感觉自己无法直视她的笑颜，他侧过了头，转而去看远方的山，又看远方的云，就是不再看纪云禾。

但看过了山与云，还是没忍住回过头来，望向纪云禾："你休要再这般说了。"

"为什么？"

"惹人误会。"

"误会什么？"纪云禾笑着，不依不饶地问。

第十二章　离谷

而便是她的这份不依不饶,让长意也直勾勾地盯着纪云禾道:"误会你喜欢我。"

"这也算不得什么误会。"

长意又是一愣。

"你喜欢我?"

"对,喜欢你绝美的脸和性格。"

长意思索了片刻:"原来如此,若只是这般喜欢,那确实应该。"

真是自信的鲛人!

纪云禾失笑,过了好久,才缓过来:"长意,你知道你像什么吗?"

长意垂头,看了看自己:"像个人。"

从他的立场上来说……他倒是确实没有反讽,现在的鲛人长意,真的像个人……

纪云摇摇头,道:"你像一个故事。人类所期望的所有的美好都在你身上,正直又坚忍,温柔且强大。你像一个传说里美好的故事。"

纪云禾讲到这儿,便停住了,长意等了一会儿,才问:"我像个故事,然后呢?"

正在此时,山坡之下忽然传来黑甲小将军的声音:"哎,走了。"

纪云禾转头往下一望,姬成羽与朱凌都来了,身后还跟着几个士兵。纪云禾回头看长意:"走吧。"

长意点点头,也不再纠结刚才的话题,迈步走下山坡。

纪云禾看着长意的背影,跟着几人一起走下山坡,走过林间,迈过篱笆,再次来到驿站,然后出去。唯独在坐上马车之前,她顿了一下,直接越过朱凌与姬成羽道:"下午我换你的马来骑,可行?"

朱凌拒绝的话还没说出口,姬成羽已经笑眯眯地点头了:"可以。"

朱凌非常不开心:"你答应她做甚?"

"驭妖师出谷不易,不过是把坐车换成骑马,有何不可?"

朱凌撇撇嘴:"那你来与我坐。"

"不坐。"姬成羽不再搭理朱凌,抬腿便上了长意的马车。

长意看了纪云禾一眼,没有多言,踏上了马车。

纪云禾骑上姬成羽的马,与车队一行走在官道上。

远处风光,尽收眼底,过往行人也都好奇地打量他们,纪云禾便对他们都报以微笑。

175

她的马一直跟在长意的马车旁边，车帘随风飘动，纪云禾除了看风景看路人，也时不时打量一眼马车中的状况。

　　姬成羽与长意分别坐在马车两边，长意闭目养神，不开口说话，姬成羽似对他还有点好奇，打量许久，还是开口问道："鲛人生性固执，宁死不屈，这世上能被驯服的鲛人几乎没有，这驭妖师到底对你做了什么，让你被她驯得这般臣服？"

　　纪云禾忍不住投过去目光，车帘摇晃间，她只看得见长意安稳地放在腿上的手，却并不能看见他的表情。

　　"她没有驯我，我也并不臣服。"

　　"哦？"姬成羽微微笑道，"那……我这车队怕是要掉个头，再去驭妖谷走一趟了。"

　　"不用，我说过，我不会伤害人类的公主。"

　　"那你便是臣服了。"

　　"我只是在保护一个人。"

　　他不臣服，也不认输，他只是在一个不属于他的世界里，用他能想到的最好的办法保护她。

　　纪云禾垂下眼睛，摸了摸坐着的大马。

　　"为什么？你清楚你做的是什么选择吗？"姬成羽继续问着。

　　"我清楚。"

　　而后，便再无对答了。

　　纪云禾提了提马缰，拍马走到了马车前方，望着远方山路，嘴角挂着浅浅的微笑。

　　到了夜里，朱凌坐的马车坏了一个轮子，车队没来得及赶到该去的驿站，便临时在山中扎营。

　　纪云禾打量了一下周围地形，往官道方向望了一眼，心中琢磨，车队行经路线还是很清楚的，便是没到驿站，林昊青应该也还是能找到此处的，只是为了保险，她还是应该留下个什么印记……

　　她正在琢磨之时，长意走到了纪云禾身边问："你在看什么？"

　　纪云禾转头看了长意一眼，道："没事，他们营帐都扎好了吗？"

　　"嗯。"

　　"走吧。"

第十二章 离谷

山间的营帐除了士兵们的,她与长意还有其他两人的营帐都是分开的,一字排开,朱凌的在最左边,其次是姬成羽的。右边两个,纪云禾思索片刻,选了姬成羽旁边那个。这样,就算旁边营帐有所动静,她也能看情况应对了。

长意自是不会与她争住哪儿,乖乖被安排好了,他要进去之前,纪云禾却忽然叫住了他。

"长意。"

"嗯?"

纪云禾看着长意,及至此时,她才起了一些离愁别绪,这一次,或许是她这一生见长意的最后一面了。

她帮长意拉了拉他微微皱起的衣襟:"衣服皱了。"

"谢谢。"长意又要转头,纪云禾再次叫住他。

"长意。"

长意回头,望着纪云禾,两人在夜间篝火光芒下对视了好一会儿,纪云禾才笑道:"今天,我觉得我活得很开心,也很自由。"

"因为离开了驭妖谷?"

"也有吧,但我今天忽然发现,自由并不是要走很远,而是这颗心,没有畏惧。"纪云禾道,"我今天,活得一点也不畏惧。"

长意望着微笑的纪云禾,宛如被感染了一般,也微微勾起了唇角。

"嗯,以后你也会的。"

"对,我会。"纪云禾抬手,摸了摸长意的头,"你也会的。"

会自由,会开心,会无所畏惧。

纪云禾放下手,长意有些不解地看她:"我身上没有地方痛。"

"摸一摸,也会更健康的。"纪云禾挥了挥手,终于转身离开,"好眠。"

纪云禾回了自己的营帐,帐帘落下的那一刻,她看着营帐内毫无人气的空间,深深吸了一口气。她告诉自己,长意是一个美好的故事。

这样的美好,该一直延续下去。

而这个故事,还不到完结的时候。

第十三章

九尾狐

"今夜，过此崖者，诛。"

深夜，营帐中只闻虫鸣。

纪云禾在简易铺就的床铺上静静躺着，黑暗之中，她睁着双眼，似在发呆，又似在透过头顶的营帐仰望外面的漫天星河。

忽然间，旁边的虫鸣稍稍弱了一些，纪云禾心中有了猜测，是林昊青找上来了。

她知道，林昊青既然来了，便不会不按她说的做。所以旁边营帐里发生的事，她不用看，不用听，却仿佛已经看在眼里，听在耳中。

她有些心疼，甚至感觉自己这样的做法对长意来说有些残忍了。

但没有退路了。

夜依旧宁静。

越是在这样好像有什么要发生的安静夜里，关于过去的回忆越是不可控制地在纪云禾脑中冒了出来。

那些模模糊糊的记忆，仓皇的，颠沛流离的，父母带着她走过的逃亡路，还有稍微清晰一些的驭妖谷中的日子……例如，林沧澜第一次给她喂毒的那天。

第十三章 九尾狐

那并不是个明媚的日子,林沧澜叫她去了他的房间,未等纪云禾说一句话,一旁的卿舒便捏开了她的嘴,往她嘴里丢了一颗药丸,然后一抬她的下巴,便让她将药丸吞了进去。

那时迷茫,她并不知道被喂了什么,只呆呆地看着林沧澜与卿舒。

他们两人也极度关注她,房间里静了许久,纪云禾刚想开口问吃了什么,却忽觉心头传来一阵绞痛。

这是她第一次感知到毒药的厉害。她不知道自己做错了什么,疼得在地上打滚。林沧澜和卿舒却并不关心,只摇头说着可惜了。

那一夜她在剧痛中度过,她熬了整整一宿,林沧澜与卿舒一直在旁边看着她,仿佛是在等待她什么时候会死去。现下想来,那一夜与今夜,倒也有异曲同工之妙。

只是那时候是身体痛到了极致。而现在,却是难耐心疼……

后来,卿舒在第二天早上的时候,又给她喂了一颗丹药,她便好了起来。卿舒当时还说,她是第一个。

纪云禾直至现在也不明白卿舒当时说的第一个是指什么,但现在的纪云禾觉得,这世间能让她这般心疼的人,长意约莫也是第一个吧。

旁边又传来一声轻响。这声动静有些大了,似惊动了士兵们,外面传来了士兵的声音:"鲛人那边好像有动静,去看看。"

纪云禾一掀被子,坐了起来。

忽然之间,营帐外倏尔闪过一道透蓝的光,紧随着光芒而来的,是一阵清脆的冰裂之声!

宛如冬日湖边,那冰封的湖面的破裂之声。声音未落,一道冰锥径直刺破纪云禾的营帐,外面火盆里燃烧的篝火似被突然从地里长出的冰锥推翻,火盆翻滚,将林间地上的枯木引燃,一时火光大作,将刺入纪云禾营帐内的冰锥映得光华四射。

纪云禾还未出营帐,便听见外面士兵吼了起来:"鲛人跑了!鲛人跑了!"

外面兵马混乱的声音,混着朱凌的叱骂与姬成羽冷静的安排,将这林中的寂静彻底打破。

而在这慌乱不已之际,纪云禾却倏尔笑了出来——一个在她脸上,难得称得上明媚的笑容。

她想了想,自吞了毒药之后,她这一生,开心笑起来的日子,还没有遇见长意这两月来得多。

长意走了，不再被她拖累。

可喜可贺。

纪云禾又重新坐了下去，及至此刻，她方才做到与长意告别的时候说的那三个字——不畏惧。

至少，在长意还在的时候，她尚且畏惧一件事，若是长意不走，那就坏了。

现在，这最后一件事她也做成了。

这世间，终于再无任何事可以让她害怕了。

她此念方落，忽然间，营帐帘被一人拉起，纪云禾倏尔心头一紧，以为是长意又回来找她了，但抬头一看，却是姬成羽。

姬成羽站在营帐门边，影子被外面的火光拉长，延伸到纪云禾脚下。

他看着纪云禾，脸上温和的笑容微微收敛了起来："鲛人跑了，你身为驭妖师，何以安坐于此？"

这个姬成羽，到了现在也没有大声呵斥她，看来是很有礼数教养了。

纪云禾也冷静地看着他，道："鲛人妖力高深莫测，他跑了，便没有人追得上。"

"你声称已将鲛人驯服，而今鲛人逃走，公主追究下来，你可知会有何结果？"

纪云禾想了想，故作愁闷地摇头叹息："我约莫是没的救了吧，只是连累你和少将军挨罚了。"

纪云禾口头上虽如此说，但她心里清楚，今日来的这两人，在国师府与朝廷中身份绝不会低，看他二人的行事做派，便能推断个一二。顺德公主便是再霸道，国师府和高官武将之子，怕是也不能说杀就杀。

见纪云禾如此，姬成羽显然已无话可说。他放下门帘，转身离去，外面又传来他沉着命令的声音："着一队人马，随我来。"

这个姬成羽看起来并不好对付。纪云禾心头正在盘算要不要跟上去时，营帐门帘便又被拉开了。

纪云禾心中嫌弃，这朝廷中人办事可真磨叽。但一抬头，她就愣住了。

面前的人，银色的头发披散着，那袭白衣也染了篝火的灰，让他整个人显得有些仓皇。而那双冰蓝色的眼瞳，却一转未转地盯着纪云禾。

外面兵马的混乱声已经远去，唯有篝火将湿润的树木烧得噼啪作响的声音。

他还是没走，还是固执地来找她了。

纪云禾看着他，将心中所有的情绪都按捺下去，她现在只能说一句话，除了这句话，别的，都是错误的回答——

"我就猜到你会回来，长意。"

营帐外的火光融化了穿进她营帐里的冰锥，而冰锥的光却在纪云禾眼中转动。

她的笑，带上了七分虚假。

长意静静地看着她："纪云禾，我只相信你的话，所以我只来问你。"

"问什么？"

"你从遇见我的那一刻开始，所作所为，所行所言，皆有图谋？"

纪云禾收敛了脸上的笑意，神色变得森冷："谁与你说的？"

长意看到纪云禾脸上的神色，唇色开始慢慢变白，他声音微微有些颤抖："你对我好是假，许真心待我，也是假，你所做的，都是为了驯服我，让我心甘情愿地去侍奉人类公主？"

纪云禾走近他："长意，告诉我，谁与你说的。"

"是不是？"而他只固执地问着。

纪云禾沉默。

"是不是……"再开口，他却逃避了纪云禾的目光，转头看向了别处，不解、不甘，还有受伤。

纪云禾盯着他："是。"

长意握紧拳头，眸中起了混浊。

"那日人类公主在牢中，鞭你，迫你，害你，也都是假的，只是你演出来的苦肉计？"

"是。"

屋中沉默许久，外面的火烧得越是烈，便衬得这屋内越是刺骨地寒冷。

长意闭上眼。"纪云禾，"他极力控制着自己散乱的呼吸，"我……以为你和别的人类，不一样。"

这句话，纪云禾听出了他强自压抑着的愤怒、痛苦，还有那么多的……委屈。

是的，他很委屈。

像一个孩子，掏出了最喜欢的玩具，却只换来对方转身离开的委屈。

"长意，我和别人是不一样的。"她看着长意道，"别人没办法让你侍奉顺德公主，我可以。"

她要说一句话，刺穿长意的心。而她做到了。

长意终于再次看向了纪云禾。

震惊，痛苦，不敢置信。

像旁边的冰锥插进了他的胸膛，他整个人从头到尾，都凉透了。

他微微踉跄了一步，在这个时候，他才显现出被割开尾巴后有的双腿，对他来说其实有多不适应——这一踉跄，让他没站稳身子，他抓住了搭营帐的木框，方才稳住。

纪云禾冷冷地看着他。

走啊。

她一步步逼近长意："你便是我获得自由的工具。"

走啊。

她伸出手，手掌中凝聚了灵力，似要将长意困住："你别想跑。"

你怎么还不走呢……

纪云禾掌中灵力靠近长意之时，旁边倏尔传来朱凌的声音："鲛人在这儿！"

纪云禾心头一凛，目光陡然狠厉起来，这凝聚灵力的手，便再也没有吝惜力气地向长意打去。

而长意只是呆怔地看着纪云禾这充满杀气的一掌，硬生生接了下来，他闷哼一声，直接从营帐内跌了出去，狼狈地摔在地上，吐出一口血来。

血与泥污弄脏了他的衣服与头发，长意转过头，只见纪云禾站在营帐外，面色森冷地看着他。而她身后拥过来数十名军士。

长意牙关紧咬，咽下口中鲜血，手一挥，地底泥土中倏尔射出无数冰锥，直指军士们，有的军士被径直穿胸而过，有的军士则被冰锥刺断了腿。一时间林间哀号不断，鲜血遍地，腥气冲天。

但在这如海浪一般的冰锥中,唯有纪云禾身前,一根都没有。

好似在这样的时刻,他所有的坚硬与狠厉都用出来了,唯独还是没办法对这个人尖锐。

月色凉,透过薄云,遍照山河。

静谧夜色中,万千山河里,一处林间,略显仓皇。

夜鸦鸣啼,犹如催命之声,月夜树影间,银发男子捂着肩头,仓皇而走,其奔走的速度极快,而在他身后,追兵打马之声也不绝于耳。

长意回头一望,身后打马追来的人当中,纪云禾赫然在列。

根本无意多做感伤,一咬牙,转头急奔,忽然间,四周树木退去,面前出现一片空地,他往前多跑几步,一阵风自前方吹来,他陡然停住脚步。

在他身前是一道断崖,再无去路。

长意回头,身后追兵已经驱马赶到,在这片刻时间,他们便训练有素地将他围了起来,呈半圆状,将他包围其中。

军士们都没有动,唯有纪云禾从马背上下来,她拎着剑,一步一步靠近他。

长意转头看了一眼身后的断崖,再回过头来,直视面前再不复温和的纪云禾。

他受了纪云禾一掌,体内妖力一时不足以支撑他行踏云之术,退一步万丈深渊,可进一步……又何尝不是深渊。

纪云禾停在他面前一丈远处。

天上薄云破开,月光倾洒在方寸之间的断崖,将他们月下的影都拉长。长意看见自己的影子被拉到纪云禾脚下,而纪云禾便踩在他影子上的咽喉间。

纪云禾道:"没有退路了。"

长意沉默地看着自己的影子,就这样被纪云禾践踏着,死死地贴在那地上,毫无反抗之力。

纪云禾抬起了剑,拔剑出鞘,将剑鞘随手扔到了一旁,她剑尖直指长意。

长意这才将目光从那影子上挪开,看着纪云禾,他蓝色的眼瞳中映出了寒剑光芒,他薄唇微动:"我不相信。"及至此刻,他依旧看着纪云禾如此说。

夜风浮动,将他的话带到了纪云禾耳边,但他的言语并不能挡住她的剑刃。

纪云禾眸光冰冷,毫无预警地便在这苍凉月色下向他动了手。

直至剑尖没入胸膛,长意在巨大的绝望之中,甚至未感到胸腔的疼痛。

胸膛是麻木的,整个身体,从眉心到指尖,都是麻木的,他唯一的感觉便是凉。

他只觉得凉。

透心彻骨地寒凉。

纪云禾这一剑穿胸,力道之大,径直将他刺到了崖边。

他根本无力反抗,或者说,根本没有反抗。

他只是看着纪云禾,看着她漆黑眼瞳中的自己,他看见自己的狼狈不堪,也看见自己的呆滞彷徨。而纪云禾没有丝毫情绪的波动。

风声仓皇,将耳边所有声音都带远,远处赶来的黑甲将军与白衣驭妖师都已经不在长意此时的视野之中了。

身体摔下断崖的那一刻,风声撕碎了这个身体,却没有撕碎纪云禾如月色一般的目光。

我不相信……

他还想说,但已全然没有了力气,下坠的风与崖下的黑暗带走了一切。

他的整个世界沉寂了……

"住手!公主要留活物!"

朱凌的声音刺破夜空,未传入已坠下悬崖的长意耳中,却传入了纪云禾耳中。

而伴随他的声音而来的,是一道白色的身影,那身影御剑而来,欲直接掠过纪云禾,跟着飞到悬崖下方,试图将坠崖的鲛人捞回,但未等他飞过悬崖一寸,他脚下的剑便倏尔被一道大力打偏!

姬成羽身形一转,堪堪在空中停住,但未等他再追去,只听"咔"的一声,他脚下寒剑应声而断。

姬成羽只得纵身一跃,落于地面,他与身后追来的朱凌看着地上断剑,皆有几分愣怔。

第十三章 九尾狐

姬成羽转头，目光径直看向斩断他长剑的力量来源。

是纪云禾。

她还穿着那身驭妖谷的布衣，而周身气场却全然不一样了。

她抬起右手，并起食指与中指，将剑上残留的鲛人血一抹，随后用沾染了鲜血的指尖，触上自己的额头，在额头上用鲛人血画上了两道血痕。宛如那些塞外的蛮人，在自己身上画下信仰的图腾。

她执剑转身，手中剑花一转，在空中留下寒凉剑气。

"今夜，过此崖者，诛。"

她横剑拦在悬崖边，背对着崖下的万丈深渊。月色透过她的身影，似乎也已染上了杀气与血腥味。崖底涌上来的长风带着寒凉的水汽，令战马躁动，马蹄踏着，不听控制地往后退。

她似乎在这一瞬，从白日那个平凡的驭妖师变作了一个煞神，如她所说，若有人敢越雷池，诛。

"放肆！区区戏妖奴胆敢阻拦我等！"

朱凌偏是不信邪的那个，他恶狠狠地打马，用脚上马刺狠狠扎了身下马匹，马儿受惊，一抬前蹄径直冲纪云禾而去。

"朱凌！"姬成羽要拦，那马已经冲了过去。

姬成羽不敢耽误，立即手中结印，将旁边军士腰间的长剑一吸，立即握在手中，飞身上前，赶在朱凌之前对纪云禾动手。

纪云禾挡住姬成羽的剑，旁边朱凌的大刀又劈了下来，纪云禾右手快速结印，以空手挡住朱凌手中大刀。

朱凌见状，冷斥："雕虫小技！"他收刀一转，又是一声大喝，再一刀砍来。

纪云禾根本未将他放在眼里，手中结印光华一转，朱凌的大刀立时被弹了回去。朱凌翻身跃下战马，没了背上人的控制，那战马立即发足狂奔，逃离而去。

而在纪云禾右手应对朱凌之际，远处将士倏尔拉弓，一箭射来，穿过纪云禾耳边。

朱凌转身下令："你们找路下悬崖，这鲛人，活的本将要，死的，本将抬也要抬回京师！"

"得令！"士兵高声一应。

纪云禾当即目光一凛，但见他们要拉转马缰，纪云禾抽回挡住姬成羽的剑，拼着生生挨了姬成羽一剑，也将手中长剑掷出，长剑飞旋而过，将众军士的马匹尽数斩断腿脚！

战马痛苦嘶鸣，将士们齐齐落马。

纪云禾咬牙，一手握住姬成羽手中长剑，一声厉喝，以肉身掰断了那长剑，而折断的剑，她往朱凌处一掷，朱凌身手敏捷，矮身一躲，却还是未躲过，他头上的冠被断剑径直斩断，黑发登时披散下来，让他显得狼狈又难堪。

纪云禾周身灵力荡出，挡开姬成羽。

她捂着肩上被姬成羽砍出来的伤，杀气凛冽地扫视众人。

"谁还要走，我便要谁的脑袋，说到做到。"

崖上，战马哀鸣声不绝于耳，月色似乎都被染上了血腥气，纪云禾所立之处，地上也被血水滴滴答答地染红，鲜血从她左手上滴落，那指尖痉挛似的颤抖着。但尽管如此，纪云禾的眼瞳却比天上明月还要亮。

她独立崖边，身后万丈深渊下涌上来的水汽让她安心。

崖下有河。

鲛人的愈合能力以及身体的强悍纪云禾心里有数，她会伤他，却不会让他死。所以长意掉下崖底的河水中，被水冲走是再好不过了。但是保不准下面会有什么意外，所以她要尽量给长意争取时间，让长意逃走。

哪怕她一人只能再多挡一瞬，也好。

姬成羽看着宛如要豁出性命的纪云禾，手中长剑一挽："纪云禾，你身为驭妖谷护法，可当真清楚，你现在在做什么？"

"再清楚不过。"

她答得果决，姬成羽眸光一凝，手中长剑起势，将灵力灌注剑中："既然如此，便休怪我动真格了。"

纪云禾抬头看他，白衣少年风度翩翩，她忍不住勾唇一声讽笑："皆是被隐脉所累之人，何必……"

"少与她废话！"朱凌一声厉斥，打断纪云禾的话，他持刀割断自己头上的发，不让无发冠束缚的长发遮挡自己的视线，黑发被他弃如敝屣，狠狠丢在地上，"先诛此贱奴，再追鲛人！给我上！"

他一声令下，众将士高声一喝，均举刀向纪云禾逼近。

第十三章 九尾狐

纪云禾望了眼身后的深渊。

深渊之下,黑暗无边,她再回过头,目光之中的果决却比刚才更加坚定。

她垂着已经使不上半分力的左手,向前踏出一步,沾满鲜血的右手从左肩上放开,没有外力压住,她左肩上的血登时淌得更加厉害。

纪云禾面色苍白,却好像根本不知痛似的,一步一步迎向面前的一众军士,她右手结印,要将那掷出去的断剑收回,没入土地之中的断剑受到召唤,刚离地而出,却被旁边一剑挡下,"叮"的一声,径直被打下深渊。

姬成羽目光冷然地看着纪云禾:"你走错路了。"

话音一落,姬成羽身影幻化成光,如箭一般向纪云禾杀来。一招一式,凛冽至极,如他所说,果然没有再留余地。

纪云禾没了武器,又几乎断了一只手,只得用右手结印,使灵力附着在自己的血肉之躯上,拼着命抵抗姬成羽的攻击。

然而并不只是姬成羽,旁边的朱凌也提大刀冲入战局。

朱凌并无灵力,但与姬成羽配合得天衣无缝,一人以灵力攻她上路,一人必乱她身法。一人全力进攻,一人便守得固若金汤……

纪云禾本就体弱,一番消耗,当即再也抵挡不得,连连挨了姬成羽三剑,又被朱凌一刀削在了膝盖上!

她一声闷哼,单膝跪倒在悬崖边。

朱凌心急,要一刀斩下她的头颅,而姬成羽却没有跟上,便在这一个瞬间,纪云禾右掌一动,狠狠打在朱凌腹部。

这一掌力道之大,令朱凌浑身一颤,大刀脱手,连连退出十步远,倒在地上,一口鲜血吐出,胸前黑甲竟然全都碎成了粉末。

众人惊骇。

姬成羽也是心下一沉,立即跃到朱凌身边,念诀护住他的心脉。姬成羽探看朱凌伤势,心惊不已,心道若不是朱凌这身玄铁黑甲护身,此时怕是心脉都已经被震碎!这纪云禾本该已是强弩之末,却竟还有这般功力……

纪云禾捡了朱凌落在地上的大刀,右手撑着大刀,用一条腿又站了起来。

"还有……谁?"

她一身鲜血淋漓，声音也嘶哑得不成样子，但她还是站了起来，守在崖边，宛如从地狱中爬出来的煞神，要守护地狱之门。

朱凌捂住胸膛，动了动手指："杀！鲛人……必须追回。"

姬成羽压住他的胸膛不让他起身，用灵力护着他的心脉，姬成羽转头看了众将士一眼："放箭。"

众将士这才从被纪云禾震慑住的氛围中惊醒，他们急忙从断腿的马匹背上抽出弓箭，众人齐齐拉弓，姬成羽一挥手，弓箭的箭尖均覆上了一层薄薄的白色灵力。

"放！"

他一声令下，众箭齐发。

万丈深渊前，纪云禾退无可退，当铺天盖地的箭雨向她杀来的时候，她依旧不愿放弃，高声一喝，以单腿起身在空中一旋，大刀如盾，将所有的箭尽数挡下。

可箭雨并未停下，又如倾盆大雨而来，及至第三拨，纪云禾已被耗掉所有力气。她先是右臂中箭，她用嘴咬在箭身上，生生将羽箭从自己的肌肉之中拔出，皮肉撕裂，鲜血喷涌，箭拔了出来，但她的右手也几乎废了，再也无法举起大刀，而正在这时，又一支羽箭射来，直中她的另一只膝盖。

纪云禾再也无法站稳身体，她当即双膝跪地，右手硬撑着握着刀柄，刀立在地上，成为她身体最后的支撑。

她没有倒下。几乎没人能理解，她为什么还没倒下。

她垂着头，似乎整个人已经昏厥了过去。

空中还有羽箭飞来，射中她的肩头，而她像一块肉靶，受了这一箭，也全然无反应……

她好像死了。终于流尽了血，用尽了力，拼尽了这条命。以一个僵硬的姿势，死在了万丈悬崖的边上。

姬成羽看着跪在那方的纪云禾，她像一个塑像，诉说着驭妖师落魄又可悲的结局。

姬成羽认为她死了。他转过头，看着已经昏厥过去的朱凌，护住他心脉的手不敢放，只得转头命令道："你们几人，去找大夫，快！你们，寻路下悬崖，追鲛人。"

"是！"

第十三章 九尾狐

将士刚领了命，还没迈开一步，忽觉平地狂风骤起，一阵强过一阵，宛似巨浪，击打着众人。

风声呼啸，乌云在天空中凝聚，遮蔽了月色，令这夜霎时间变得阴森可怖。

众人几乎被狂风吹得要站不住脚。他们忍不住转头看向狂风忽起的崖边。

在那处，纪云禾依旧跪着，用刀撑着身体，她还是垂着头，一动未动，而她周身飘起了黑色的气息，黑气拉扯着她的头发与衣袍，在她周身混乱地旋转着。

这狂风，便出自她周身。

黑气翻涌时，又慢慢地凝聚，渐渐地，渐渐地……在她身后，凝聚出了尾巴的形状。

一条，两条，三条……黑气越来越多，越来越浓郁，片刻之后，在众人注视下，纪云禾背后竟然出现了九条妖异舞动的黑色尾巴。

"妖……妖怪……"

军士们震惊不已。

姬成羽看着那方的纪云禾，双目因为惊讶而睁大，在极致震惊之中只吐出了三个字："九……尾狐……"

纪云禾的头微微一动，散乱发丝间，一双猩红的眼瞳透过黑气，盯在了姬成羽身上："谁敢追？"

# 第十四章 大国师

> 他是这天下至高无上的存在，更胜过那些虚妄的帝王将相。

黑气蔓延，令狂风呼啸，似将地狱的阴气都卷上九重天。

纪云禾浑身被割开的鲜血淋漓的伤口，都被黑气灌入，像是来自另一个世界的一双手，止住了她流淌的血，也将她被挖去的肉都补上。

那九条妖异的黑色狐尾，有一条飘到纪云禾身前，将她身上的羽箭都拔出，摔在地上，羽箭随即化为黑色的粉末，在狂风中化于无形。

狐尾似乎也给了纪云禾力量，让她重新站了起来。

黑发飘散，在空中拉扯出诡异的形状。

众将士无不惊骇，再训练有素的将士，面对这样的力量和妖气，也几乎控制不住地手抖。他们无力再抬起手上的弓箭，纷纷向后退着，一步一步，退到了姬成羽身后。

朱凌此时已经昏厥过去，姬成羽不敢放开护住他心脉的手，便只得待在远处，错愕地看着纪云禾。

他不解至极。

他在国师府修行多年，所见驭妖师与妖怪不计其数，再强大的妖怪，也不可能藏住身上的妖气，半点不漏。而驭妖师天生所带的双脉灵力更是与妖怪天生的妖力相冲。

从古至今，无论是史书还是外传上，都没有记载曾有人既可拥有驭妖师的双脉，又可以拥有妖怪的灵力。

这纪云禾……到底是为何……

未等姬成羽多做他想，纪云禾一步踏出，忽然之间，大地震颤，黑气盘旋，天空之中乌云愈重，随着纪云禾脚步向前迈动，她身后黑气凝成的妖尾将凌乱插在地上的羽箭扫过。

一时间羽箭上都覆上了黑气，数百支羽箭凌空飘起，箭尖倒转，指向姬成羽与众将士，宛如一面蓄势待发的箭墙，在狂风之中，稳稳地跟在纪云禾身后。

当箭尖上时隐时现的寒光指向自己时，众人终于感到了更加切实的威胁——来自死亡的威胁。

看着纪云禾发丝摇晃间偶尔露出来的猩红眼瞳，众人无不胆寒。不多时，未等纪云禾走出一丈，众人便纷纷丢盔弃甲，慌乱奔逃而去。

姬成羽根本无法唤回众将，此时的纪云禾完全唤醒了所有人内心对死亡最真实的恐惧。她很强大，远比她现在表现出来的要强许多。

而姬成羽看着她却没有动。他不能走，朱凌身受重伤，他必须护住朱凌的心脉。所以他只能看着纪云禾一步一步走到他身前。及至到了他跟前三步之处，纪云禾脚步停住，身后的羽箭纷纷指向地上的姬成羽。

姬成羽仰头看着纪云禾，那黑气之中的猩红眼瞳，比远观可怖十倍。他额上冷汗涔涔，护住朱凌心脉的手也不受控制地发起了抖。

"你不跑？"纪云禾开口。

"我不能跑。"

纪云禾看着他和朱凌，看着他此时还在保护朱凌，她沉默了许久，随即一抬手……

姬成羽几乎认为自己便要命丧于此了，是以在黑气翻飞间，紧紧闭上了眼睛。

但下一瞬，却只是额头上传来冰凉的触感，这微凉的体温，是属于妖怪的体温……

额上丝带被拉了下来，但纪云禾并没有伤他。姬成羽睁开眼，但见浑身黑气的纪云禾将他那纯白的丝带握在手中。风疯狂拉扯着那一根丝带，而纪云禾的声音却很平静，甚至算得上温和。

"这天下，山河万里，风光大好，为何要给它办丧？"

纪云禾一松手，白色的丝带随风而去。她身侧的数百支羽箭在此时悉数落地。

姬成羽仰头望着纪云禾，几乎有点看呆了。

她没有杀气，没有戾气，在这黑气翻飞间，甚至带着几分违和的……悲悯。

这个纪云禾……到底是个什么人？在她身上，到底藏着什么样的过去和秘密？

而在下一瞬，凌厉的白光劈开天上厚沉的乌云，一道白光仿佛自九重天而下，破开黑暗，涤荡乌云，叫明月再开，万里星空再现。

被风吹走的白色丝带倏尔被一只略显苍白的手在空中拽住。

来人落于崖边，一袭白衣，映照月色，仿佛传说中踏月而来的谪仙。

丝带在他手中飞舞，他一转头，看向身侧依旧缠绕着九条黑色尾巴的纪云禾。

"妖非妖，人非人。"他打量纪云禾，天生带着几分凌厉的眼睛微微眯起，令人见之生畏，"你到底是何物？"

纪云禾猩红的眼瞳静静看着来人，未及答话，旁边的姬成羽便唤道："师父……"

国师府虽弟子众多，但入国师府的门徒，都师从一人，门中只有师兄弟、师姐妹。被姬成羽唤为"师父"的，这全天下怕只有那一人才担得起……

"大国师。"纪云禾吐出了这三个字。

她曾于无数人口中听过这个名字，关于他的故事或者说传说江湖遍地都是，他也被写入书里，包括正史和外传，在这个天下，就没有不知道他存在的人。

他历经本朝几代帝王，一手建立了而今这世界人、妖和驭妖师之间的相处规则。

他是这天下至高无上的存在，更胜过那些虚妄的帝王将相。

他从未见过纪云禾，甚至未听闻过这样一个渺小的驭妖师的存在，但对纪云禾而言，这个只在书里、传说里、故事里听过的人，却是从一开始便操纵了自己的人生——直到现在。

第十四章 大国师

或许，这便是大人物与小角色之间必然的联系。

大人物的呼吸之间，谈吐之中，便是多少人的一生。

纪云禾，只是这渺小的"多少人"其中之一。

她看着大国师，从未想过自己活着的时候，竟然还能见到这个无形之中让自己走到这一步的人。

纪云禾一时间竟觉得有些好笑，她忽然间开始揣测命运的意图。

命运给了她双脉，令她颠沛流离，令她自幼孤苦，却又给了她一身反骨，不甘心于此，不愿止步方寸之间，非要求那自由，非要见那天地。

而终于，让她遇见了长意，让她见到了纯粹的灵魂，让她拥有了一定想要保护的人。让她一步一步，走到了此时此刻，

而此时此刻，命运又好似无端给了她这一身躁动不安的力量，还让她见到了这"罪魁祸首"。

纪云禾转动脚步，与此同时，尾巴扫过地上的羽箭，那箭便似离弦一般，径直向大国师射去！

一言未发，一字未说！纪云禾竟是直接对大国师动手了！

那一日的争斗，后来在纪云禾的记忆当中变得十分模糊。

她只记得一些开始和结束的零星片段，她知道自己杀向大国师时，那迎面而来的巨大灵力变成了压力，似乎要撕裂她身上每一寸肌肤，压断她每一寸骨头。

但她还是杀了上去，那些血腥味与她胸腔中充斥着的强烈的杀意，几乎不受她的控制，她没有用武器，像一个真正的妖怪一样，用利刃一般的指甲，以血肉之躯扑杀而上。

那一场争斗，最后的结果是她败了。

以撕碎大国师衣袖的战果，败于大国师剑下。

她指尖抓着大国师云纱的白袖，而大国师的剑却直指她的咽喉。但大国师没有杀她，而是将她击晕了过去。

惨败——这几乎是纪云禾在动手的那一刻，就预想到的结果。

大国师是何许人？从百年前鼎盛的驭妖师时代走来的至尊者，在那时便站在了驭妖师的巅峰，更遑论如今……

大国师年岁几何而今已无人知晓，但百年以来，面容分毫未改，便可知其身体与修为，都已至化境，连时间也未能摧折他分毫。

这世上，怕是再无人能出其右。

但那一日的争斗，还是有很多事是出乎纪云禾意料的。

而这些事，她虽然记不得了，姬成羽却与她说了——当她被大国师抓回来，关在国师府的囚牢中时，姬成羽与她说的。

他说她那晚与大国师的争斗，摧了山石，断了崖壁，令风云变色，她自身的妖气裹挟着那夜的风，从那名不见经传的断崖，吹遍天下。南至驭妖谷，北到皇都京师及其他三方驭妖之地，皆有所感。

世间皆道，天下又出了与青羽鸾鸟一般强悍的异妖，有人说是鲛人逃走时闹出来的动静，有人说，是青羽鸾鸟前来拯救鲛人，两人合力而为。

江湖传言一个比一个离谱。而朝廷始终没有出面说出个所以然。

因为大国师给姬成羽下了命令，这一夜的事不许再与其他人说。

大国师要纪云禾成为一个秘密，一个被囚在他府中的秘密。

纪云禾不知道大国师为何要将她囚禁起来，姬成羽也不知道。

但无论原因是什么，纪云禾都觉得现在这样，比她想过的最坏的结果还是要好许多。至少大国师关着她，也没给她上什么刑，还没将她捆起来，甚至连面也不来看她。真是比初到驭妖谷时的长意要好太多了。

纪云禾弄不明白为什么，索性也懒得想了。

很多事，她现在都懒得想了。包括那日的自己为何会长出九条尾巴，包括大国师为什么要把她关起来而不杀她。她每天只想一件事……

这个月，该吃"解药"的时间，越来越近了，而现在别说解药，她连林昊青都见不上一面。她只是在等死而已。

她在等死的这段时间里，只在乎一件事，这件事在姬成羽每日给她送来吃食的时候，她都会问上一遍。

今日姬成羽来了，把吃食递进牢里，纪云禾一边接一边问："今天鲛人抓到了吗？"

她日日都这般问，姬成羽听着有些哭笑不得，但还是诚实地回答："未曾抓到。"然后纪云禾就开始坦然地吃自己的东西了。

她估摸着时日，这么多天过去了，长意便是爬也该找到一个岸边，爬回大海了。到了海里，便是他的天下，不用管什么大国师小国师的，他们没道理还能去汪洋里把长意捞上来。

"今日又没肉呀。"纪云禾今日份的安心收到了，便开始看自己的吃食，"你们国师府天下之尊，这牢里的伙食还不如我驭妖谷呢。"

"师父喜素。"姬成羽看着纪云禾，有些无奈，"你怎生这般喜食荤腥？"

"双脉之人大都爱吃素，我以前也不挑，但那天之后，我也不知道为什么，天天就巴望着吃点肉。"

姬成羽闻言，沉默下来。

纪云禾那日的模样，能在他脑海之中印上一辈子。他不解极了，那时明明已经完全变成了妖怪的纪云禾，甚至可以和大国师酣战一场，但为何过了那一夜，又变得与常人无异了？还是有双脉，还是有灵力，还是一个普通的驭妖师……

纪云禾扒拉了一下盒子里的饭菜，见这青悠悠的一片，实在没什么胃口，便放下了筷子。"说来，朱凌小将军的伤好没好？那日实在是着急了些，下手没了轻重，怕是打疼了他。"

说到这个，姬成羽微微皱眉，摇了摇头："他确实伤得太重。"

"会死吗？"

"倒也不至于，幸好那日有玄铁甲护身，我也及时护住了他的心脉，伤虽重，但缓个小半年，应当也没什么问题。只是……"

"只是什么？"

姬成羽无奈一笑："朱凌算来也是顺德公主的表亲弟弟，自幼跟着公主长大，武功从来不输于同辈人，深受公主疼爱，此次护送鲛人不成，办事不力，被公主斥责了一通，日日生着闷气，怕是对他伤愈不利。"

纪云禾听到顺德公主四字，微微挑了一下眉毛。

"没有得到鲛人，顺德公主可是很生气？"

姬成羽看着纪云禾，严肃地点了点头："非常生气。"

"迁怒驭妖谷了吗？"

"并未，师父告诉公主，说是你带着鲛人跑了，公主如今着你们驭妖谷的新谷主林昊青全天下抓捕你，并未迁怒。"

纪云禾闻言笑了笑："姬小公子，你说你们人国师这瞒上瞒下地关着我，到底是图个什么？"

"图个好奇。"

这四个字的回答，却不是来自姬成羽，牢门走进来了身着白云纱的大国师。

姬成羽闻言，立即单膝跪地，颔首行礼："师父。"

大国师"嗯"了一声，随即转头看纪云禾，目光在她身上飞快地转了一圈，随即又看向她手中搅了两下一口未吃的食物，问道："想吃肉？"

纪云禾一愣，没想到堂堂大国师见面第一句，竟然是这般严肃地问这个问题。

"是。你们国师府的菜色太寡淡了。"纪云禾倒是也不害怕，直言不讳，"没有肉，油也没有，实在吃不下。"

"明日给她备些肉食。"大国师转头吩咐姬成羽，但是这语气却宛如是在吩咐姬成羽给这条狗喂点肉。

"是。"姬成羽也答得非常严谨。

纪云禾仰头看着大国师，距离近了，反而没那么怕了，好似这大人物不过也就是个普通人。

"大国师，您抓我来，到底是要做什么？"

大国师打量了她片刻，嘴角倏尔勾起了一个略带讽刺的笑："想看看，这人间又有人在玩什么新奇的花样。"

他微微俯下身，离纪云禾更近了些。他脸上的冷笑收敛，霎时间，只让纪云禾感到了疏离的冰冷。

这个大国师……眼中，丝毫没有情绪，他看着纪云禾，当真像是在看一块肉一般，冷漠且麻木。

来自多年以来，身处高位的……冰冷。

"呵。"纪云禾轻声一笑。她直视大国师那仿佛洞悉人世，而又毫无感情的双眼，直言，"这人间，还有什么新奇事？"

大国师直起了身子，居高临下地看着纪云禾，给了她回答："你。"

一个驭妖师变成了妖怪，着实新奇。

纪云禾沉默。

大国师也不再多言，自袖中取了一把匕首出来，丢进了牢里。

纪云禾拿起匕首看大国师："国师这是要……赐死我？"

"取血。"

纪云禾得到这两个字，撇了一下嘴，也没有犹豫，将匕首刃口在手背上顺手一拉，刃口染上纪云禾的血，立即如水蛭一般，将那些血水吸

第十四章 大国师

进了匕首之中。不一会儿,匕首通体变红,纪云禾反手将匕首递给了大国师。

她知道大国师要拿她的血去做什么,他是做出了寒霜之毒的人。

驭妖师的双脉体质十分特别,不仅赋予他们灵力,还让他们免于中毒,但大国师研制出来的寒霜之毒,却是针对驭妖师的唯一且有效的毒药。

寒霜之毒对普通人并无效果,对驭妖师来说却是致命的毒。大国师凭借此毒,一改人类、驭妖师与妖怪们的格局,囚禁了驭妖师,也将皇家的地位推崇到了极致。

大国师是个极厉害的驭妖师,但同时也是一个极聪明的大夫。

在驭妖谷的时候,纪云禾总以为林沧澜每个月喂她吃的就是寒霜之毒,现在看来,那药并不仅仅是毒药那么简单,那药一定还对她的身体造成了什么改变。林沧澜还在她身上做着她根本不知道的事情。

大国师想弄清楚林沧澜对她做了什么,纪云禾也同样好奇。只是,和大国师不一样……她怕是等不到大国师研究出个结果了。

大国师接过匕首,纪云禾却没有第一时间将手放开,她看着大国师道:"止血的药和绷带。"

大国师一挑眉梢,此时旁边的姬成羽立即奉上一张白绢手帕:"姑娘且将就一下。"

纪云禾也没挑,待姬成羽将手帕递进牢笼中,纪云禾伸手便接过了,她用牙咬着手帕的一头,配合着另一只手,熟练地给自己手背的伤口包扎了一下。她仰头,对大国师道:"牢里的日子不好过,能体面一点是一点。"

大国师瞥了她一眼,没再搭理她,拿着吸满鲜血的匕首便走了出去。

姬成羽这时才稍稍松了口气,看向纪云禾的眼神中有些无奈:"你可是除公主以外,第一个胆敢如此与师父说话的人。"

纪云禾看着自己手上的伤口,笑笑道:"大国师不怒自威,寻常人怕他,是正常的。"

姬成羽问她:"你怎生就不寻常了?"

"寻常人怕他是怕死。"她道,"而我不怕。"

在决定放走长意的那一刻,她便将生死看淡了。

听纪云禾将这般沉重的话说得如此轻松,姬成羽一时沉默。"云禾,你并不是一个恶人,师父也不是,而今这天下,许多百姓生下有双脉的孩子,便直接掐死了,驭妖师一年少过一年,你好好配合师父,师父不会杀你……"

"和谁杀不杀我无关,是我自己命数将近。"她答了这话,复而又盯住姬成羽,"但止血药还是得拿的。"

姬成羽被纪云禾的态度弄得有些无奈,只得叹气道:"嗯,你且等等吧,我这便帮你去拿。"

姬成羽起身离开,牢中又陷入了寂静。

纪云禾独坐牢里,看着几乎伴随了她大半辈子的牢笼栏杆,她伸手摸了摸,手却立即被牢笼上的禁制弹了回来。"唉……"她在空无一人的囚牢之中叹息。

"长意,你的那些日子,也是这般无趣吗?"

牢中,并没有人回应她的话。

纪云禾便倒头睡了下去。

她这一觉睡得很沉,睡得很香,她看到了汪洋大海,在海面浪花之下,有一条巨大的鲛人尾在海中飞速前行,他游得那么快,比天上的飞鸟还要快。她在梦里一直追随着他,看他游向汪洋的尽头,游到大海的深处……最终,再也没有回头。

被抓来之后,纪云禾或多或少已经有些放弃这段人生了。在她对生命几无展望之时,心口又迎来了熟悉的疼痛感。

是毒发了。

她忍着心口的剧痛,蜷缩在地上,努力不让自己叫出声来,直到将双唇都咬烂了,而心口的疼痛却一阵胜过一阵,她终于忍受不住地站了起来,没有丝毫犹豫,她一头往牢笼的禁制上撞去。

她不是想撞破禁制逃出去,她只是希望她的挣扎能触动禁制,打晕她,或者她能这般一头撞死也好。

她不想再忍受这人世附加给她的无端的疼痛。而这一次的疼痛,竟然不似往常那般还有个间歇时间。她体内的毒好似疯了一样,纠缠着她,丝毫不给她休息的空隙,终于让纪云禾忍不住痛吼出声。

姬成羽被她的哀号惊动，急急赶来，看见的便是一脸鲜血满地打滚的纪云禾。姬成羽大惊："云禾姑娘，你怎么了！"

纪云禾捂着心口，宛如困兽，匍匐于地，用自己唯一还能控制的力量，控制着自己的头，撞击着地面。但因为她能控制的力量实在太小了，所以她的动作看起来竟然好似在哀号着磕头一般。好似命运终于在此时抓住了她的头，将素来不服输的她摁在地上，一个一个地给老天爷磕头。每一下都是一个血印，每一声都满是挣扎。

姬成羽看得心惊。

终于，纪云禾以一个僵硬的姿态，停在了那儿，她不动了，一如那日悬崖边上，纪云禾以手撑着刀，立住身体，成了一个雕塑。

姬成羽微微靠近了一步："云……"

他刚开了口，忽然之间，纪云禾贴在地面的头猛地一转，一双猩红的眼睛径直盯住了牢外的姬成羽！

纪云禾的双眼赤红，宛如凝鲜血而成，在幽暗的地牢中，闪着充满杀气且诡异至极的光。

姬成羽被纪云禾这目光盯得脊梁一寒。

就在此时，黑气在纪云禾身边再次凝聚，化为九条妖异非常的狐尾，与那日在悬崖边上别无二致。

纪云禾竟是……再次变成了九尾妖狐！

姬成羽呆怔之时，忽然间，纪云禾眼中红光大作。那九条黑气倏尔撞击牢笼栏杆，却被栏杆上的大国师禁制挡住，栏杆被撞出了一声巨响，"轰隆"一声，整个牢笼都震颤摇晃，禁制的力量被激发，白光大亮，将牢笼照耀得一如白昼。

姬成羽却是被这撞击的余威击倒，摔坐在地。

纪云禾背后的那九条尾巴却并不就此放弃，它们挥舞得越发放肆，在牢中白光之间，狂乱而舞。

未等姬成羽站起身来，那尾巴猛地往后一缩，再次向地牢禁制撞击而来！这一次势头比上一次还要猛，竟然一击撞破禁制的白光，在巨响之中冲出牢笼，向姬成羽杀来！

姬成羽想挡，但在这般妖力的压制下，他根本动不了一根手指头。

在这千钧一发之际，一记白光似箭，猛地自屋外射来，倏尔将纪云禾的一条黑色尾巴猛地钉到了地板上，纪云禾一声闷哼，没来得及将剩

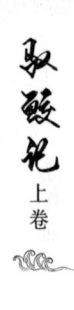

下的几条尾巴收回,又是几根白色的羽箭破空而来,将她九条尾巴悉数钉死在地上。

纪云禾一声哀号,口中猛地喷出一口黑色的血,霎时间,她九条尾巴消散无形,再次变成散乱的黑气在身边飘转。纪云禾躺在牢中,靠着墙壁急促地喘息着,这九条尾巴的消散好似让她的疼痛缓解了些许,她呼吸虽然急促,却再也没有那般挣扎。

一双穿着白色鞋履的脚此时方才踏入屋内。纤尘不染的雪白衣袖轻轻一挥,屋中四处散落的白色光箭化为白光,悉数聚拢在那苍白指尖。

大国师干瘦纤长的手指一握,一柄白色的长剑出现在他手中。

"成羽,你且出去。"

他淡淡吩咐了一声,姬成羽连忙颔首行礼,立即退了出去。

大国师推开地牢的门,一步踏入牢中。

纪云禾面如金纸,满头虚汗,她抬头望了大国师一眼,自嘲地勾唇笑了笑:"国师大人,您看,我这算什么稀奇事?"

大国师行来,纪云禾身边的黑气便尽数绕道而走,却也没有消散,一直在空气当中围绕着两人,好似在窥探,探寻着这大国师的弱点,等待一个可乘之机,将他杀死。

而大国师除了手中这一柄剑,好似再无任何防备,那黑气却也一直没敢动手。大国师走到纪云禾面前蹲下,伸出另一只干瘦的手,以食指在纪云禾唇角一抹。纪云禾唇角黑色的血便染上了他苍白的指端。

纪云禾猩红的眼瞳盯着他,看他将自己唇边的血在指尖玩弄。

他道:"炼人为妖,确实稀奇。"

这八个字一出,纪云禾愣住:"什么意思?"

大国师并没有回答她,却是又一伸手,在纪云禾全然未反应过来之际,将手中的一粒药丸丢入了纪云禾口中,指尖在她下巴上轻轻一抬,纪云禾毫无防备地咽下了药丸。

"你给我吃了什么?"

"寒霜。"

纪云禾面色微变。寒霜是大国师制的毒,专门对付驭妖师,被喂过寒霜的驭妖师无不惨死,是以朝廷才能在如今如此制衡驭妖一族。

"你想杀我?"

"我不想杀你。"大国师清冷的目光看着纪云禾,及至此时,也毫无情绪波动，他看她，看万物，都好似在看石头，看尸体，看的都是没有灵魂的死物，"我只是在让你试药。"

拿她试药……纪云禾冷笑："寒霜此毒，试了多少遍了？何苦再浪费给我？"

大国师看着她，静静等了一会儿，冷漠道："对，寒霜试了无数次，驭妖师无一例外，尽数暴毙而亡……"大国师又站起身来，居高临下的姿态给纪云禾更大的压力，"你是第一个例外。"

你是第一个……

这句话，此情此景，竟然让纪云禾觉得有些熟悉。

她倏尔记起，在她第一次被卿舒与林沧澜喂药之后，他们也是这样说的。

她是第一个……

"这人间，果然多了个新鲜事。"

纪云禾仰头看大国师，素来淡漠的他此时方才起了些兴趣似的，勾着唇角，盯着她。

纪云禾此时方才开始在意起自己身上的情况："我吃了寒霜，我没死？"

她先前不在意，是因为她认为自己死定了，一定会死在这个月的这一天，没有林沧澜毒药的解药，她会活活痛死，但现在她不仅没有活活痛死，还被大国师喂了寒霜之毒，也没有死，她的身体……

"我身上到底发生了什么？炼人为妖，是什么？"她猩红未退的眼瞳亮了起来，她望着大国师，终于开始重新关注起自己的这条烂命。

不为别的，只是因为……她好像，又有了那么一点点活下去的渺茫希望。

而这样的希望，哪怕只是一根稻草，她也想抓住。

"寒霜只杀驭妖师，因为只对双脉之人有效，而你如今身体之中，不仅有双脉灵力，还有妖力，妖力助你化解了寒霜之毒，是以，你不用再受寒霜桎梏。"大国师道，"有人将你，变成了一个非人非妖的怪物。"

"非人非妖……有灵力，有妖力……"纪云禾皱眉，她混乱地自言自语着，"林沧澜……卿舒……狐妖……一月一服……"她脑海中混乱地跳闪着过去的事情与画面。

卿舒与林沧澜第一次喂她药的画面，此后每月令她服用药物的画面，她想起了很多细节，一开始在她服药之后，卿舒总会暗自跟着她观察几日，后来时间长了，卿舒方才不再管她。

卿舒乃是狐妖，而她的真身，没有任何人见过，只知道她是力量极大的狐妖，她为什么臣服于林沧澜，缔结主仆契约，也无人知晓。

而在卿舒与林沧澜被她与林昊青杀死的那日，一个昔日谷主，一个传说中力量强大的大妖怪，却败得毫无声息，死得那般轻易……

所有先前在驭妖谷被纪云禾忽略的疑点，此时都冒上心头。她摸了摸自己的身体。

之前她在悬崖边上，为了保护长意逃走，受了那么多箭，挨了那么多刀，而此时，她的这些伤却几乎已经愈合。那样重的伤，她本来早该死了，又为何能活到现在？这愈合能力，确实也如妖怪一般。

还有卿舒死前，口中说的林沧澜的大业……

他的大业，难道就是炼人为妖，从而抵抗寒霜之毒，再让驭妖一族……重新站在这人世巅峰？

"难得。"大国师手中的剑在空中一舞，那些飘散在纪云禾周身的黑气登时又变得紧张起来，它们围着大国师，剑拔弩张。大国师却姿态放松，"纪云禾，你是个不错的新奇之物。"

大国师用衣袖将地上纪云禾先前呕出来的黑血一抹，也不嫌脏，直接拿在眼前探看。

"黑血，黑气，猩红眼瞳。"大国师蹲下身，左右打量纪云禾，他一抬手，要去触碰纪云禾的眼睛，忽然周围的黑气一动，立即在纪云禾面前变成一道屏障，阻碍了大国师苍白的指尖。

纪云禾一怔，大国师也微微一挑眉。

"这妖力，你虽无法控制，却知道自己护主。"他颇感兴趣地勾起了唇角，"不错。"

他指尖退开，黑气便也自动散开，状似无序地飘在四周。

纪云禾转头看了眼四周的黑雾："这是我的……妖力？"

妖怪的妖力便如驭妖师的灵力一般，都是他们自身拥有的力量。大多数妖怪在使用妖力的时候，妖力会发出自己特有的光华，离殊的光华是红色的，血祭十方阵时，红光遍天，唤醒了鸾鸟。

妖怪这样的物种也是奇怪，死而无形，是得大道。光华无色，也是大道。他们骨子里求的，仿佛就是那传说中的"无"字，可谁又能做到毫无执念呢？

不像人。普通人也好，驭妖师也好，求的……都是一个"得"字。

此时，外面倏尔传来姬成羽紧张的声音："公主！公主！国师有令，此处不能进……"

"我大成国有何地本宫不得进？"附了一道声响亮的掌掴之声，不久后，妆发未梳，一袭艳红睡袍的顺德公主赤脚踏入牢中，她往牢里一看，那一双看尽天下十分艳的眼睛微微睁大。

姬成羽跟着走了进来，站在顺德公主身边，脸上还留着一道鲜明的掌掴印记。姬成羽没有多言，颔首对大国师行礼："师父，徒儿无能，未拦住师姐。"

大国师连眼睛都未斜一下："无妨。"

"是。"

姬成羽退下，纪云禾却是一转头，与牢外的顺德公主四目相接。

纪云禾倏尔一笑："好久不见，公主。"

"你……"

未等顺德公主多说一个字，纪云禾周身黑气倏尔一动，冲过已经被撞碎了禁制的栏杆，径直向顺德公主杀去！

顺德公主一惊，她是皇家唯一身有双脉的孩子，也是大国师的徒弟，她身体之中也有灵力。她当即结印，却半点没挡住纪云禾的攻势！那黑气如箭，撞破她的灵力之印，直取顺德公主的心房，却在离顺德公主心房仅一寸之际，猛地被一道白光挡住。

黑气与白光相撞，宛如撞动了一座古老而巨大的钟，钟声回响，在房中经久未绝。

顺德公主愣在当场，姬成羽也愣在当场。

牢中寂静许久，却是纪云禾先开了口。她对着大国师一笑，道："看来我也不是完全不能控制它。"纪云禾身边的黑气飘到她脸颊边，似丝带拂过她的脸颊，"想让它做的事，它还是做了。"

"你想杀本宫？"顺德公主微微眯起了眼，"弄丢鲛人，背叛皇命，而今还欲杀了本宫，纪云禾，你好大的狗胆。"

纪云禾嘴角挂着几分轻蔑的笑，看着牢外的顺德公主："我不想杀你，我只是好奇顺德公主的心到底是不是黑的。若你因此死了，那只能算是我顺手做了一件好事。"

顺德公主微微握紧拳，大国师瞥了她一眼，问："你怎么来了？"

言辞间，语气也温和，并无责怪顺德公主强闯之意。纪云禾心道，都说大国师极宠顺德公主，看来传言不假。

"师父，夜里听见国师府传来大动静，心中忧虑，其他人不敢前来，我便来了。"顺德公主看着纪云禾，"没想到，徒儿弄得天翻地覆要找的人，竟然在你这儿。"

顺德公主此时方找回自己的骄傲，她背脊挺直，微微抬高了下巴，赤脚踏过地面，撞破大国师为了保护她在她身前留下的白色咒印。

"师父，"她径直走到了大国师身后，"我要杀了她。"缀了金丝花的指尖点了一下纪云禾。高傲一如当初驾临驭妖谷之际。

纪云禾也是一身狼狈地坐在墙角，狼狈更甚于在驭妖谷见到顺德公主那日。

只是比起当时，如今的纪云禾心情实在是好了不少。不为别的，只因她对如今的顺德公主——不畏惧。

顺德公主找不到长意，也杀不了她。

"你杀不了我。"

"不能杀她。"

纪云禾几乎和大国师同时说话。

于是纪云禾满意地在顺德公主脸上看到了一丝更加恶毒的……嗜杀之意。

"此乃罪人。她令我痛失鲛人，且非常叛逆，留不得。"

"那是之前。"大国师淡淡道。

顺德公主眉头紧皱："师父何意？"

"她如今是我的药人了。"

他说纪云禾是新奇之物，必然对她多加研究，暂时是不会放任任何人杀掉她的。在这天下，这都城，有什么比变成大国师想要保的人更安全的选择呢？

大国师说不能杀，所以，饶是尊贵如天下二主的顺德公主，也不能杀。

纪云禾笑着看顺德公主，他们现在谁都杀不了谁，但只要顺德公主抓不到长意，纪云禾便永远可以在她面前做微笑的那一个。

纪云禾捂住心口，本应该在今夜将她纠缠不休的剧痛，此时也消失

第十四章 大国师

不见。之前困扰她的，要夺她性命的东西，此时却意外地给了她生机。命运好似带她去棺材里面走了一遭，然后又将她拎了出来，告诉她，先前的一切，只是开了一个玩笑。

顺德公主也不甘如此放弃，片刻后，顺德公主点了点头："好，师父，从今往后，徒儿愿随你共同炼这药人。"

纪云禾望着顺德公主，只见这天下二主嘴角的笑，犹如毒蛇一般阴冷邪恶："论试药炼丹，宫中的法子可也不少。"

大国师依旧只看着纪云禾身侧的黑气，无所谓地应了下来："可。"

顺德公主便笑得更加灿烂了一些。

纪云禾知道，这就是命运。

命运就是刚把她拉出棺材，又一个不小心把她装进去的小孩。

说玩你，就玩你，半点都不含糊。

第十五章

赌约

"我赌你平不了这乱,杀不尽这天下反叛者。"

如顺德公主所说,她果真开始醉心于"炼制药人"。

当纪云禾的手被吊在墙壁上,手臂被划了第一千道伤口的时候,她的伤口终于不再快速愈合了,黑色的血液滴答落下,她周身的黑气也不再如一月前那般气势汹汹了,别说凝聚成九条黑色的狐狸尾巴,它们甚至不再能飘起来了,黑气近乎消散。

但纪云禾就是没有死。她面无表情地看着蛊虫在自己破皮的伤口处吸食鲜血,然后往她的皮肉里面钻。

比起过去的这一个月,这样的"炼人之法"已经是再轻松不过的了。

没多久,蛊虫就被她的黑血毒死,爆体而亡。

顺德公主站在牢笼外,摇了摇头:"帝王蛊也镇不住你,看来这世间没有任何虫子能奈你何了。以后让西边那些废物拿蛊来了。再给她试一下海外找来的那个奇毒,看看有什么不同的反应。"

顺德公主今天好似兴趣缺乏,给姬成羽留下这段话便转身离开了。

姬成羽没有应声,待得顺德公主离开之后,他才抬起头来望着牢中的纪云禾,眼瞳微微颤动:"纪姑娘……"

第十五章 赌约

一如往常，直至此时纪云禾才会微微睁开眼睛，看姬成羽一眼："鲛……"她只说了一个字。

不用她将话问完，姬成羽已经知道她要问什么了，因为每天不管多重的折磨，多痛的苦难之后，她都会问这一个问题。

"鲛人还没抓到……"姬成羽如此回答，纪云禾的眉眼便又垂了下去，除了这件事情，好像在这人世间她再无任何关心的事情了一般。

而今日，姬成羽却还有不一样的话想要告诉她："但是……北方有驭妖师传来消息称，有人看见了空明和尚……与一银发蓝眸的男子，在北方苦寒地出现，那男子……容貌身形，酷似朝廷通缉的鲛人。"

"空明和尚……银发蓝眸……"纪云禾虚弱地呢喃自语，"北地……为什么？"

北方苦寒地，远在内陆，与大海相隔万里。长意为什么会出现在那儿？

纪云禾将他推下悬崖，让他掉入崖下暗河，因为她认为，每一条河流终将归于大海，哪怕他自己游不动，总有一条河能载他一程，但为什么会有人看见长意在北方苦寒地，还与空明和尚在一起？

这一月余，在长意身上……又发生了什么？他为什么不回大海？他……在想什么？他又想做什么？

纪云禾有无数的问题萦绕在心尖，她喘了两口气，虚弱地问姬成羽："消息……几分真？"

"直接报与公主的消息，八九不离十。"

难怪……难怪今日顺德公主折磨起她来，显得这般漫不经心，原来是终于盼来了长意的消息。

"她……还想做什么？"纪云禾握紧了拳头，得知长意没有回归大海，而是继续在这凡尘俗世之中沉浮，纪云禾心尖的那把刀便又悬了起来。

她运足身体里残存的力量，用力挣扎，墙上的黑气凝聚成她手臂的力量，她一声短喝，将铁链从墙壁之中生生拽了一截出来。

"让她回来！"纪云禾挣扎着，拖拉着铁链，几乎走到牢笼栅栏边，"她尽可将她想到的招数用在我身上……"

这一句话听得姬成羽眉头紧皱，他看着她那一身狼狈，让人不忍直视。"纪姑娘，你何至于为了那鲛人，做到如此地步？"

"他是唯一和仅有的……"纪云禾方才的挣扎，几乎让她筋疲力尽，

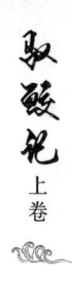

破败的衣物晃动，将她脖子里的伤显露出来，里面的伤口已经愈合，但是皮开肉绽后的丑陋疤痕却横亘在她的皮肤上，像一条百足虫，从颈项往里延伸，不知爬过了她身上多少地方。

"他是唯一和仅有的……"纪云禾呢喃道，无力地摔倒在牢笼栅栏边，没有将后面的话说出来。

铁履踏过地面之声铿锵而来，小将军朱凌盛气凌人地走进牢里。

但见牢中的纪云禾已经拖拉着铁链摔倒在栅栏前，朱凌当即眉头一皱，看了眼牢外的姬成羽："哼，公主就知道你心慈手软，所以特地派我来监督你，那些驭妖师辛辛苦苦寻来的奇毒，你到底有没有给她用上？"

姬成羽沉默着，看着纪云禾没有应声。

朱凌心急，一把将姬成羽推开，自己走到角落放置药物器具的地方，他探看一番，拿出一支铁箭，打开了一个重重扣死的漆盒。盒子打开的那一瞬，整个牢里便散发出了一阵诡异的奇香。

朱凌用铁箭尖端蘸了蘸那漆盒中的汁液，随后勾唇一笑，反手将自己背上的千钧弓取下，将铁箭搭在弦上，染了汁液的箭头直指纪云禾，他也得意扬扬地看着她："当日在崖上，你不是很威风吗？本将今日倒要看看，你还要怎么威风！"

"好了！"

箭即将离弦之际，姬成羽倏尔挡在了箭与纪云禾之间。

姬成羽盯着朱凌："这毒是师父命人寻来的，而今师父外出，明日便回，此毒须得在师父回来之后，经师父首肯，方可用给纪……用给此药人。"

"少拿大国师唬我。"朱凌冷哼，"公主下了令，我是公主的将，便只听她的令，你闪开。"

姬成羽没有动："朱凌，她是师父的药人，不是公主的药人。她若有差池，师父问罪起来……"

"这个月以来，公主对她做的事，还不如这点药？大国师何时问罪过公主？再有，退一万步讲，你见在哪件事上，大国师跟咱们公主急眼过。"朱凌轻蔑地盯着姬成羽，"不过一个药人，死便死了，你这般护着她是要做甚？"

姬成羽沉默。

第十五章 赌约

"莫不是你要做你哥哥那样的叛离者？"

朱凌提及此事，似触碰到了姬成羽的痛处，姬成羽呆住，尚未来得及反应，朱凌上前两步，一脚将姬成羽踢开，抬臂射箭不过一瞬之事。

纪云禾根本没有力气抵挡，而那些零散的黑气则在一瞬间被羽箭撞破，只得任由那沾了奇毒的箭射在纪云禾大腿之上。

箭带来的疼痛已经不足以让纪云禾皱眉了，但箭尖上的毒却让在长久的折磨中已经麻木的纪云禾感到了一丝诡异的触感。

"看，我有分寸，未射她心房。"朱凌在牢外，碰了碰姬成羽的胳膊，"你别木着个脸，每天就做守着一个废物的轻松差事，你倒还守出一脸的不耐烦……"

"朱凌！够了！"

"我怎么了？"

朱凌和姬成羽争执的声音，在牢外朦胧成一片，纪云禾渐渐开始听不见朱凌的声音，看不见眼前的东西，紧接着，她也感觉不到脚下的大地了。她只觉自己五感似乎都已经被剥夺，只剩下胸腔里越跳越快的心脏。

怦，怦，怦。

如急鼓之声，越发密集，直至连成一片，最后彻底消失。

纪云禾的世界，沉入了一片黑暗之中。

再次感知到外界存在的时候，纪云禾心里只有一个想法。

她这条命，可真是烂贱，这么折腾也没有死掉。

既然如此，那就再挺挺吧。

纪云禾想，长意还没有回到大海，还没回归他原来的生活，那么她便有了坚持下去的理由。她这条烂命，还不能止步于此。在这国师府内，一定还有她能帮助长意做的事，比如说——杀了顺德公主。

大国师力量强大，然则他对长意并没有什么兴趣，他感兴趣的是她这个半人半妖的怪物。真正想要害长意的，只有顺德公主。如果杀了她，长意就算在陆地上待着，也无甚危险了。

纪云禾睁开了眼睛。

熟悉的牢笼，一成不变的幽暗环境，但是在她身边，那黑色的气息却不见了。纪云禾伸出手，她的手掌干瘦苍白，几乎可以清晰地看见皮下血管。这一个月来，一直附着在她身上的黑气完全消失无踪，她摸了摸手臂，先前被割开的口子也已不见了，她的身体好似回到了妖力爆发之前那般平衡的状态。

"我果然没想错，那海外仙岛上的奇花之毒，确有奇效。"大国师的声音自牢笼之外传来。

纪云禾一转头，但见大国师推开了牢笼的门走了进来，他在她身侧蹲下，自然而然地拉过纪云禾的手，指尖搭在了她的手腕上。

他诊脉时当真宛如一个大夫，十分专注，只是口中的言语却并无医者仁心："隐脉仍在，灵力尚存，妖力虽弱，却也平稳。应当是隐在了你本身的血脉之中。汝菱做了件好事。"

汝菱，是顺德公主的名字，除了大国师，这世间怕再没有人敢如此称她。

"好事？"纪云禾觉得好笑地看着大国师。

大国师淡漠道："隐脉是你的灵力，而普通人也拥有的脉搏现在被你的妖力盘踞。我命人从海外仙岛寻来的奇花之毒，促成了妖力与灵力的融合，令你现在是名副其实的……"

"怪物。"纪云禾打断他的话，自己给自己定下了名称。

"同时拥有妖与驭妖师之力，世间从未有之，你该庆幸。"

纪云禾一声冷笑："姬成羽说，这毒，你本还要炼制。"

"嗯。还未炼制完成，有何不妥，须得再观察些时日。"

"观察？"纪云禾问，"让顺德公主再给我施以酷刑？"

大国师放开她的手腕，余温仍在她皮肤上停留。"这是研究你必需的手段。"大国师却已经要转身离开。

纪云禾看着他一身缟素的背影，扬声道："国师大人，我很好奇，你和顺德公主这般身在高位的人，是看惯了残忍，还是习惯了恶毒？你们对自己所作所为，便无丝毫怀疑……或者悲哀吗？"

大国师脚步微微一顿。他侧过头来，身影在墙上蜡烛的逆光之中显得有些摇晃："我也曾问过他人这般言语。"

纪云禾本是挑衅一问，却未承想得到了这么一句回答。

这是什么意思？这个大国师难道也曾陷于她如今这般难堪绝望的境地之中？

没有再给纪云禾更多的信息，也没有正面应答她的问题，大国师转身离开,只留纪云禾独坐牢中。纪云禾不再思索其他,这些身在高位的人如何想,本也不是她该去思考的事情。她盘腿坐在墙角,往内探索,寻找体内的两股力量。

她必须蓄积力量,这样才能出其不意地杀了顺德公主。

五日后。

顺德公主带着朱凌又来了,几日未出现,顺德公主的情绪相较之前,沉了许多,她似乎隐隐压抑着愤怒。

一旁的朱凌得见牢中的纪云禾脸上难得恢复了一丝血色,冷哼一声:"倒是还阴错阳差地便宜她了。"

朱凌这话使顺德公主更加不悦:"朱凌,慎刑司照着赤尾鞭做的鞭子呢?"

"我去帮公主找找。"朱凌说着走到了一旁的刑具处,翻找起来。

顺德公主则上前两步,站在布下禁制的牢笼外,盯着里面仍旧在打坐的纪云禾,倏尔道:"鲛人联合空明和尚以及一众叛逃的驭妖师,带着一批逃散的低贱妖怪,从北方苦寒地出发,一路向南,杀到了北方驭妖台。"

纪云禾闻言,终于微微睁开了眼睛。她没有抬眼看顺德公主,只看着面前的地面,沉默不言。

"驭妖谷的护法大人,你放走的鲛人可真是给本宫和朝廷找了好大的麻烦。"

纪云禾这才抬眼,看向牢外的顺德公主,然后满意地在顺德公主脸上看到了恼羞成怒、咬牙切齿和阴狠毒辣。

她那张高高在上的脸,终于因为内心的愤怒,展现出了丑陋的模样。

纪云禾知道接下来将要面临什么,她此时却心情颇好地笑了起来:"顺德公主,辛苦你了,你可算是给我带来了一个好消息。"

长意没有回大海,但他好像在陆地上也找到了自己的立足之地。

纪云禾的话,更点燃了顺德公主的怒火:"你以为这是好消息?而今,本宫不会放过鲛人,朝廷也不会放过,一群乌合之众的叛乱,最多两个月,必定被平息,而你,当第一个被祭旗。"

"公主,你错了,你没办法拿我去祭旗,因为你师父不许。再有,他们不是乌合之众，他们是被你们逼到穷途末路的亡命者。而这样的亡命者，你以为在朝廷经年累月的严酷控制下，于朗朗天地中会只有他们吗？"

顺德公主盯着纪云禾，微微眯起了眼睛。

纪云禾依旧笑道："两个月？我看两年也未必能平此叛乱，谁输谁赢，皆无定数。"

"好个伶牙俐齿的丫头。"顺德公主接过旁边朱凌翻找出来的鞭子，"本宫纵无法将你祭旗，却也可以让你生不如死。"

纪云禾眼珠丝毫不转地盯着她："你试试。"

顺德公主握紧手中长鞭，一转脚步，便要打开纪云禾的牢门。

纪云禾紧紧盯着她的动作，只待她一开门，便会暴起将她杀死。到时候，顺德公主一死，"天下二主"之间多年来暗藏的矛盾斗争，必然浮出水面，朝中大乱，再无暇顾及北方的叛乱。

纪云禾身为大国师的"新奇之物"，或许也保不住性命，但无所谓了，她能给远在塞北的长意争取到更多的时间和机会，足矣。

纪云禾微微握紧拳头。

"公主！公主！"正在这时，门口传来姬成羽的急切呼唤。

顺德公主脚步一顿，往门外看去，姬成羽急急踏了进来，对着顺德公主一行礼道："公主，皇上召您速速入宫。自北方苦寒地而来的那群叛乱者一路势如破竹，大破驭妖台的禁制，驱赶忠于朝廷的驭妖师，将驭妖台据为己有！"

顺德公主大惊。

纪云禾眉梢一挑，勾唇笑道："公主，这北方的形势，听起来像是那群'乌合之众'欲借驭妖台之地，扎下根来与朝廷抗衡了啊。"

顺德公主目光阴狠地盯着纪云禾，她将鞭子重重地扔在地上："朱凌，打，给本宫打到她说不出来话为止！"言罢，她怒气冲冲而去。

自打那天起，顺德公主给予纪云禾的刑罚变本加厉。

而纪云禾一直在忍耐，她静静等待，等待着一个可以一举杀掉顺德公主的机会。

三个月后，顺德公主再来囚牢，携带着比之前更加汹涌的滔天怒火。未听姬成羽阻止,也没有等到大国师来,她径直拉开了牢房的门。
"你们这些背叛者……"她红着眼,咬牙切齿地瞪着纪云禾,拿了仿制的赤尾鞭,以一双赤足踏进了牢中,"通通都该死!"她说着,鞭子劈头盖脸地对着纪云禾打下。

而纪云禾自打她走进视野的那一刻便一直运着气。

她知道,她等待多时的时机已经来了。

待得鞭子抽下的一瞬,纪云禾手中黑气暴涨,裹住鞭子,就势一拉,一把将握住鞭子另一头的顺德公主抓了过来。

顺德公主猝不及防间被纪云禾掐住了脖子,她错愕地瞪大眼,纪云禾当即目光一凛,五指用力,便要将顺德公主掐死。而在此时,顺德公主的身体猛地被一股更大的力量吸走。纪云禾的五指只在她脖子上留下了几道深深的血痕,转瞬便被另一股力量击退,力道击打在纪云禾身上,却没有退去,犹如蛛网一般,覆在她身上,将她粘在墙上,令她动弹不得。

而另一边被解救的顺德公主一摸自己的脖子,看到满手血迹,她顿时大惊失色,立即奔到了牢笼之外,利用刑具处的一把大剑,借着犹如镜面一般的精钢剑身,照着自己的伤口。她仔细探看,反反复复在自己脸颊上看来看去,在确定并未损伤容颜之后,顺德公主眸光如冰,将精钢大剑拔出刑具架来。

她阴沉着脸,混着血迹,宛如地狱来的夜叉,要将纪云禾碎尸万段。

然而在她第二次踏进牢中之前,牢门却猛地关上了。

"好了。"大国师这才姗姗来迟,看了顺德公主一眼,"汝菱,不可杀她。"

"师父,并非我想杀她。"顺德公主缀着金丝花的指甲紧紧地扣在剑柄上,她咬牙切齿地说,"这贱奴想杀我。"

"我说,不能杀。"

大国师口中轻飘飘的五个字落地,顺德公主呼吸陡然重了一瞬,似乎是在极力压抑着自己的怒火,随即她将手中大剑狠狠一扔,剑掷于地,砸出铿锵之声。

"好,我不杀她可以,但师父,北方反叛者坐拥驭妖台,眼看坐大,我想让您出手干预。"

纪云禾闻言,虽被制在墙上,却是一声轻笑:"原来公主这般气急败坏,是没有压下北方起义,想拿我出气呢。结果出气不成,便开始找长辈哭鼻子要糖吃吗?"

"纪云禾!"顺德公主几乎是一字一句地吼出她的名字,"你休要猖狂!待得本宫拿下驭妖台,本宫便要让天下人亲眼看见,本宫是如何一寸一寸揭了你的皮的!"

"两月已过。"纪云禾如逗弄顺德公主一般,又笑道,"公主这是要与我赌两年后,再看结果了?或者,我换个点数。"纪云禾收敛了脸上笑意,"我赌你平不了这乱,杀不尽这天下反叛者。"

"好!"顺德公主恨道,"本宫便与你来赌,就赌你的筋骨血肉,你要是输了,本宫便一日剐你一寸肉,将你削为人彘!"

"既然是赌注,公主便要拿出同等筹码,你若输了,亦是如此。"

"等着瞧。"顺德公主再次望向大国师,却见大国师挥了挥手,一直被强力摁在墙上的纪云禾终于掉了下来。"师父,"顺德公主唤回大国师的注意,"事至如今,你为何迟迟不愿出手?"

"宵小之辈,不足为惧,青羽鸾鸟才是大敌,找到她把她除掉,我方可北上。"

但闻此言,顺德公主终于沉默下来,她又看了牢中的纪云禾一眼,这才不忿离去。待顺德公主走后,纪云禾往墙边一坐,看着没有离开的大国师,道:"传说中的青羽鸾鸟便如此厉害,值得大国师这般忌惮?"

"她值得。"

简短的回答,让纪云禾眉梢一挑:"你们这百年前走过来的驭妖师和妖怪,还曾有过故事?"

"不是什么好故事。"大国师转头看向纪云禾,"在囚牢中,还敢对汝菱动手,你当真以为你这新奇之物的身份,是免死金牌?"

纪云禾一笑:"至少目前是。"她打量着大国师,"若我真杀了这公主,我的免死金牌就无用了?"

"我不会让任何人杀了她。"

"就算我不杀她,时间也会杀了她,难道连老天爷你也压得住?"

"任何人也不能杀她,你不行,时间不行,老天爷也不行。"

纪云禾闻言,沉默地打量了大国师许久:"为什么这么执着于她?你爱她吗?"

第十五章 赌约

大国师顿了一瞬:"我爱她的脸。"

纪云禾万万没想到,堂堂大国师,竟然是这般肤浅之人……失敬失敬!

"她的脸,与我失去的爱人的,一模一样。"

纪云禾消化了一番大国师的这句话,随后又起了好奇:"失去的爱人?"

"我失去过,所以这世界上,关于她的任何蛛丝马迹,我都不会再失去,谁都不能再从我身边带走她。"

纪云禾微微肃了神色:"即便只是一张相似的脸,也不行?"

"不行。"

纪云禾盘腿坐着,将手抱了起来:"这可怎么办,顺德公主我还是要杀的。她做了太多令人不悦的事情了。"

大国师清冷的眼眸紧紧锁住纪云禾:"那你,便也要跟着陪葬。"

"无所谓。"纪云禾勾唇一笑,"我这条贱命,换她一条贱人命,公平。"

大国师闻言,方眉梢一挑:"你又为什么执着于她?"

"我也有要保护的人啊。"纪云禾笑着,目光也如剑光一般,与大国师相接,"谁动也不行。"

纪云禾与大国师的"交心"在一阵沉默之后,便无疾而终。

这之后,因为日渐激烈的北方叛乱,顺德公主越发忙于朝中事务,鲜少再亲自来到大国师府中。偶尔战事吃紧,或者朝廷的军队在前线吃了大亏,顺德公主便会携带数十名驭妖师来到牢中,让他们执行她的命令,将她的一通邪火狠狠发泄在纪云禾身上。

纪云禾一直忍耐,静待反击之机。

而顺德公主对纪云禾的折磨,时间间隔也越来越长。

一开始十天半月来一次,而后一两个月来一次,再后来,甚至三五个月也不曾见顺德公主的身影。

战事越发吃紧。

但青羽鸾鸟还是没有出现,大国师自始至终都静静耐着性子,并未出手干预。不过大国师并不吝啬借出国师府的弟子。

朝廷要国师府的弟子他很是大方,要多少人,给多少人,要多少符，画多少符，但他自己就是稳如泰山，任凭朝中人如何劝，顺德公主如何求，他都不管。

而后，两年又两年，四年已过，时间长了，便也没有人来找大国师了。

但这几年间，国师府的弟子尽数被借出，常常连看守纪云禾的人都没有，偌大的国师府，就剩一个犯人和一个光杆司令。在这个司令无聊之时，他还会到牢中来，坐在这唯一的犯人身边看书，时不时分享一些观点。

纪云禾感觉自己仿佛从一个囚徒，变成了一个空巢老人的陪聊。

大国师甚至偶尔还跟纪云禾聊一聊这天下的局势。虽足不出户，但他什么事都知道得清清楚楚。

他告诉纪云禾，占据了北方驭妖台的反叛者们，人数从一开始的数十人，变成了数百人，而后上千人，上万人……俨然形成了一支压在大成国北境的大军。

他们多数都是走投无路的妖怪，叛逃的驭妖师，且因与朝廷作战场场大捷，他们的名声也越来越大，投奔的人也越来越多。

这些反叛者甚至以驭妖台为中心，形成了一个北方"帝国"，他们自称"苦寒境"，说自己是"苦寒者"，还立了首领——鲛人，长意。

当大国师平静地告诉纪云禾这些消息时，纪云禾万分惊讶。一是惊讶于长意的"成长"，二是惊讶于这天下反叛之人，竟然比她想的还要多。

如今天下，光是通过这些消息，纪云禾便可以推断，这世道必然兵荒马乱。而这大国师竟然还能安然在地牢之中，闲耗时间，安稳看书，就好像顺德公主没有生死危险，这天下就与他无关一样。

纪云禾甚至想过，如今天下局势，或许就是大国师想要的。

他纵容叛乱，纵容厮杀，纵容天下大乱。

他想要战争。

他想要……为这天下办丧。

又或者说，他想要用这天下的鲜血，来祭奠他失去的那个……爱人。

第十六章

复仇

"我是来复仇的。"

又是一年大雪纷飞。

天下乱之已久。

纪云禾已经记不得自己在牢里挨过了多少日子。北方的叛乱已然变成了一场旷日持久的战争,"苦寒境"的人和大成国朝廷的交锋频繁得已经不再新鲜。大国师失去了讨论的兴趣,是胜是负都懒得再与纪云禾说。

他每日只拿一本书到牢里来看,好似只要顺德公主没有生命危险,他便不会出手干预一般。

纪云禾倒是并不排斥他。左右他不来就没有人再来了。她一个人整天蹲在牢里非给憋疯了不可。大国师是给自己找了个伴,也让纪云禾得到了一丝慰藉。

"大国师,"纪云禾在牢里闲得无聊,拿破木条敲了敲地板,"冬天太冷了,给个火盆呗。"

大国师翻着书,看也不看她一眼。

纪云禾不消停,继续敲着地板道:"那你手里这本书什么时候能看完?我上一本已经看完很久了,你抓紧些看,看完给我呗。"

"上一本书看完了，我问你几个问题，然后再把这本书给你。"

"又来……"

纪云禾一直觉得，这个想为天下办丧的大国师，其实就是一个内心孤僻到偏执的孤寡老人。世人都怕他，可纪云禾觉得，与他相处比与林沧澜相处舒适许多，他甚至比林昊青都要好相处很多。

因为，她在大国师面前不用算计——在绝对力量面前，她的算计都无足轻重。

这样反而能让她找到更合适的方式去与他相处。

"问吧。"

"第一页，第一行，笔者'欲行青烟处'，青烟在何处？"

"在此处。"

大国师挑眉。

纪云禾笑着继续说："上一本书《天南国注》，笔者以梦为托，借梦游天南国，写遍天南国山河湖海，却一直在追逐一人脚步，此人在她梦中，白衣翩翩，长身玉立，举世无双，所以她愿追随此人走遍天下。最终因此人而沉溺梦中，在梦中而亡。

"笔者欲行之处，并非梦中天南国，欲寻之人，也并非梦中那个影子，而是在梦外。只是此人太高不可攀，难求难得，令她宁愿沉睡梦中，直至梦竭命终，也不肯苏醒，面对一个自己永远得不到的人。"

大国师闻言沉默。

"上一本《天南国注》和上上本《长水注》，还有上上上本《吟长夜》，都是同一女子所著吧？"

"你如何知道是女子？"

"还如何知道，这字里行间的相思之意，都要溢出来了。你说我是如何知道的？"

纪云禾一边敲着破木头，一边道："这书中，相思之情万分浓烈，而这文章立意也困于相思之中，再难做高，文笔有时也稍欠妥当。这书足以令我看得津津有味，只是不太符合国师您的身份吧。你日日研读这种女子相思之作，莫不是……"纪云禾打量着他道，"写这书的人，便是你所爱之人？"

大国师倒也没含糊："是她写的。"大国师看着手中的书本，"我誊抄的。"

第十六章 复仇

原本甚至都舍不得拿出来翻看吗……

纪云禾有些叹息:"既然她喜欢你,你也这般喜欢她,为何还生生错过?"

大国师抚摩书页上文字的手倏尔停住:"你以为,我为何要给这天下办丧?"

纪云禾沉默,随后道:"虽然还未看你手中这本,但前面几本我读过,此女子虽困于相思之情,但对天地山河,苍生百姓,仍有热爱,你……"

纪云禾话音未落,大国师却忽然站了起来。

纪云禾一愣,但见大国师神情严肃,纪云禾将手中一直在敲地板的破木头丢了,道:"行,我不吵你,你慢慢看。"大国师却一转身要走。

"怎么了?"

"汝菱有危险。"大国师留下五个字,身形化为一道白光,转瞬消失不见。方才还在他手上握着的书"啪"的一声便掉在了地上。

纪云禾立即贴着牢门喊:"你把书丢给我再走啊!哎!"

等她的话音在寒凉的空气中盘旋了两圈,大国师身影早已不见。

纪云禾坐在牢笼里,双眼巴巴望着牢外掉在地上的书,等着大国师回来。

而这一等,却是等了十来天。一直等到了新年。

大国师府地处京师,是在最繁华处辟了一块幽静之地。可以想象,和平时期的京城,新年的年味能从牢外飘到牢里面。

即便前几年大成国与北境苦寒者乱斗,京城的年味也是丝毫不减。一整月里,每到夜间,外面的红灯笼能照亮雪夜。除夕当天还有烟火欢腾,更有被驭妖师灵力所驱使的烟花,点亮京师整个夜空。

纪云禾即便在牢里,也能透过门口看见外面的光影变化。

而今年什么都没有。

纪云禾在牢里过得不知时日,但估算着也是除夕这几天了。

那牢门口什么动静也没有。她枯坐了一个月,盼来的却是愤怒得几乎失去理智的顺德公主。

顺德公主赤着脚,提着鞭子而来,身上似乎还带着伤,急匆匆地,一瘸一拐地走着。跟在她身后的,是乌泱乌泱的一群驭妖师。

纪云禾已经很久没有见过这么多人了。她看着瘸了腿的顺德公主,开口打趣:"公主,现在离我第一次见你,不过五年半的时间,怎生狼狈成了这般模样?"

顺德公主一言未发，给了个眼神，旁边有驭妖师打开了牢笼的门。

姬成羽这才急匆匆地从众多驭妖师之中挤了进来。

"公主！公主！师父还在北境与青羽鸾鸟缠斗！"

青羽鸾鸟？

纪云禾眼眸一亮，青羽鸾鸟竟然出现了！

"……或许过不了多久，师父便回来了，不如我们等师父回来再……"

"如今战事，皆因此贱奴而起！我大成国大好男儿，战死沙场，白骨累累，皆为此贱奴所害！"顺德公主怒红了眼，斥责姬成羽，"不杀此奴，不足泄愤！"

纪云禾闻言，心里大概猜了个一二。

看样子，是青羽鸾鸟出现了，大成国吃了个大败仗，甚至累得顺德公主也伤了腿。这才让大国师出了手，去了北方。而今在北境，大国师被青羽鸾鸟缠上，所以这才一时半会儿脱不了身。

驭妖师们踏入牢中，顺德公主也入了牢中。

见自己已劝不住，姬成羽给纪云禾使了个眼色，转身离去，看这样子，似乎是想通过什么办法联系上北境的大国师。

纪云禾任由姬成羽离去，她站起身来，虽是一身破旧衣裳，可态度也不卑不亢："公主，战事为何而起，你如今还没有想明白吗？"

一鞭子狠狠抽在了纪云禾脸上："想明白什么？本官只要知道，你这条贱命，是怎么没的就够了。"

纪云禾的手指沾了一点脸上的血，她抹掉血迹，再次看向顺德公主，眼中已泛起凛冽的杀意："这就是沙场之上，白骨累累的原因。"

"本官何须听你说教！"顺德公主怒极，又是一鞭挥来。

纪云禾一抬手，鞭子与纪云禾手掌相接触的一瞬间，黑气腾飞，纪云禾一把抓住了鞭子。

"没有谁，天生便该是你的贱奴。"

顺德公主哪里肯听她言语，厉喝一声："给本官杀了她！"

驭妖师闻声而动，各种武器携带着驭妖师的灵力在狭小的空间之中向纪云禾杀来。

纪云禾将所有蕴含杀气的凛冽寒光都纳入眸中。她的手紧握成拳，一身黑气陡然飘散开来。

第十六章 复仇

狭窄的空间之中，所有飞来的武器尽数被她周身的黑气狠狠打了回去。速度之快，甚至让有的驭妖师猝不及防，直接被自己的武器击中。

纪云禾身后，九条妖异的尾巴再次飘荡出来，在牢笼之中激荡着，宛似一只愤怒的巨兽，拍打着四周的囚牢。

"你想杀我，正巧，我也想杀你。"

黑色尾巴向前一伸，将那地上的一柄断剑卷了过来，纪云禾握住断剑剑柄，将剑刃直指顺德公主："来。"

顺德公主红着一双眼睛，所有的娇媚与高高在上此时尽数被仇恨所吞噬，让她的面目变得扭曲，甚至狰狞。

与顺德公主此役，纪云禾赢得并不轻松。

接近六年的时间，被囚在牢中，不见天日，她的手脚皆不再灵活如初。

而顺德公主身为大国师最看重的一个弟子，当是得了他三分真传，有自傲的本事，加之旁边的驭妖师伺机而动，让纪云禾应接不暇，数次受伤，满身皆是鲜血。但好在在多年的折磨当中，这样的伤已不足以令纪云禾分神，她全神贯注，不防不守，全力进攻，任凭流再多血，受再多伤，她也要达成自己的目的。

顺德公主带来的驭妖师皆被打败，顺德公主也疲惫不堪，面色苍白的纪云禾终于找到机会，一举杀向顺德公主的命门！谁承想顺德公主竟然随手拉过旁边的驭妖师，让他挡在自己身前，纪云禾一剑刺入驭妖师肩头，驭妖师震惊不已："师姐……"

顺德公主却恍若未闻，一鞭子甩来，将纪云禾与那驭妖师绑作一堆。

纪云禾未来得及躲避，顺德公主径直夺过一把长剑，从那驭妖师的身后直接刺了过来！长剑穿过驭妖师的后背，刺向纪云禾的心口。

纪云禾闷声一哼，立即斩断困住自己的长鞭，往后连连退了三步，方才避开了那致命一击。

见得纪云禾还活着，顺德公主一脚踢开自己身前的驭妖师："废物！"驭妖师倒在地上，已断了气息。

而此时，其余驭妖师见状，皆惊骇不已。

纪云禾捂住自己的伤口，以黑气疗伤，而已疲惫得举不起剑的顺德公主则声嘶力竭地命令其他驭妖师："上！都给我上！杀了她！"

在场所有人尽数沉默，他们的灵力也几乎被消耗殆尽，不少人还受了重伤，见顺德公主如此，纷纷露出骇然神色，此时，有人打开了牢笼的门，一个人踉跄着逃了出去。

紧接着，第二个，第三个……除了地上躺着的那个断气的驭妖师，其他人都已经踉跄而走。

方才还显拥挤的绝境牢笼，此时竟然显得有些空旷。只留下了虚弱狼狈的纪云禾与更加狼狈的顺德公主。

她们两人，没有一寸衣服上是没沾染鲜血的。

纪云禾用黑气止住了胸口上的伤口，血不再流，她又握紧了断剑，踏一步上前。

顺德公主见她如此模样，忍不住退一步向后。

纪云禾再上前一步，顺德公主又踉跄着退了两步，直至她赤裸的后脚跟踩到地上被留下的一把剑。她身体猛地一软，向后摔倒。

纪云禾疾速上前两步，跨坐在顺德公主的肚子上，一只手掐住她的脖子，另一只握断剑的手狠狠一用力，"锵"一声，断剑刺入顺德公主耳边的地里。

"你师父说，不会让任何人杀你，可见世事无常，你师父的话也不一定是管用的。"

染血的脸依旧挡不住纪云禾脸色的苍白，她的笑却宛如来自地狱的恶鬼，看得顺德公主浑身胆战发寒。

"你还记得我们之前打的赌吗？"

纪云禾的断剑贴在顺德公主耳边来回晃动，却因她对自己身体的控制力不足，晃动间，已经割破了顺德公主的耳朵。断刃上，再添一点血迹。

而那个要将天下九分艳丽踩在脚下的顺德公主，此时面色惨白，唇角甚至有几分颤抖。她被割破的耳朵流着血，一滴一滴落在纪云禾住了五年的牢笼的地面上。

"这地上每一寸土的模样，我都知道，而今天，我觉得是这地面最好看的一天。"纪云禾笑道，"因为，上面会铺满你的鲜血。"

顺德公主牙齿发抖，撞击出胆战心惊之声。

"害怕吗？害怕的滋味怎么样？"纪云禾盯着她的眼睛，脸上的笑意慢慢收敛，杀气浮现，"可金口玉言，你和我赌了的，平不了北边的乱，我就要把你削为人彘。"

第十六章 复仇

纪云禾说着,手起刀落!却在此时忽听一声厉喝,纪云禾整个身体被猛地从顺德公主身上撞开。而她手中的断刃还是在顺德公主脸上狠狠划了一刀。

断刃横切过顺德公主的脸,划开了她的脸颊,削断了她的鼻梁,在另一边脸上还留下一道长长的印记。

"啊!"顺德公主一声凄厉的尖叫,立即跪坐起来,将自己的脸捂住,她的双手立即染满鲜血。"我的脸!我的脸!啊!"她在牢中痛苦地哭喊。

而被撞倒在一边的纪云禾身体里的力量几乎已经耗干了。

她跪坐而起,眯了眯已经开始变得模糊的眼睛,试图将面前的人看清楚……

黑甲军士,是已经长大了的朱凌小将军……

"公主!"朱凌看着近乎毁容的顺德公主,随即怒而转头,恶狠狠地瞪向纪云禾,"贱妖奴!早在五年前我就该在驭妖谷门口杀了你!"

他说着将腰间大刀拔出,恶狠狠地向纪云禾砍来。

纪云禾试图指挥身上的黑气去抵挡,但这几年的时间,朱凌并未闲着,他一记重刀砍下,杀破纪云禾身侧黑气,眼看着便要将她狠狠劈成两半!

便在此时,宛如天光乍破,又似水滴落入幽泉,清冽的风扫过纪云禾耳畔,一丝银发掠过纪云禾眼前。

那已经灰败的黑色眼瞳,在这一瞬间,似被这一丝光华点亮了一般。她眼睑慢慢睁开,似乎有灵魂中的神力在帮助她,让她抬起头来。

一只干净得纤尘不染的白皙手掌径直住了朱凌的玄铁大刀。

结实的大刀仿佛落到了一团棉花里。

来人身形分毫未动,只听晨钟暮鼓之声在牢笼之中响起,朱凌整个人被重重击飞,后背陷入牢笼墙壁之中,血都未来得及呕出一口,便已经昏死了过去。

一身肮脏红衣的顺德公主捂着脸,透过大张的指缝震惊地看着来人:"鲛……鲛人……"

"长意……"

银发,蓝眸,清冷,凛冽,他是这血污混浊的牢笼之中唯一一尘不染的存在。

他总是如此，一直如此……

而不同的是，对此时的纪云禾来说，此时再相见的冲击，更胜过当年的初相逢……

冰冷的目光落到了纪云禾身上。

四目相接，好似接上了数年前驭妖谷地牢中的初遇。只是他们的角色，被命运调皮地调换了。

长意的眼神，还是清晰可鉴人影，地牢火光跳跃，纪云禾便借着这光在长意透亮如水的眼瞳之中看见了此时的自己——浑身是血，面无人色，头发是乱的，衣服是破的，连气息吸一口都要分成好几段才能喘出来，她是这般苟延残喘的一个人。

真是难看到了极点。

纪云禾勾动唇角，三分自嘲，三分调侃，还有更多的是多年沉淀下来的思念夹杂着叹息："好久不见啊，大尾巴鱼。"

那如镜面般沉静的眼底，因为这几个字，陡生波澜，却又迅速平息。

"纪云禾。"长意开了口，声色俱冷，当年所有的温柔与温暖，此时都化为利刃，剑指纪云禾，"你可真狼狈。"

朱凌的大刀没有落在她身上，却像是迟了那么久的时间，落在了她心头一般。

纪云禾看着长意，不闪躲。

过了这么多年，经历了那么多事，还遇见过倒霉的纪云禾，他如今心境怎还会一如当年，赤诚无瑕……

这都是理所应当的。

这也都是纪云禾的错。

纪云禾心中五味杂陈，但她没有说话，她唇边的笑未变，还是带着戏谑调侃和满不在乎，她看着长意，默认了这句充满恶意的重逢之语。

"对啊，我可不就是狼狈至极吗……"

"鲛人……擅闯国师府……国师府弟子……国师府弟子……"在纪云禾与长意三言两语的对话间，顺德公主捂住脸奋力地向牢门外爬去，她口中念念有词，而此时，除了地上已经死掉的那人，哪儿还有国师府弟子在场？

长意转头，瞥了更加狼狈的顺德公主一眼。

第十六章 复仇

他冰蓝眼瞳中的狠厉，是纪云禾从没见过的陌生。

于是，先前只在他人口中听到的关于"北境之王"的消息，此时都变成现实，在纪云禾面前被印证。

长意再不是那个被囚禁在牢中的鲛人，他有了自己的势力，权力，也有了自己的杀伐决断与嗜血心性。

未等纪云禾多想，长意微微一俯身，冰凉的手掌毫不客气地抓住纪云禾的手腕，没有一丝怜惜地将她拎了起来。

纪云禾此时的身体几乎僵硬麻木，忽然被如此大动作地拉起来，她身上每个关节都在疼痛，大脑还有一瞬间的眩晕。她眼前发黑，却咬着牙，未发一言，跟跄了两步，一头撞在长意的胸膛上。

长意都没有等她站稳，几乎是有些粗鲁地拖着她往门外走去。

长意的力道太大，是如今的纪云禾根本无法反抗的强大。她只得被迫跟着他跟跄走出牢门。

牢门上还有大国师的禁制，长意看也未看一眼，一脚将牢门踹开，禁制应声而破，他拉着纪云禾一步踏了出去。

这座囚了纪云禾五年多的监狱，她终于走了出去，却在踏出去的这一刻，再也支撑不了自己的身体，双膝一软，毫无预警地跪在了地上。

长意还拎着她的手腕，用力得让纪云禾手腕周围的皮肤都泛出了青色。

纪云禾仰头望向长意，苍白的脸费了好半天劲也没有挤出一个微笑。她只得垂头道："我走不动……"

长意沉默，牢中寂静，片刻之后，长意一伸手，将纪云禾单手抱起，纪云禾无力的身体靠在他胸口上，恍惚间，纪云禾有一瞬间的失神，好像回到了那个十方阵的水潭中，长意的尾巴还在，她也对未来充满了无尽的期望。

他们在水潭中，向外而去，好像迎接他们的会是无拘无束的广袤天地，会是碧海，会是蓝天……

那是她此生最有期待的时刻……

"咔嗒"一声，火光转动，将纪云禾的恍惚燎烧干净。

长意将墙壁上的火把取了下来。火把所在之处，便是堆满刑具的角落，长意的目光在那些仍旧闪着寒光的刑具上转过。

他一言不发地转过身，一手抱着纪云禾，一手拿着火把，再次走向那玄铁牢笼。

还躺在牢中的顺德公主满脸仓皇，她看着长意，挣扎着，惊恐着，往后扑腾了两下："你要做什么？你要做什么……"

长意将牢门关上。牢门上蓝色光华一转，他如同大国师一般，在这牢笼上下了禁制。

长意眸色冰冷地看着顺德公主："滔天巨浪里，我救你一命，如今，我要把救下来的这条命还回去。"

他冷声说着，不带丝毫感情地将手中火把丢进了牢笼里。

牢笼中的枯草和尘埃霎时间被点燃。

一脸是血的顺德公主仓皇惊呼："来人！来人呀！"她一边躲避，一边试图扑灭火焰，但那火焰好似来自地狱，点燃了空气中无名的气和恨意，瞬间蹿遍整个牢笼，将阴冷潮湿的牢笼烧得炽热无比。

"救命！救命！啊！师父！"顺德公主在牢中哭喊。

长意未再看一眼，抱着纪云禾，转身而去，离开了国师府的这座囚牢。

当长意将纪云禾带出去时，纪云禾的目光越过他的肩头，这才看见囚禁自己的不过是国师府里看起来再普通不过的一座院子。

而此时，院中火光冲天，几乎照亮整个京城，顺德公主叫喊"师父"的凄厉声音已经远去，纪云禾黑色眼瞳之中映着火光，倏尔道："不要随便打赌。"

长意脚步微微一顿，看向怀里的纪云禾。接触到长意的目光，纪云禾仰头看向长意。

"老天爷会帮你记下。"

顺德公主如今算是……以另一种方式践行了她们之间的"豪赌"吧。

长意并未听懂纪云禾在说什么，但他也不在意，他带着纪云禾如入无人之境，走在国师府的中心大道之上。

出了火光冲天的院子，迎面而来的是一队朝廷的军士。

国师府的弟子尽数被拉去上了战场，回来的一部分还被顺德公主弄得离心离德而去。此时站在军士面前的唯有先前离开前去传信的姬成羽。

姬成羽认识长意，但见他带着纪云禾走了出来，震惊得瞪大了双眼："鲛……鲛人……"

这陆地上的妖怪太多，但银发蓝眸的鲛人，唯有这一个——天下闻

第十六章 复仇

名的一个。

众军士举着火把,在听到姬成羽说出这两个字的时候,已经有些军心涣散。火光映衬着大国师府中的火光,将长意的一头银发几乎照成红色。长意没有说话,只从袖中丢出了一个物件——一个脏兮兮的,破旧的布娃娃。

布娃娃被丢在姬成羽脚下。

姬成羽得见此物,比刚才更加震惊,而震惊之后,却也没将布娃娃捡起来,他沉默许久,方抬头问长意:"我兄长托你带来的?他人呢?他……"

话音未落,长意不再多做停留,手中光华一起,他带着纪云禾,身影如光,霎时间便消失在原处。蓝色光华如流星一般划过夜空。

别说朝廷的军士,便是姬成羽也望尘莫及。

夜幕星空下,长意带着纪云禾穿破薄云,向前而行。

纪云禾在长意怀中看着许久未见的夜空繁星,一时间被迷得几乎挪不开眼,但最令人着迷的,还是自己面前的这张脸。

不管过了多少年,不管经历多少事,长意的脸还是让人惊艳不已,虽然他的神色目光已经改变……

"长意,你要带我去哪儿?"纪云禾问,"是去北境吗?"

长意并不答她的话。

纪云禾默了片刻,又问道:"你是特意来救我的吗?"

纪云禾本以为长意还会沉默,会当她如透明人一般,但没想到长意开了口:"不是。"

说话间,两人落在了一个山头之上,长意放开纪云禾,纪云禾站不稳脚步,踉跄后退两步,靠在了后面的大石之上。

长意终于看了纪云禾一眼,宛如他们分别那一晚,而他的眼神,却是全然不同了。他盯着纪云禾,疏离又冷漠,他抬起手,修长的手指穿过纪云禾的耳边,拉住了纪云禾的一缕头发,手指似利刃,轻轻一动,纪云禾的发丝便纷纷落地。

他剪断了她一缕头发,告诉她:"我是来复仇的。"

这次,我是来伤害你的。

纪云禾领悟到了长意的意思,而她什么也说不出来。

此时,天色已亮,远山之外,一缕阳光倏尔落在这山头大石之上,阳光慢慢向下，落到了长意背上。

逆光之中，纪云禾有些看不清他的脸，当阳光慢慢往下走，照到了纪云禾的肩头，纪云禾陡觉肩上传来一阵剧烈的刺痛，宛如被人用烧红的针扎了一般，刺骨地疼痛。

她立即用手扶住自己的肩头，但扶上肩头的手，也霎时间有了这样的疼痛，纪云禾一转头，看见自己的手，登时震惊得几乎忘了疼痛。

而长意的目光此时也落在了她的手掌之上。

朝阳洒遍大地。

纪云禾大半个身子站在长意的身影之中，而照着太阳的那只手，却被阳光剔去了血肉，仅剩白骨……

纪云禾愣怔地看着自己的手，甚至忘了这剧烈的疼痛。

被阳光剔去血肉的白骨在空中转动了一下，纪云禾将手往长意的身影之外探去……

于是，接触到阳光的部分，血肉都消失殆尽。从指间到手掌、手腕……直至整个手臂。

这诡异的场景让纪云禾有些失神，疼痛并未唤醒她的理智。近乎六年的时间，纪云禾都没有见过太阳，此时此刻，她带着一些说不清道不明的向往，以白骨探向朝阳，好似就要那阳光剔去她的血肉，以疼痛灼烧那牢狱之气，让她的灵魂得以重生……

她甚至微微往旁边挪动了一步，想让太阳照到身上更多的地方，但迈出这一步前，她另一只手忽然被人猛地拽住，纪云禾再次被拉回长意那宽大的身影之中。

长意的身体制造的阴影几乎将纪云禾埋葬，逆光之中，他那一双蓝色的眼睛尤为透亮，好似在眼眸中藏着来自深海的幽光。

他一把拽住纪云禾的下巴，强迫纪云禾仰头看着他。动作间，丝毫不复当年在驭妖谷时的克己守礼。

"你在做什么？"他问纪云禾，语气不善，微带怒气，"你想杀了自己？"

纪云禾望着长意，感觉到他动怒了，却有些不明白他为什么动怒。纪云禾没有挣脱长意的禁锢，她看着他，唇边甚至还带着几分微笑。

"为什么生气？"她声音虚弱，但字字清晰，"你说，要来找我复仇，是对我当年刺向你的那一剑还怀恨在心吧。既然如此，我自寻死路，你

第十六章 复仇

该高兴才是。"她看着他，不徐不疾地问，"为什么生气？"

长意沉默地看着纪云禾，听着她漫不经心的声音，看着她眼角疏懒的弧度，感受着她的不在意，不上心。长意的手划过纪云禾的下颌，转而掐住了她的脖子。他贴近纪云禾的耳畔，告诉她："纪云禾，以前你的命是驭妖谷的；今日之前，你的命是国师府的；而后，你的命，是我的。"长意声色冷漠，"我要你死，你方可死。"

纪云禾闻言，笑了出来："长意，你真是霸道了不少呢。不过……这样也挺好的。"

这样的话，敢欺负他，能欺负他的人，应该没几个了吧。

纪云禾抬起手，撑住长意的胸膛，手掌用力将他推远了一些，接着道："但是我还得纠正你，我的命，是自己的。以前是，以后也是，即便是你，也不能说这样的话。"

"你可以这么想。"长意道，"而我不会给你选择的权利。"

言罢，长意一挥手，宽大的黑色衣裳瞬间将纪云禾裹入其中，将阳光在她周身隔绝。甚至抬手间还在纪云禾的衣领上做了一个法印，让纪云禾脱不下这件衣裳，只给她留了一双眼睛露在外面。

纪云禾觉得有些好笑："我在牢里待了快六年，第一次晒到太阳，你为何就断言我能被晒死了去？哪个人还能被太阳晒死？"

长意淡淡地睨她一眼："你能。"

这两个字，让纪云禾仿佛又看到了当年的长意，诚实、真挚，有一说一，有二说二。

她忽然间有些想告诉长意当年的真相，她想和长意说：当年，其实我并没有背叛你、遗弃你，也并不是想杀你。你可以恨我，可以讨厌我为你做决定，但我从没有想要真正地伤害你……

纪云禾试图从衣裳里伸出手来，去触碰长意，但被法印封住的衣裳像是绳索一样，将她紧紧绑在其中，让她手臂动弹不得。

纪云禾无奈："长意，晒太阳不会杀了我，虽然会痛，但……"

话音未落，宛如要给纪云禾一个教训一般，纪云禾瞳孔猛地一缩，霎时间，身体里所有的力量都被夺去，心脏宛如被一只手紧紧攥住，让她痛苦不已，几乎直不起身子，她眼前一花，一口血猛地从口中喷涌而出。

纪云禾看着地上的血迹，感受着慌乱的心跳，方才承认，她确实可能会被太阳晒死……

甚至，或许下一刻，她便会死……

纪云禾靠着巨石，在长意的身影笼罩之中喘了许久的气，她仰头望长意，还是逆光之中，她眼神模糊，并不能看清他的神情，但她能清晰地感受到，长意的目光停留在她的身上，丝毫没有挪开。

"长意……"她道，"或许，我们都错了……我这条命哪，不属于你，也不属于我自己。我这条命，是属于老天爷的……"

又行到这生死边缘，纪云禾对死亡已然没有了恐惧。她并不害怕，她只觉得荒唐，不为死，只为生。

她这一生从头到尾，好像都是老天爷兴起而做的一个皮影，皮影背后被一只无形的手捏着，操持着，让她跳，让她笑，让她生，让她活……也让她走向荒芜的死亡。

每当她觉得自己可以掌控自己的人生时，老天爷便给她重重的一记耳光，让她清醒清醒，让她看看，她想要的那些自由、希望，是那么近，可就是让她碰不到。

在这茫茫人世，她是如此渺小，如浮萍一般，在时局之中，在命运之下，飘摇动荡，难以自主……那已经到嘴边的"真相"，便又被咽下。

纪云禾能感受到自己的身体在经过这六年的折磨之后，已经动了根本，先前与顺德公主那一战，可能已经是她所有力量的"回光返照"。

她的生命，再往前走就是尽头。

在这样的情况下，她告诉了长意真相又能如何呢？

这个单纯的鲛人，因为她的"背叛"而心性大变，在他终于可以惩罚她这个"罪人"的时候，罪人告诉他，不是的，当年我是有缘由的，我都是为了你好。说罢，便撒手人寰，这又要长意如何自处？

她的余生，应该很短了，那就短暂地做点怀揣善意的事情吧……

纪云禾佝偻着腰，看着地上乌青的血迹，沙哑地开口："长意，我现在的模样，应该很丑陋可怕吧……"

长意沉默片刻，声音也是低沉的喑哑："不及人心可怖。"

纪云禾垂着头，在黑衣裳的遮挡下，微微勾起了唇角。

如果处罚她能让长意获得内心的平衡与愉悦，那么……便来吧。

第十七章 足矣

> 她想要决定自己在何时，于何地，用什么样的方式走向生命的终章。
> 骄傲、有尊严、不畏惧、不惊惶地结束这一程。

远山埋入了夜色，又是一个无月之夜。

屋里的炭盆燃烧着，木炭灼烧的细微声音惊醒了沉溺在回忆之中的纪云禾。如远山消失在黑暗中一般，过往画面也尽数消失在纪云禾黑色的瞳孔之中。

此时，在纪云禾眼前的是一方木桌，三两热菜，小半碗米饭被她捧在手中，方桌对面，坐着一个黑衣银发、面色不善的男子，纪云禾抬头，望向坐在桌子对面的长意。

他抱着手，沉着脸，一言不发地坐着，蓝色的眼瞳一瞬也不曾转开，这般直勾勾地盯着她，或者说……监视。

"吃完。"见纪云禾长久不动筷子，长意开口命令。

"我吃不下了。"纪云禾无奈，也有些讨饶地说，"没有胃口，你便睁一只眼，闭一只眼，当我吃完了就行。"

"不要和我讨价还价。"

与他初相见，已经过了六年了，而今，纪云禾觉着，这个鲛人比一开始的时候，真是蛮横霸道了无数倍。

但……这怎能怪他……

纪云禾一声叹息,只得认命地又端起了碗,夹了两三粒米,送进自己嘴里。

她开始吃饭,长意便又陷入了沉默之中,他不在乎她吃饭的快慢,他只是想让她吃饭,而且他还要监视她吃饭,一日三餐,外加蔬果茶水,一点都不能少。只是别人日出而作,日落而息,纪云禾偏偏是太阳下山了才起床开始吃饭。

通常侍奉她的婢女拿来饭菜之后,便会锁门离开,直到下一个饭点到来的时候,她们才会用钥匙打开房门,送来新的饭食,拿走用过的餐盘。

所以没有任何人知道,侍女离开之后,在这个彻底锁死的房间里,那个统治了整个北境的鲛人会悄无声息地到来,坐在纪云禾的对面,看着她,也逼迫着她把食物全部吞进肚子里。

如果不是这次正巧碰上了侍女犯错,长意直接将人从房间窗户里扔了出去,怕是还没有人知道这件事。

纪云禾几乎一粒一粒地扒拉着米饭,眼看着小半碗米饭终于要扒拉完了,对面那尊"神"又一脸不开心地将一盘菜推到纪云禾面前。

"菜。"

没有废话,只有命令。

纪云禾是真的不想吃东西,自打被长意带来北境,关在这湖心岛的院中后,她每日都能感觉到自己的身体比前一天更加虚弱。她不想吃东西,甚至觉得咀嚼这个动作也很费劲。

但长意不许。不许她饿着,不许她由着自己的喜好不食或者挑食……

还有很多"不许",是在纪云禾来到这个小院之后,长意给她立下的"规矩"。

长意不许别人来看她,即便纪云禾知道洛锦桑和翟晓星如今也在北境驭妖台。

长意也不许她离开,所以将她困在三楼,设下禁制,还让人用大锁锁着她。重重防备,更胜她被关在国师府的时候。

长意还不许她见太阳,这屋子白天的时候窗户是推不开的,唯有到"晨曦暮霭"之时,纪云禾方可看到一些朝阳初升与日暮夕阳的景色。

第十七章 足矣

长意像一个暴君，想把控纪云禾这个人的衣食住行，甚至恨不能控制她吸入呼出的气息，他想掌控她的方方面面。

最过分的是……他不许她死。

如果老天爷是个人，当他拨弄纪云禾的时间刻度时，长意或许会砍下他的手指头，一根一根地剁到烂掉。

他说："纪云禾，在我想折磨你时，你得活着。"

纪云禾回想起长意先前对她说过的话，她嘴角微微勾了起来。这个鲛人长意啊，还是太天真，让纪云禾每天看着长意的脸吃饭，这算什么折磨呀。

这明明是对她余生最大的善意。

但她还是很贪心，所以还会向长意提出要求："长意，或者……有没有一种可能，你放我出去走一天，我回来一天，你放我出去走两天，我再回来两天，你放我出去一个月，我下个月就好好回来待在这里，每天你让我吃什么我就吃什么……"

"不行。"长意看着盘中，"最后一块。"

纪云禾又叹了口气，认命地夹起了盘中最后一块青菜。

冬日的北境，兵荒马乱的时候，要想吃一口新鲜的青菜有多不容易，纪云禾知道，但她没有多说，张嘴吞下。

而便是这一块青菜，勾起了纪云禾肠胃中的酸气翻涌，她神色微变，喉头一紧，一个字也没来得及说，一转头趴在屋里浇花的水桶边，将刚吃进去的东西又全部吐了出来，直到开始呕出泛酸的水，也未见停止。

纪云禾胃中一阵剧痛，在几乎连酸水都吐完之后，又狠狠呕出一口乌黑的血来。

这口血涌出，便一发不可收拾，纪云禾跪倒在地，浑身忍不住打寒战，冷汗一颗颗滴下，让她像是从凉水里面捞起来的一样。忽然间，有只手按在她的背上，一丝一缕的凉意从那手掌之中传来，压住她身体中躁动不安的血液。

然后胃里的疼痛慢慢平息了下去，周身的冷汗也收了，纪云禾缓了许久，眼前才又重新看清东西。她微微侧过头，看见的是蹲在地上的长意。

他如今再也不是那个被囚在牢中的鲛人了，他是整个北境的主人，

233

撑起了能与大成王朝相抗的领域。他身份尊贵,被人尊重以至敬畏。

而此时,他蹲在她身边,这一瞬间,让纪云禾恍惚回到了六年前的驭妖谷地牢,这个鲛人的目光依旧清澈,内心依旧温柔且赤诚。他没有仇恨,没有计较,他只会对纪云禾说,我接下会受伤,但你会死。

纪云禾看着长意,沙哑道:"长意,我……命不久矣。"

放在她后背的手微微用力,涌入她身体的气息更多了一些。这也让纪云禾有更多力气和他说话:"你就让我走吧……"

"我不会让你走。"

"我想抓着最后的时间,四处走走,如果有幸,我还能走回家乡,落叶归根……"

"你不可以。"

"……那也不算完全辜负了父母给的这一条命……"

近乎鸡同鸭讲一般说完,纪云禾有些力竭地往后倒去。

她轻得像鸿毛,飘入长意的怀里,只拂动了长意的几缕银发。

纪云禾眼睛紧闭,长意的眼神被垂下的银发遮挡,只露出了他微微抿着的唇。房间里沉默了许久。

屋外飘起了鹅毛大雪,夜静得吓人。

长意紧紧扣住纪云禾瘦削得几乎没有肉的胳膊,神色挣扎:"我不许。"他的声音好似被雪花承载,飘飘摇摇,徐徐落下,沉寂在了雪地之中,再不见痕迹。

纪云禾再醒过来的时候,还是深夜,屋内烛火跳跃着,上好的银炭烧出来的火让屋内暖意绵绵,而紧闭的窗户外,是北境特有的风雪呼啸之声,这般苦寒的夜里,不知又要埋葬多少这世上挣扎的人。

可如今这兵荒马乱的乱世,死了说不定反而还是一种解脱。

纪云禾坐起身来,而另一边,坐在桌前烛火边的黑衣男子也微微抬头,瞥了一眼纪云禾。

纪云禾面色苍白,撑起身子的手枯瘦得可怕,在烛火的阴影下,凸起的骨骼与血管让她的手背看起来更加瘆人。

长意手中握着文书的手微微一紧,而他的目光却转了回去,落在文字上,看起来对坐起来的人无半分关心。

纪云禾则是没有避讳地看着他的背影,打量了好一会儿,好奇地开口问道:"你在看什么?"在他手臂遮挡之外,纪云禾远远地能看见文书上隐约写着"国师府""青羽鸢鸟"几个字。

月余前,从驭妖谷逃走的青羽鸢鸟在北境重出人世,让顺德公主吃下败仗,险些身亡,大国师被引来北境,与青羽鸢鸟在北境苦寒地的山川之间大战十数日而未归。

长意独闯国师府带走了她,杀了顺德公主,火烧国师府,而后……而后纪云禾就什么都不知道了。

自打她被关到了这个湖心小院起,她每天看到的人,除了被长意丢出去的丫头江微妍,就是偶尔在她楼下走过的打扫奴仆,当然……还有长意。

奴仆们什么都不告诉她,长意也是。

此时在信件上看到这些词,让纪云禾隐约有一种还与外界尚有关联的错觉,她继续好奇地问长意:"你独闯国师府,别的不说,光是让顺德公主身亡这一条……依我对大国师的了解,他也不会安然坐于一方。他可有找你麻烦?"

长意闻言,这才微微侧过头来,看了一眼坐在床榻上的纪云禾说:"依你对大国师的了解……"他神色冷淡,且带着七分不悦,"他当如何找我麻烦?"

纪云禾一愣,她本以为长意不会搭理她,甚至会斥责这些事与她无关,却没想到他竟然切了一个这么清奇的角度,让纪云禾一时无法作答。

"他……"纪云禾琢磨了一会儿,以问为答,"就什么都没做?"

长意转过头,将手中信件放在烛火上点燃,一直等火焰快烧到他的指尖,他修长的手指才松开,一挥衣袖,拂散尘埃,他站起身来,话题这才回到了纪云禾猜想的道路上——

"这些事,与你无关。"

果不其然,还是无甚新意的应答。

纪云禾看着长意即将离开的身影,道:"那这世间,还有什么事与我相关?"

长意离开的脚步微微一顿,没有作答。

纪云禾便接着道:"长意,是不是就算我死了,你也会关着我?"她垂头看着自己枯瘦苍白的指尖,"你知道我最想要什么,最讨厌什么,所以，你用这样的方式来折磨我，惩罚我，你想让我痛苦，也想让我绝望……"纪云禾笑了笑，"你成功了。"

冰蓝色的眼瞳颜色似乎深了一瞬，长意终于开口："那真是，太好了。"

留下这句话，长意的身影如来时一般，悄无声息地离开了。

屋内的炭火不知疲惫地燃烧着，纪云禾也掀开被子下了床，她走到窗边，推开了窗户，外面的簌簌风雪便毫不客气地拍在了她的脸上。寒风刺骨，几乎要将她脸上本就不多的肉都尽数刷掉。

纪云禾在风中站了片刻，直到身上的热气尽数散去，她才将窗户一关，往梳妆镜前一坐，盯着镜中的自己道："虽是有些对不起他，但这也太苦了些。"纪云禾说着，用手摸了摸自己的脸颊，那脸上的干枯与疲惫怎么也掩盖不住，她叹气道："求长意是出不去了，在这屋里待着，半点风光没看到，身子也养不好，饭吃不下，还得吐血……"

纪云禾张开手掌，催动身体里的力量，让沉寂已久的黑色气息从食指之上冒出来，黑色气息挣扎着，毫无规则地跳动。纪云禾眼中微光波动，看着它道："左右没几天可活了，折腾一番，又有何妨？"

言罢，一团黑色的星星之火自她指尖燃起。

与此同时，在茫茫大雪的另一边。

大成国的都城，月色辽阔，都城之中正是宵禁时，四处肃静。京师未落雪，但非常寒凉。

国师府中，大国师的房间内，重重素白的纱帐之中，一红衣女子喷出的气息在空中缭绕成白雾。她躺在床上，左腿、双手、脖子，乃至整张脸，全部被白色的绷带裹住，唯留了一张嘴和一只眼睛在外面。

她望着床榻边的灯架，一只眼睛紧紧地盯着那火焰，她口中吐出的白雾越发急促，那眼神之中的惊恐也越发难以掩饰，她胸腔剧烈地起伏，但奈何四肢均已没有知觉，丝毫无法动弹。她只得用力呼吸，喉咙里发出含混的呜咽之声。

那一星半点的火焰，在她眼中好似燃烧成了那一天的漫天烈焰，灼烧她的喉咙，沸腾她的血液，附着在她的皮肤上，任由她如何哭喊都不消失。

她的皮肤又感受到了疼痛，痛得让她的心灵都几乎扭曲。

直至一张男子清冷的脸出现在她面前，为她遮挡住了床边的那一点火光。就像那天一样，当他出现的时候，所有的火都被扑灭，他就像神明，再一次不管千里万里，都能救下她……

"汝菱。"

顺德公主稍稍冷静了下来。

师父……

她想喊，但什么也喊不出来。在这个人出现之后，她周身的灼痛感慢慢消失，呼吸也渐渐平顺了下来。

大国师对她道："今日这服药，虽然喝了会有些痛苦，但能治好你的喉咙。"大国师扶她起来，将这碗药喂给了她。

苦药入腹，顺德公主突然目光一怔，喉咙像是被人用双手扼住，她突然大大地张开嘴，想要呼吸，但呼吸不了，窒息的痛苦让她想要剧烈挣扎，但无力的四肢只表现出来丝丝颤抖。

她眼中充血，充满渴望地望着身边端着药碗的大国师。

师父……

她想求救，但大国师只端着药碗站在一边，他看着她，却又不是完全在看她。他想要治好她，却好似又对她没有丝毫怜惜。终于，窒息的痛苦慢慢隐去。

顺德公主缓了许久……

"师父……"

她终于沙哑地吐出了这两个字。及至此刻，大国师方才点了点头，可脸上也未见丝毫笑意。"药物有效，汝菱，再过不久，我一定能治好你的脸。"

她用露出的一只眼睛盯着大国师："师父……你是想治我，还是要治我的脸？"

"这不是一个聪明的问题。"大国师直言。

他从来不回答愚蠢的人与愚蠢的问题。大国师转身离开。

被褥之下，顺德公主的手指微微收紧，被灼烧得乌黑的指尖将床榻上的名贵绸缎紧紧攥在掌心。

纪云禾在白天的时候好好睡了一觉，晚上送饭的丫头换了一个。这丫头文静，放下食盒便走了。长意也如往常一般过来"巡视"，看着她

第十七章 足矣

乖乖地吃完了今天的饭食，也一言不发地离开了。

来了两个活人，偏偏一点活气都没有，纪云禾开始想念那个喜欢作妖的江微妍了。

纪云禾拆了自己的床帏，给自己缝了一个大斗篷，穿在身上，帅气干练。

她推开窗户，今夜雪晴，皓月千里，无风无云，正是赏月好时候。

她将手伸出窗户外，没有遇到任何阻碍，她便又想将头探出窗户外，但脸刚刚凑到窗户边，便感到了一股凉凉的寒意，再往上贴，窗户边便出现了蓝色的符文禁制。

手能伸出去，脑袋出不去，长意这禁制设得还真是有余地。

纪云禾笑笑，指尖黑气闪烁。

她不确定能不能打破长意的禁制，但如果打破了，她就只有发足狂奔，抓紧时间往远处的大雪山跑去。等入了深山，天高地远，饶是长意也不一定能找到她，到时候，她与这些故人怕是再也不会相见了。

纪云禾回头看了一眼空荡荡的屋内，深吸一口气，如果说她现在已经走到了生命的最后期限，那么，就让她为自己自私地活一次吧。

下定决心，纪云禾催动身体中的力量，霎时间，九条黑色的大尾巴在她身后荡开，纪云禾手中结印，黑色气息在她掌中凝聚，她一掌拍在窗户的蓝色禁制上。

只听"轰"的一声闷响，整座楼阁登时一晃，楼阁之外传来仆从的惊呼之声。

蓝色禁制与黑气相互抵抗，不消片刻，在纪云禾灌注全力的这一击之下，禁制应声而破。

破掉禁制，纪云禾立即收手，但这一击之后，纪云禾陡觉气弱，她的身体到底是支撑不住这般消耗。

而她知道，禁制破裂，长意应该立马就能感受到，她必须此刻就跑，不然一点机会都没有了！

没有耽搁，纪云禾踏上窗框，纵身一跃！她斗篷翻飞，宛如一只展翅的苍鹰，迎着凛冽的寒风，似在这一刻挣断了房间内无数无形的铁链，迎向皓月繁星。

在她冲出窗户的这一瞬，楼下已有住在湖心岛的仆从拥出。

仆从们看着从窗户里飞出来的纪云禾，有人惊讶于她身后九条诡异

第十七章 足矣

的大尾巴,有人骇然于她竟然敢打破长意的禁制,有人慌张呼喊着快去通知大人。

但纪云禾看也未看他们一眼,踏过几个屋檐,身影不一会儿便消失在了湖心小院之中,徒留满院的惊慌。

寒风猎猎,刺骨冰冷,将她的脸刮得通红,纪云禾却感到了久违的畅快。

胸腔里那口从六年前郁结至今的气,好似在这一瞬间都被刺骨寒风刮散了一般,纪云禾仰头看着月色,放眼远山,只觉神清气爽。胸腔因为剧烈奔跑而引起的疼痛没有让她感到难受,只让她感受到自己生命燃烧的热量。

活着。没错,她还那么好好地活着。

一路奔至湖心岛边缘,无人追来,四周一片寂静,纪云禾看着面前辽阔的湖面,湖面已经不知结了多厚的冰,她一步踏上冰面,继续往远山覆雪处奔跑着。

她的速度已经不由自主地慢了下来,却一边跑,一边哈哈大笑了起来,像个小孩一样,为自己的胡闹笑得停不下来。

但最终她膝盖一软,整个人直接跪在冰面上,一滚滚出了好几丈的距离,斗篷裹着她在冰面上滑了好久,终于停下来。

纪云禾已然跑不动了,九条尾巴也尽数消失了,她却躺在冰面上放声大笑。

终于,她笑累了,呈大字躺着,看着月亮,看着明星,喘出的粗气化成的白雾似乎也化成了天边的云,给明月和星空更添一分朦胧的美。

她在冰面上静静地躺了许久,直到听到有脚步声慢慢地走到她的身边,她不用转头,便知道来的是什么人。

而纪云禾没有力气再跑了,她的身体不似她的心,还有折腾的能力。

"这是一次浪漫的出逃,长意。"她看着明月道,"我觉得我像个勇士,在心中对抗魔王。"

"魔王"站在一旁,冰蓝色的眼瞳冷冷地看着她,声音比气温更冷,他道:"起来。地上凉。"说的是关心的话语,语调却是那么不友好。

对长意来说,追赶现在的纪云禾真的是再简单不过的事,纪云禾此时方觉逃跑之前自己想得天真。又或者,她内心其实是知道这个结局的，但她并不后悔这样做，她甚至觉得，在她死的那一刻，她也不会后悔今天的折腾。

"勇士"纪云禾脑袋一转，看着站在一旁的"魔王"长意，英勇地开口："月亮多好看，你陪我躺一会儿呗。"

"魔王"不苟言笑，甚至语气更加不好了："起来。"

"勇士"一副死猪不怕开水烫的模样，屁股贴在冰面上，身体像只海星，往旁边挪了一点："不起。"

似乎已经很久没有人这样挑战"魔王"的权威了。他一点头："好。"

话音一落，长意指尖一动，只听"咔咔"几声脆响，纪云禾躺着的冰面下方陡然蹿出几道水柱，在纪云禾未反应过来时，水柱分别抓住了纪云禾的四肢和颈项，将她举了起来。

"哎！"

水柱温热，在寒夜里升腾着白气，抓着纪云禾的四肢，非但不冷，还温热了她先前凉透的四肢。纪云禾想要挣扎，却挣扎不开。

她不起，长意便要将她抬回去……

长意在前面走，纪云禾被几根水柱抬着，在后面跟着。

"长意……"

长意并不搭理。

"我是风风光光打破禁制出来的，这般回去，太不体面了些。"

长意一声冷笑："要体面，何必打破禁制。"

这个鲛人……明面上不说，暗地里其实是在生她的气呢。

纪云禾笑道："我今日精神养得好，便想着活动活动，左右没拆你房子，没跑掉，也没出多大乱子，你便放开我，让我自己走吧，这般抬回去，多不雅。"

长意脚步微微一顿，转头看纪云禾："我放了你，你好好走。"

纪云禾保证："你放了我，我好好走。"

水柱撤去，纪云禾双脚落地，在冰面上站稳了，而落下去的水没一会儿就又结成了脚下的冰。

长意看了纪云禾一眼，转身继续在前面带路，而纪云禾揉了揉手腕，看了一眼长意的背影，又看了一眼天上的明月，纪云禾在心底微微叹了一口气。

霎时间，纪云禾九条尾巴再次凌空飘出，她脚踏冰面，再次转身要跑，可是纪云禾刚一转身跃出一丈，身前便是黑影闪动，银发蓝眸之人瞬间转到她的身前，纪云禾微惊，没来得及抬手，长意便一手擒住纪云禾的脖子，将她从空中拉到冰面上。

长意手指没有用力，只是制住了纪云禾的行动。他面色铁青，盯着纪云禾，近乎咬牙切齿地说："你以为我还像当年一样，会相信你所有言语吗？你以为你还能骗我？……"话音未落，长意倏尔抬手，一把抓住纪云禾从他背后绕过来想要偷袭他的一条黑色尾巴。他直勾勾地盯着纪云禾，连眼睛也未转一下，"你以为，你还能伤我？"

不能了。

此时，长意仅凭周遭气息变化，便足以制住纪云禾的所有举动。他们现在根本不是一个层级的对手。或者说，从开始到现在，论武力，纪云禾一直也不是他的对手……

当年她能刺他一剑，是因为那一剑他根本没有想要躲。

长意手上一用力，妖力通过纪云禾的黑色尾巴传到她身体之中，她只觉胸腔一痛，登时所有的力量散去，她四肢脱力，只得盯着长意，任由他摆布。

"纪云禾，你现在在我手中。"他盯着纪云禾，那蓝色的眼瞳里好似起了波澜，变得如下暴雨的大海一般，深沉一片，"我可以明确地告诉你，你要自由，我不会给你，你要落叶归根，我也不会给你。"他一边说着，一边微微俯身，唇凑到了纪云禾的耳边，"你只能在我手中，哪儿都不能去。"

寒凉夜里，长意微微张开唇，热气喷洒到纪云禾的耳边，让纪云禾从耳朵一直颤抖到了指尖，半个身子的汗毛几乎都竖了起来。

正在她猜不出他要做什么的时候，纪云禾只觉右边耳骨狠狠一痛，竟是被长意咬了一口！

这一口将纪云禾咬得破皮流血，却在纪云禾的耳朵上种下了一个蓝色的印记。

"你……做什么……"纪云禾哑声道。

长意的手指抚过纪云禾流血的耳朵，血迹登时被他抹去，唯留下一个细小的蓝色符文印记，烙在她的耳朵上。

"除了我身边……"他说，"天涯海角，碧落黄泉，我都不会给你容身之地。"

第十七章 足矣

纪云禾被带回了湖心小院之中，再次被关了起来，这一次，禁制严苛得连手也伸不出去了。

所谓的作死就会真的死，在她身上得到了淋漓尽致的体现。

但纪云禾没有后悔。她一直记得那天晚上从窗户踏出去的那一刻，也记得那晚畅快的狂奔，还有力竭之后躺在冰面上的舒适开心——寒风是甜的，夜空是亮的，一切都那么美妙和痛快。

那是她一直想要的——自由的味道。

而有了那一夜之后，纪云禾仿佛少了很多遗憾似的，她看着这重重禁制，有一天忽然就想到，她便是此刻死了，也没什么大不了的。

此念一起，便再难压下。

长意留在纪云禾耳朵上的印记，她研究了两天，实在没研究出它的用途。

她做驭妖师多年，知道有的妖怪会在自己捕获的"猎物"身上做各种各样的标记来表示这是属于自己的东西。或许长意只是想通过这个东西告诉她，她已经不再是一个独立的人了，她是他的所有物。

尽管在所有人看来，目前事实就是这样。但纪云禾不承认。

就像以前，顺德公主认为长意是她的，而纪云禾绝不承认一样。

事至如今，纪云禾也不认为她是长意的人。

她是属于她自己的，在驭妖谷的时候是，在国师府的时候是，现在，在这湖心岛小院的阁楼之中，也是。

她这一生，做了很多身不由己的事，也被迫做了许多选择，或悲伤，或无奈，艰难隐忍地走到现在，被命运拉扯、摆弄、左右。

但宿命从未让她真正臣服。

林沧澜用毒药控制她，她便一直在谋划夺取解药。顺德公主以酷刑折辱她，她也从不服软。

她一直在和命运争夺她生命的主导权，有赢有输，但没有放弃，一直争到如今。

纪云禾看着镜中的自己，一脸枯瘦，眼窝深陷，面色苍白，她和命运争到如今，可谓惨烈至极。从前，她在争"生"，而如今，她想和命运换个玩法。

她想争"死"。

第十七章 足矣

她想要决定自己在何时、于何地，用什么样的方式走向生命的终章。

骄傲、有尊严、不畏惧、不惊惶地结束这一程。

而今的纪云禾，没有杂事要忙，于是她用所有的时间来思考这个事情，设计、谋划、思考，然后做取舍和决断。一如她从前想方设法地在驭妖谷中保护自己，保护自己的同伴一样。

这湖心岛的阁楼禁制，靠现在的纪云禾是怎么也打不破的，所以她唯一能死的地方，就是这阁楼的几分地里。不过没关系，做谋划总得有舍有得，她的最终目的是死亡，时间、地点、用哪种方式，都是可以妥协的，达到最终目的最重要。

且她现在的这个目的，只要瞻前，不用顾后，可谓是十分简单直接，毕竟……善后是活人的事情。

她唯一需要思考的就是怎么达到这个目的。这件事情有点难，因为她和长意的目的相冲突了——长意不让她死。

纪云禾在独处的时候，将阁楼翻了个遍，也没有找到任何武器。

自刎是不行了，跳楼又撞不出去，想饿死自己吧，每天定点送到的三餐还得被人盯着吃进嘴里。

难不成憋口气，憋死自己吗？

她倒是试了试，日出睡觉的时候，她把被子都蒙在了自己头上，紧紧地捂住，没一会儿就开始气闷，但气闷之后她的手就没有了力气，竟然就这样趴在被子里呼哧呼哧睡了一天。

醒来的时候，除了觉得鼻子有些不舒服，也没其他不适。

纪云禾还把目光放到了房梁上，想着用床单拧根绳，往房梁上一挂，吊死也行。

纪云禾觉得这法子可行，但是找来找去，愣是没找到剪子。

这才想起原本上次她用剪子将床帏剪了，做成斗篷逃出去后，长意将她的剪子也给没收了。她便把床单扒拉了下来。可床单一抖，布料飘然落下的时候，背后忽然出现了一个黑脸煞神。

长意一脸不开心地负手站在纪云禾面前。

床单软塌塌地垂坠在地。

纪云禾呆呆地看着突然出现的长意，一时间还以为这个床单是个什么道具，突然来了一出大变活人。

"你……什么时候来的?"纪云禾看了看自己房间的大门,"这不是饭还没送到吗……"

长意黑着脸,像是没听到她的问话一样,只道:"你又要做什么?"

"我……"纪云禾又把床单抖了两下,"我觉得床单有些脏了,抖抖。"

"抖完了?"

"嗯。"

"铺回去。"

长意背着手,盯着纪云禾将床单又规规矩矩地铺了回去,然后一脸不高兴地走得无影无踪,和来时一样。

纪云禾往床上一坐,觉得自己出师不利。但通过这件事她也明白了,这个鲛人不知道为什么,好像能很快地洞察她的一举一动。这次还好没有露出马脚,不然之后的事办起来更加麻烦。

看来……不能用缓慢的方法自尽了。

纪云禾摸着下巴,愁得长叹一声。

她看向屋内的炭火,这拿炭烧屋子的方法怕是也不行。指不定火还没燃起来呢,大冰山就瞬间赶过来了……

不过……纪云禾看着屋内无声燃烧的炭火,倏尔想起了先前她被关在国师府地牢的时候,大国师曾给她看过的书。大国师喜欢的人曾经游历天下,写了数本游记,游记中,除了一些天文地理、山川湖泊的记载,还有一些闲散趣闻。

她隐约记得,其中有一章曾写过,北方某贵胄家中,曾用一种名叫"红罗炭"的木炭来取暖,此种木炭用名贵的硬木制成,灰白却不爆,可用时间也极长,且十分温暖。但贵胄家中幼子常常早夭,女眷寿命皆不长,男子也常患疾病,甚至在一天夜里,家主与夫人尽数丧命。而家主与夫人死亡之后,据说面色安详,犹似还在梦中,并无狰狞之相。当地的人认为是此宅风水不好,有妖怪作乱,家主与夫人皆被妖怪吸去了神魂。

但著书之人探究之后发现,是他们用的木炭和房屋不通风造成的惨案,著书人将其称为"炭毒"。

纪云禾之所以对这件事记得如此清楚,是因为她在看完文章之后还曾与大国师探讨过一番。

纪云禾说,世间很多人都将自己不理解的事归类为妖怪作乱,是以

第十七章 足矣

对妖怪心生嫌恶，难得还有一人愿意如此费力不讨好地去查明真相，写在书中，虽然这书最后没什么人看见……

大国师闻言只道："她较真。"

当初纪云禾只感慨大国师是个深情的人，他喜欢的女子也甚是可惜。但如今纪云禾想起这段事，只觉欢欣鼓舞得想要跳起来。

她这屋里的窗户，她想开也没人愿意给她开，本就是常常关着。而她身体弱，大可称自己畏寒惧冷，让仆从多拿几盆炭火来，甚至可以点名要名贵的红罗炭，仆从就算觉得奇怪，也只会当她矫情。而长意便是知道了也不会起疑心。

多烧几盆炭，憋个一整天，第二天悄无声息地去了，面色安详，犹似在梦中……也不会有人觉得她死得蹊跷，因为她本就体弱，众人只会觉得她是在梦中死去的。

这可谓是最妙的一个死法了。

纪云禾为自己的记忆力感到欢欣雀跃。

她期待地往桌子边上一坐，等到仆从送了饭来，纪云禾叫住她没让她走，待得长意来了，她便跟长意说："我这屋子太冷了，有了一盆炭火还是让我手脚冰凉，待会儿便多给我送几盆炭火来吧。"

长意没有疑心，淡淡地"嗯"了一声。

侍女领命，正要离去，纪云禾问道："院里有红罗炭吗？我以前听说那种炭是最好的。"

侍女恭恭敬敬地回答："有的。"

纪云禾点头："多拿几盆过来吧，这天越来越冷了。"

侍女没有应是，直到长意点了头，她才恭敬地离开了。

纪云禾心满意足地捧起了碗，她看了一眼坐在桌子对面的长意，长意今天似乎事务繁忙，手里还拿着一封长长的文书在皱眉看着。

察觉到纪云禾的目光，长意目光离开文书，看向纪云禾。却见纪云禾脸上挂着若有若无的微笑。她笑得温和且平静，长意本因文书而烦躁的情绪微微缓了缓，他眉头渐舒，将文书放下。

"有事？"他依旧冷冷地问着。

"没事。"纪云禾道，"只是觉得你如今越发有威严了，和以前相比，这变化可谓天翻地覆。"

但凡纪云禾提到"以前"二字，长意心情便不会好。他冷哼一声，再次拿起了文书:"拜你所赐。"

纪云禾笑笑,乖乖地吃了一口饭,宛如在闲聊家常一般,道:"但你的面容还是一如既往地好看,甚至比以前更有成熟的味道了。"

长意目光聚焦的地方又从文书转到了纪云禾的脸上。

纪云禾今天非常乖巧,吃一口饭,吃一口菜,细嚼慢咽,半点不用人催。他心头有些奇怪的感觉,却说不上来是如何奇怪。

直到纪云禾将碗中的米饭和菜都吃完,长意也合上了文书。他起身要走,往常这时候,纪云禾都是催着他离开的。他的目光对她来说像是监视。长意心里明明白白的。

但今天,纪云禾忽然开了口:"长意。"她留住了他的脚步。

长意转头,但见纪云禾眉眼弯弯,笑容让她苍白的脸色变得红润了几分,恍惚间,长意好似又一次看到了十方阵中,深渊水潭边上,那个拉着他的手笑着跃入黑暗的女子,她是那么坚忍美好,充满诱惑。

同样的笑容,同样让人猜不透她笑容背后的心绪。

"长意,你是我见过的最美也最好的人⋯⋯"

她的话,让长意袖中的手攥紧了文书。

她接着道:"也是最温柔、最善良的人。六年前,如果不是那般场景,我或许会很喜欢很喜欢很喜欢你。"她故作轻松,笑了笑,"或许还会想和你做你们鲛人那一生一世一双人的双人。"

长意看着她,并不避讳她的眼神,四目相接,谈不上缠绵,也说不上厮杀,这瞬间的静默宛如深海暗流,将他们两人的情绪都吞噬带走,流向无尽的深渊。

烛光斑驳间,长意竟依稀觉得纪云禾眸中似有泪光。一眨眼,她的黑瞳却又清晰可见。

长意沉默了片刻,打量她:"事到如今,再说此话,你又有何图?"语调坚硬,犹似磐石。

"我只是想告诉你而已。"

"好,我知道了。"

再无纠结,长意转身离去。房中又陷入了一片死寂之中。

纪云禾坐在椅子上,静静等着两三侍女将她要的红罗炭送上来。

她坐了很久,直到侍女来了将炭放下,又收拾一番,问她:"姑娘,炭火够了吗?"

第十七章 足矣

　　纪云禾看着屋子里的炭盆,嫣红的炭火迷人得像少女的脸颊,此时仍是寒冬,而纪云禾却仿佛来到了三月春花渐开的花海。

　　春风一拂,携着春花与暖阳,酥了眉眼脸颊,便令这寒冰般坚硬的脊梁骨也化了水,柔软了下来。

　　纪云禾看着这嫣红,倏尔笑出了声来。

　　够了够了,想说的话也都说出口了。

　　"足够了……"

© 中南博集天卷文化传媒有限公司。本书版权受法律保护。未经权利人许可，任何人不得以任何方式使用本书包括正文、插图、封面、版式等任何部分内容，违者将受到法律制裁。

图书在版编目（CIP）数据

驭鲛记：全二册 / 九鹭非香著 . —长沙：湖南文艺出版社，2019.9（2022.4 重印）

ISBN 978-7-5404-9347-9

Ⅰ.①驭… Ⅱ.①九… Ⅲ.①长篇小说—中国—当代 Ⅳ.① I247.5

中国版本图书馆 CIP 数据核字（2019）第 155549 号

上架建议：畅销·古代言情

YU JIAO JI : QUAN ER CE
驭鲛记：全二册

| 作　　者：九鹭非香 |
| 出 版 人：曾赛丰 |
| 责任编辑：薛　健　刘诗哲 |
| 监　　制：毛闽峰　李　娜 |
| 特约策划：张园园 |
| 特约编辑：王　静 |
| 特约营销：吴　思　焦亚楠 |
| 封面设计：Violet |
| 版式设计：潘雪琴 |
| 护封插图：张　渔 |
| 内封插图：流水画 |
| 书名题字：张建平 |
| 出　　版：湖南文艺出版社 |
| 　　　　　（长沙市雨花区东二环一段 508 号　邮编：410014） |
| 网　　址：www.hnwy.net |
| 印　　刷：北京中科印刷有限公司 |
| 经　　销：新华书店 |
| 开　　本：787mm×1092mm　1/16 |
| 字　　数：552 千字 |
| 印　　张：35 |
| 版　　次：2019 年 9 月第 1 版 |
| 印　　次：2022 年 4 月第 4 次印刷 |
| 书　　号：ISBN 978-7-5404-9347-9 |
| 定　　价：65.00 元（全二册） |

若有质量问题，请致电质量监督电话：010-59096394
团购电话：010-59320018